套索

宋远升 著

浙江工商大学出版社 · 杭州

图书在版编目（CIP）数据

套索 / 宋远升著. -- 杭州：浙江工商大学出版社，
2025.1. -- ISBN 978-7-5178-6165-2

Ⅰ. I247.5

中国国家版本馆 CIP 数据核字第 2024RQ8785 号

套　索
TAOSUO

宋远升　著

出 品 人	郑英龙	
责任编辑	沈　娴	
责任校对	夏　佳	
封面设计	观止堂_未氓	
责任印制	祝希茜	
出版发行	浙江工商大学出版社	
	（杭州市教工路 198 号　邮政编码 310012）	
	（E-mail：zjgsupress@163.com）	
	（网址：http://www.zjgsupress.com）	
	电话：0571-88904980,88831806(传真)	
排　　版	杭州朝曦图文设计有限公司	
印　　刷	浙江海虹彩色印务有限公司	
开　　本	880mm×1230mm　1/32	
印　　张	11.75	
字　　数	252 千	
版 印 次	2025 年 1 月第 1 版　2025 年 1 月第 1 次印刷	
书　　号	ISBN 978-7-5178-6165-2	
定　　价	78.00 元	

宋远升

当代由私营煤矿挖煤工人成为法学教授的第一人，被称为路遥小说《平凡的世界》中孙少平的现实版。华东政法大学教授、法学博士。复旦大学司法与诉讼制度研究中心研究员。上海明伦律师事务所兼职律师、专家顾问。作家、诗人。

法学代表作包括《法官论》《检察官论》《警察论》《律师论》《法学教授论》《立法者论》等。

文学代表作包括《流年旧事》《夜行的灯火》《卧云先生浮生古词记》《人道沉思录》《长生记》《我是一个异乡人》《人世漂流记》《群峰之上的静默》《记录者》等。

目　录

第一章

废弃的
精神病院

一

吴有期第一次进入这座荒废的院子见柯力拾时，感觉就像进入了一个迷宫。不过，后来他更为确切的感受是，进入了一个套索之中。这个外表有些荒凉的院落，里面巷道曲折循环，两边破旧的建筑林立，乍一进来，不知方向，也不知最后通往哪里。这个院落很大，里面的道路像驴的肠子一样弯曲，只是留了一个圆拱形的开口，就在入口那里。

本来这座荒废的精神病院的外面，就是考古研究院的主道，那里人来人往。来往的主体是学生，特别是在放学的时间，那里简直是人头攒动。不过，这个废旧的院落却冷清异常，仿佛另一个世界。

这是一座院中院，是一座在考古研究院的大院里面的精神病院。不过，精神病院在吴有期到考古研究院学习时就已经关闭了。

这座精神病院好像是整个建筑物群落中被抛弃的那个部分。当初可能是为了防止里面的精神病人逃跑，才故意弄成套索般的模样。这里给人一种特殊的寓意，那就是，进来以后就很难出去。

特别是在精神病院废弃后，入口处没有标识，如果没有考古研究院大门口的保安或者其他熟悉的人指引，就是入门也困难。人进来以后，感受也不好，越走越荒凉，这种荒凉可以一直蔓延到心里去。特别是吴有期单独一人进来的时候，他的眼和心都会恐慌。他好像进入了一部恐怖电影，一不小心，脸上还可能会粘上横跨街道两边的蛛丝，它们如同柔软的触角一样黏黏地附在他的头脸上，阴魂不散地缠着他，这更加重了他的恐慌心理，也使他走得更快一些。

即便在夏天草木最茂盛的时候，这片建筑中的道路上也会有枯叶瘫倒在地上，风大的时候它们才挪动一下身子，走过时不小心踩上去，它们会发出骨骼折断的声音，这更增加了这座建筑的幽深。里面建筑间的道路有种逼仄的窒息感。即使到了最后要去的地方，也会感觉进入了一个套索般的陷阱——给人一种压抑的警醒感：难道被套住了？

这座精神病院后来不知为什么关门了。到底是因为这座考古研究院把精神病院请出去了？还是因为精神病人不够用了？反正是这座飘荡着诡异气息的精神病院关门大吉了。

在精神病院那些老旧的院墙上，画着一些不知什么意思的符号，这可能是以前的精神病人留下的。它们好似不是人间的符号，并不太显眼，如果太显眼的话会被人清理掉，都在一些不起眼的角落。但是，这些符号渗透出的那种神秘的力量却不容忽视，即使过了很多年,这种力量也没有变弱。这些符号以人形符号为主,这从符号的脚就能够看出来。脚倒是没有什么特色,符号的头却是各种各样,有的头上画着一条绳子——也许是蛇,最终解释权归画符号的人——有的头上戴着三角形、方形的物体,和外星人一样。对于这些符号,一般人不会多注意,但是,能够注意到这些符号的人,可能也是那些内心或者情绪不同寻常的人,他们也不敢多看,怕看多了被吸进去,谁知道这些弯弯曲曲的符号能把人领到哪里去。当然,这里除了人形符号外,还有的像树林里的枝杈,弯弯曲曲,如同互相交叉的天线。至于这些天线到底通往哪里,最终传达什么信息,则取决于观看者的敏感性,或者说与一种奇异之地的相通性。

　　这座精神病院的人都搬出去了。但是,这里还笼罩着精神病的气息。特别当人进入其中时,这种气息对人的影响不仅是心理上的,也是身体上的。不过,等出了这座废弃的精神病院,到了相邻的考古研究院主道上时,吴有期就感觉好多了。

　　在朱明晨精神病发作后,吴有期就听说朱明晨母亲来过考古研究院大门口的这条主道。有同事曾看见一个年老的女人,头发黑白相间,如同山坡上有雪刚落下不久,没有覆盖全山,间或露出一些青黑色的土层。她的眼神不知是哪个年代的,幽深如同精神病院废弃建筑的巷道。她坚持要在那个精神病院住下,保安哪能同意,就在那里拦着她。于是,一个老太婆和几个保安形成了一种力量悬殊的对峙。老太婆见力量对比过于悬殊,就另辟蹊径,看到考古研究院的大巴出去考察,里面坐着不少研究院的人员,就趁着大巴车出大门速度放慢的工夫,躺在大巴车前面,也就是考古研究院的主道上,坚决不让大巴车开走。大巴车上一个资历老且机智的人就下车劝老太太:"阿姨,我们有急事要出门,你能不能先挪开一点儿,后面还有好几辆车子可以拦。"

老太太说:"我就是看你们这辆车不顺眼,就是你们单位的领导让我儿子疯了,拦住你们就对了。"

那个资历老的研究员说:"你拦住我们也没有用啊,我们和你儿子朱明晨老师一样都是一般人员,你去那座小楼找我们的柯院长吧,他是领导,有办法。你就一直躺在地板上,不解决问题就躺着,绝对有用。"大巴车里有人在捂着嘴窃笑。接着,那位研究员用手指了指远处那座两层的小楼。上午的太阳还未升高,那座小楼屋顶陈旧的琉璃瓦闪着暗红色的光,显得有些有气无力。

老太太的精神好像受了刺激,不过看起来也不是特别严重。她一想也对,当即就转换了念头,连铺盖也没有收,就直接奔向那座红色的院长楼,进了院长古色古香的办公室,躺在了那个有些历史的木地板上。

二

岳不婷博士读的是汉语言文学专业,这个专业不好找工作。当然,考古专业也冷门。在那个年代,博士还是有些稀罕的,因此,通过自己导师的关系,她就到了这家考古研究院。

在那时,岳不婷虽然是博士毕业,也不算特别年轻,但站在这伙打麻将的老教授、老领导身边,却是当之无愧的年轻人。她一直对自己的身高不满意,一米五几的个头,就算是女的,也是比较矮的了。这一直让她愤愤不平,小时候家里条件也算是不错啊,怎么营养没有纵向输送,都横向输送了?不过,在一伙老头子面前,年轻就是宝。这让她在这群有些老气的高级知识分子中具有一定优势,他们也愿意让她来调节一下气氛。

那时候考古研究院管理比较严格,而在废旧精神病院这个独立的院落里,做点什么事情相对就更加方便一些。于是,院长柯力拾就找了几间好一点儿的房间,专门安排人装修了一下,作为私下活动的场所。当然,这是给领导层几个人和老资格教授专用的。正值夏天的中午,院领导的课一般不多,因此,他们就有更多的时间来垒长城。

岳不婷貌不惊人,不过,和那几个老教授在一起,相对更有青春活力,人也活泛,如同漂在水上的浮萍一样灵动,这让那些渴望老树新枝的老教授们能够沾染一点儿年轻人的朝气。

此时,正是夏天的热力最辉煌的时候,岳不婷成了房间里年轻的清凉。当其他老教授在那里把整个房间衬托得相对灰暗时,她偶尔的浅笑好似能把窗外的绿色树叶照得更亮。房屋外面的阳光如同白色的石片一样闪耀,不过,这也让开着空调的屋内显得更加凉爽。

这几间装修过的房间被四周简单建造的围墙包围在里面。明显看得出来,这些围墙是应急的临时建筑,不仅把周围试图窥视的视线拒之门外,而且把周围的肮脏和破旧隔绝开来。

窗外的蝉声雨点般地打在周围的建筑上,蝉声在这些暗灰色的建筑物上翻滚不已,这些声音踉踉跄跄,跌落到更远的地方。正午的太阳如大银盘一样当空悬挂,让这座灰暗陈旧的建筑也变得新了一点儿。这座建筑物外面是一个小公园,好像正在改造,本来有钻机的声音,像是要钻入人的大脑,但在午休时间,这声音如同雨水里的火焰,被暂时熄灭了。在这间打麻将的大房间里,岳不婷闲着的时候,能看到远处有一台很大的吊车,长臂空荡荡地悬挂在天上,高射炮一样,但不知对着谁。

岳不婷给几个打麻将的老教授都泡上了茶,茶叶是从院长那张硕大的办公桌上的一个包装精致的盒子里拿出来的,是上好的明前龙井。她小心地捏上几片放在杯子里,茶叶慢慢舒展开,如同一片小小的池塘里绽开了绿色的水草,即使并没有喝上一口,她也忽然感觉内心鲜绿明亮起来。

考古研究院的院长柯力拾身材健壮,虽然年龄不小,却有着那种似老未老男人的特殊韵味,说话也是不紧不慢,如同落叶缓缓地落在了众人中间,他说:"不婷啊,你说评职称那件事情,你的科研成果不够,这也好说嘛,院里是要求有三篇论文发在核心期刊,不过,就算规定了哪些杂志属于核心期刊,却也没有明确说是哪年的核心期刊。"

虽然没有喝茶,但岳不婷也感觉到一股透明温暖的茶香从喉咙顺滑地落下,然后,又从胃里向四处爬行,蔓延到头部和四肢,她感觉浑身上下都舒畅无比。她心里想着,我们研究院有一本杂志,多年前是核心期刊,现在却不是了。柯院长就是柯院长,这种灵活和大气劲,真不是咱能有的。这时,她连忙凑到院长的身边湿润地浅笑,说:"领导就是比我们一般小兵有见识。"

庸普一等其他三位研究院领导手里的麻将并未停止,这些麻将牌在那里好像会走一样,都各自长着眼睛,按部就班地找各自的位置。不过,这些麻将的主人还是抬头看了看岳不婷那张还算年轻的面孔,然后,他们的目光在麻将垒成的战场上轻轻触碰,握了一下手,感觉到彼此的深意,他们会心地微微笑了几下。

第二章

冰火交加的开始

一

"那真是一段冰火交加的岁月。"

柯力拾经常不由自主地这么想。那么多年以后，当坐在考古研究院院长楼二楼的那间古色古香的办公室里，看着窗外研究院的年轻人青春洋溢地走向大门时，他似乎也被这热情烤烫了手。这热情像是铜钟一样，敲响以后，在岁月的时空里，和自己当年的青春发生了声音的对撞，震得他一刹那有些眩晕。这热情似曾相识，却又不同，看似有形，却不可把握。

说实话，对于自己青春里的那段岁月，柯力拾的看法是不断漂移的，从内心热情，到内心抵触，等到老了快退休的时候，却有些怀念。后来他又问自己：是怀念那段时光呢？还是怀念那段时光里的自己？还是二者兼而有之？谁知道呢！人都是复杂的动物，知识分子更是如此。

　　特别在参加五岭水库修建的那年,即使在三九严寒中,他都感觉到青春如同松枝在火中燃烧,而且这些青翠的松枝并不是干枯的,里面有油,它们也会在火中发出滋滋的燃烧声,间或有噼啪的声音。这些油就是青春的活力。

　　那时候不像现在有那么多的巨型机械。如今,巨型的机械如同巨人在开山辟地,山成了巨型机械手中的大玩具,海也为巨型机械让路。而在当时,最大的机械就是为数不多的拖拉机,就是车头右边有一个成拐角的铁皮烟囱,突突喘着粗气发泄怒气的那种。那时建造水库,最主要的依靠就是那些如同移动的芦苇一样林立的人群。当然,有的是手推车,屎壳郎一样,在工地上漫山遍野都是,这在当年北方山区农村里很常见,它们勉强可以称得上机械。这玩意儿据说是诸葛亮发明的。不过那次修建水库没有"木牛流马"来运输,全指望人。当然,也有些简单的压土机,这让建五岭水库大坝与古代李冰父子建都江堰时相比,有了一些现代的声音或者气息。

　　建五岭水库的现场就是一口沸腾的大锅,人在里面,就像是做饭时下的饺子,在冬天里也是热气腾腾的。推着独轮车的人到处穿梭,嘴里冒着热气,压土机的马达欢快地震动着,冒着热气,拖拉机喷着一股股浓烟一样的热气,甚至是响彻整个工地的样板戏也冒着热气。

　　那时候柯力拾年轻,牙齿也好。这个地方的人是吃煎饼的,刚烙好的煎饼趁热还能咬动,时间一长,就如同牛皮纸一样,牛吃起来估计都费劲,不过,这里的人却行。可以说,人真是一种适应力强的动物。

在中午一个小时的休息时间里，柯力拾也和这个县其他村庄过来建水库的村民一样，斜躺在冬天的阳光下，把煎饼卷在一起。卷好的煎饼如同小型的炮筒，那么多的炮筒指向天空，不知道的人还以为这里危机四伏。有人不知从哪里拔来一根大葱夹在煎饼里面，一只手拿着煎饼，一只手拿着萝卜咸菜，在那里咯吱咯吱地咬着，渴了就拿着葫芦做的水瓢在不远处工地厨房的大水缸里舀上一瓢水，牲口一样咕咚咕咚地灌到肚子里。那个时候的胃真好啊，柯力拾后来经常不由自主地感叹。不过，人和车辆，都有报废期。刚开新车的时候，怎么猛踩油门狠造，车都没有问题，到车旧了，无论怎么保养，不是这里有毛病就是那里有毛病。

在建水库大坝时，柯力拾不是最高最壮的，但他的智力却在很大程度上让他变得更高更壮。很多年后，柯力拾当上了考古研究院的院长，有一天他在办公室里踱步时，窗外声音嘈杂，走过去几个年轻的民工，这些人是建造考古研究院新办公楼的施工队的，年龄和柯力拾建水库大坝时的差不多。柯力拾想，这些人有他当年青春的热力，却没有像他那样高效运转、方向明确的大脑。柯力拾感觉自己就像是一个武林高手，总是用最合适的力度、角度让手中的武器达到最佳杀伤效果。他还有种感觉，有人天生就是镰刀。他甚至设想过：即使他因为某种突发变故再变成一般人，只要体力许可，他就还是一把锐利的镰刀。没有办法，有人天生就有镰刀的锋利。

在建五岭水库这项影响本县至少上百年的大工程中，主体工程由县里设计，每个公社都会分到一些小的施工项目设计任务。一条横贯水库渠道、近三百米长的渡槽的设计任务就被分到了柯力拾所在的公社。那时一个公社没有几个这方面的人才，这让公社里的领导挠头犯了愁。

柯力拾多年后带着女儿回老家时，还会对着远处一弯长长的破旧渡槽，自豪地说："看，这就是你爸当年出思路建的。那个时候我比你现在的年龄大不了多少。"在夕阳的余晖下，渡槽好像在那里等了不知多少年，上面的断裂处都长出了杂乱的荒草，草茎在风中向柯力拾打招呼：回来了啊。

女儿一开始有些不相信："不可能吧，你又没有学过建筑，是研究考古的，怎么会这些东西。我们大学的老师都只是懂本专业的东西，很多老师除了本专业，在其他方面简直就是文盲。我有次和教法律的老师聊一些历史文化方面的知识，人家一脸蒙，还连说'真的吗'，简直不要太可爱。"

妻子那次难得陪柯力拾回老家，她嫌老家的旱厕臭气熏天，说都能把苍蝇熏死。她嫌老家这边风大，把手吹得跟生姜皮一样。她在旁边有些不屑地说："你听你爸瞎说，他说地球是他造的你也信？"

女儿有些不满："妈，你是不会放过任何一个打击爸爸的好机会的，是不是你这次陪我们回老家不开心，在这里找出气筒呢。"

柯力拾没有吹牛。这条渡槽的诞生确实和他有直接的关系。柯力拾在高中时只学过简单的力学，但是，在那个年代，这已经很难得了。公社里没有几个懂建筑设计的，就连县里的工程师也感觉这段渡槽的设计难度不小。尽管这里的工地上密密麻麻到处都是人，可这不是仅凭力气就能解决的问题。这么多出死力气的人遇到了较为复杂的渡槽设计时，就如同莽牛进了迷宫，怎么也绕不出去。

从这次帮着设计渡槽开始,柯力拾发现自己确实在建筑设计方面有一定的天赋,这是老天爷赏饭吃,是娘胎里带出来的。他为公社提供了设计方案,将土办法和当时的技术相结合,努力把这些水泥槽升高十几米,并安装好。当那条巨龙一样的渡槽从水库东北侧盘旋过来,又欢快地吐着水流游向远方时,柯力拾忽然感觉脚下长出了几根粗壮的根须,越来越深入地下,他感觉自己好像与这片山区的土地长在一起了。

年轻时条件是艰苦,不过,那真是激情洋溢的年代啊。许多年后,在一次名人采访中,那个年轻的女记者身材小巧玲珑,看起来大学毕业不久,紧张时嘴巴轻微翕动,嘴唇上不显眼的细小绒毛也微微起伏,在太阳下,把阳光也推动得一起一伏,她一看就是城市里长大的姑娘。她问柯力拾:"听说您年轻时一开始建过水库大坝,当时是怎么想的?目标是什么?有什么理想?"

柯力拾很诚恳地说:"我哪有目标啊,就是摸着石头过河,走一步看一步。"这是实话,柯力拾做梦也想不到后来能考上大学,也想不到能研究考古,更想不到能在考古领域成为大佬级的人物。想想也是,他一个种地的农民,祖上几辈都没有出过有文化的,和考古八竿子都打不着,竟然去搞考古。

人是欲望驱使的奴隶,欲望消失了,连奴隶都不是。柯力拾功成名就后,在闲暇时自己也总结过,与其硬说自己有理想的话,还不如说有欲望,他就是被欲望推着一步一步地向前走的。

渡槽竣工时,连县里的领导都过来参观。公社书记还算不错,专门把柯力拾叫来,对着县里的领导介绍说:"这个渡槽设计总体上靠我们公社的集体力量，不过，这个青年叫柯力拾，他也起到了一定的作用，我们公社已经准备对他进行表扬了。"

柯力拾被安排在人群前面，汗水局促不安地从身体各个出汗部位奔涌而出。他感觉这个水库的水都被引入了他的体内，在这个夏天，这些水汩汩流动不息，让他燥热无比，他听见水说：这是机会啊，机会啊。

柯力拾偷看了几眼面前这个众星捧月的矮胖中年男人。他见过最大的领导就是公社书记，他想：面前这位一定是县里的大干部，要不公社里平常很威严的干部怎么对他有那么多笑容呢？大队、管理区的干部只能远远地围着，连靠得更近的资格都没有。

那么多年过去了，柯力拾还记得这个县领导说过的一句话："这个小伙子很有本事嘛，你们公社里可以想想办法，把他暂时借调过去，人才难得啊。"不过，他却很难记起这位领导具体的模样。难道人的五官也那么功利吗？他的耳朵只能记住领导那句对自己有用的话，眼睛却忽视了领导的面目。柯力拾后来也努力回忆过，在脑海里画出那张圆脸，配上自己想象的各种型号的眼睛、鼻子和嘴，把它们拼接在一起，却感觉怎么拼都不像。那个人的话和那个人的具体相貌好像是割裂的。那句话萦绕在他的心里几十年了，领导的模样在他的心房里却好像怕人一样，躲着，迟疑地不敢出来见他。

二

当东方的山脉还只能看到黑黢黢的剪影，柯力拾就从村里连接西方山丘的那条土石小路出发了。脚下的雪冻得咯吱咯吱作响,肩上斜背的粪篮子都快成冰做的了,似乎一不小心就会脆裂成几片。他手里用来捡粪的抓钩的木柄,也像是铁做的一般,将手握的地方聚集的一点儿温热迅速传走,而且手拿着木柄时,好像有一种快被冰粘住的黏黏的感觉。柯力拾戴着破旧的绿色棉军帽,这里的人管这种帽子叫火车头帽子,帽子的前头和火车头的样子差不多,拙朴而有力量。由于戴的时间长了,帽子的绿色面料有些泛黄,甚至向着白色过渡,不过这帽子在这个山区的村庄里已经属于不错的了。此时,由于柯力拾的呼气,帽子前端的绒毛部分结出了一粒粒白色的冰珠。出去不久,他感觉眉毛和鼻毛上也有了小小的结晶。

在北方的农村,越是冬天寒冷的时候,到外面田野上捡粪的人越多。不仅因为这个时候是农闲,还因为这个时候的粪被冻得硬邦邦的,而且干净一点儿,容易捡。在那个农村几乎没有化肥的年代,捡粪就成为农民积肥的一种重要途径。因此,这个"行业"的竞争在冬天也变得激烈起来,这就是柯力拾早起捡粪的原因。当然,也不能起得太早,太早了看不清,天似明未明的时候最好。

那个时候的冬天似乎比如今的更加寒冷,也更加漫长。在柯力拾老家这个地方,人们很难有一个不知不觉就能过去的冬天。他总感觉冬天像一个戴着脚镣手铐的囚犯,在慢吞吞地向前走。他能够听到这些铁的脚镣手铐碰撞着,发出瘆人的声音,大声宣示着它们的冰冷。他总是一天天默默地数着冬天的日子,冬天的日子却好像一个无限循环的小数,看不到尽头。

在浅墨般的天色中,风更加凌厉。刚出村时,他的面前是一条轮廓不清的道路,到了后来,几乎连道路也没有了。有经验的捡粪人都知道，靠近路边的地方，粪已经被人捡光了，需要去更远的地方。空旷的田野上展开了一幅连绵到远处的未犁过的山地的图画。风无遮蔽地抽打在他的身上，让他成为一件在风中飘摇的破旧衣服。寒冷是从指尖开始的，然后扩展到其他裸露着的身体部位，再到其他没暴露在外面的部位，最后蔓延到他的大脑。他的头好像不是自己的，他就像顶着一个冰冷的瓮在走。

长时间待在冬天的风雪里，就会成为冬天的一部分。这是柯力拾当时的感受。他感觉头发和风雪的姿势一致，脸和风雪的苍白色一致，身子和冬天的僵硬一致。他感觉眼睛变小、变冷，好像隐藏在一个隐秘的角落里，如风雪一样无情地打量着周围的一切。

不过，在天色逐渐明亮的时候，他就启程回村了。刚到村头，忽然远远地看见巷子口出来一个中年男人，在那里好像是伸手伸脚活动身体，这个男人让柯力拾感觉陌生又熟悉，像是本村的人，又不像是本村的人。柯力拾迎着太阳，耀眼阳光从村头树梢掠过，缕缕金线让他一时没有看清对方是谁。

这个人头戴一顶村里少见的带些毛皮的黑色棉帽，穿着一件黄色短棉袄，棉袄从上到下留着专门做出的一道道压痕，感觉像是军装，但这种军装很少见。

这个中年人看到柯力拾在那里打量着不说话，就呵呵笑了几声："你小子连表叔都不认识了，还在这里装模作样，是不是书读多了，就不认人了？"

方脸，浅而杂乱的络腮胡在脸上长了大半圈，如同花匠不小心创作的作品——把一个花池弄得似圆非圆，杂乱无章。柯力拾在记忆深处的黑暗地方到处摸索，对面这人标志性的温和面容，一下子如同引火物一样，把他的记忆点燃了。

柯力拾忽然想起这个人是谁，他张了张嘴，但感到嘴被早晨的寒冷冻僵了，他挣扎着露出一点儿笑容："这不是拴柱表叔吗？很多年没有见了。你不是闯关东去了吗？怎么忽然回来了？"

这位身材壮硕的中年人说："你叫表叔就叫表叔，别带上我的小名好不好！表叔怎么说也比你大一辈，小名也是你能叫的？我都好几年没有回家了，你还是和小时候一样调皮。你还记不记得你八九岁的时候，到村东河里玩水？我不让你玩，你还骂我！就是那么一点儿浅水，你掉在水坑里，如果我当时不拽你一把，你现在恐怕不能和我这么没大没小的了。"

柯力拾说："我们这地方有句老俗语，表叔爷们儿瞎胡闹，咱村不都是这样吗？你这次回来，给我带个表婶回来没有？"

拴柱说："你表叔我想你表婶，你表婶不想我啊。我就是一个光棍的命。"

柯力拾半真半假地摸着拴柱的帽子，说："表叔，你是发财了吧，狗皮帽子都戴上了，有钱了就有表婶，这还愁啥？你什么时候回东北，把我也带上，不能只是你自己发财。"

拴柱脸上笑意更浓，浓得就像是要从眼角、嘴角溢出来："你大学不考了？怎么想着和表叔一样混穷？不过，就你这体格，恐怕还得练练。"拴柱说着，如同牛马贩子一样，捏了捏柯力拾的胳膊，又弯腰捏了捏他的腿，就差没有把柯力拾的嘴扒开，看看牙口怎么样。

柯力拾苦笑了一下："你可能只是在东北伐木赚钱了，也不关心国家大事，现在全国都这种情况，没法再考大学了。"

拴柱看着柯力拾捡粪篮子里干巴巴的东西,他用翻毛皮鞋踢了踢篮子:"表侄子,你这样有些可惜了。在你小时候我就看出你是块读书的料,不过,现在也没有办法。我虽然不是你爹娘,可谁让咱们是亲戚,我感觉你这个高才生捡粪也不是办法。你总得找点儿出路吧。"

柯力拾忽然感觉自己变成了一条蛇,拴柱表叔这句话好像击中了他的七寸,他又想起那个县领导的话:"这个小伙子很有本事嘛,你们公社里可以想想办法,把他暂时借调过去……"在这一年里,这句话已经好几次让他从最深沉的梦境中笑醒,醒来后那种笑意还在脸上荡漾好久。好几次柯力拾都怀疑自己是不是听错了。不过,不是啊,因为这句话,村里人端着饭碗在大门口吃饭时,不知谈论过他多少次了。村里的吴瘸子见着柯力拾他爹就奉承说:"老柯,看来孩子有出息了,县里领导都很重视,以后你儿子发达了可不能忘了我,这些年我可是没有少帮你们家的忙。"老柯笑得脸都成了花朵:"好啊,咱们没有外人,我儿子要是当了公社干部,还能忘了你?"

不过,时间一长,看到柯力拾这边一点儿动静也没有,这些邻居的虚假奉承慢慢变成了试探,再变成了挖苦。恨人有,笑人无,这也是没有办法的事情。

第三章

每一步都
标明了价格

一

临近傍晚的时候,雪变成了小雨加雪。家里没有锅屋,柯力拾的娘如同抢险救灾一样,趁着没有雨的空,小跑着奔向院子外西边三十米场地的麦草堆,她这是要去弄些柴火。那座麦草堆由于经常被薅,一侧已经形成一个不规则的大空洞,总体呈现出摇摇欲坠之势,如同一个抗击打能力强的拳击手挨了不知多少记重拳。麦草堆距离倒地好像就差那么一点儿意思,却坚决不倒。不过,这个空洞可以成为冬天晚上那些可怜鸟雀的临时住所。

这个小山村的炊烟升起来了,开始比较浓厚,一会儿就变得淡而稀薄,和浅灰色的天空一样变得不可分辨。村里人家大多没有多少食用油,做饭也闻不到油烟味,但是,无论如何,炊烟都在提醒人们,晚上吃饭的时间到了。

娘那时还不算太老,却有了驼背的征兆,如同一只包袱背在背上。这可能是因为遗传基因。柯力拾的外婆去世得早，他也没有见过外婆，但听娘说，外婆就是驼背。当然，没法证明是家族遗传造成的，还是用扁担挑重物或者干其他重体力活累的。是的，驼背确实可能是劳动人民世代的遗传，那时农村人驼背的多，不可能都是因为家族遗传。

娘佝偻着在坎坷不平的院子里走动，这让她的叹息在身体内曲折回转，更为悠长和有起伏。柯力拾虽然在另外一个关了门的房间内，但好像也听到了娘的叹息。不过，这也许是他自己的叹息在娘那里的回音。他担心娘这个身体，怕她像外婆一样活不长。

娘不管三七二十一，在麦草堆上使劲薅了几把柴草，匆匆地奔向灶台，她必须争分夺秒地凑合出一顿简单的吃食。其实，在他们这个地方，由于是冬天，又下雨，有点儿稀粥喝就不错了。不幸的是，娘没有找到火柴。本来在灶台旁边摆得参差不齐的石头墙上有个墙洞里是放了几根火柴的，不过，由于天气阴湿，火柴被水泡了，东倒西歪地躺在墙洞里，像一具具小小的尸体。

好不容易从屋里哪个旮旯找到一根命一样宝贵的火柴，娘直到火柴杆快烧尽了才点着麦草。麦草还是有点儿潮，此刻烟气怒气冲冲地从炉灶里探出身子，不顾面前这位佝偻的老妇人咳嗽连连，蜂拥着向天上飞去。

如果是夏天，娘还可以在河里弄些水草，切碎后，再弄一点儿豆子在石碾上碾碎，混合在一起煮着吃。柯力拾有一个姐姐，吃这个东西竟能忍受。柯力拾就不愿意吃这种水草和碎豆粒混合煮在一起的玩意儿，有些苦涩，需要逼着自己吃。他感觉自己就是一只鸭子，也是养鸭子做烤鸭的人，如同填鸭一样，硬撑开自己的喉咙勉强地咽下去。

不过,现在是北方的冬天,不可能有能吃的水草。娘拿来几个秋天时捡到的有些腐烂的红薯,把坏的部分用菜刀削去,还有一些小小的红薯根茎,混合在一起煮了稀薄的一锅。一掀起高粱秆做的、边缘磨损严重的锅盖,一股浓浓的烂地瓜气味连同锅里的蒸汽争先恐后地冲出来。柯力拾也顾不了那么多了。这个时候吃饭稍微有些早,爹和姐还没有回来,柯力拾晚上还有其他事情,因此,就心急火燎地吹着碗里难喝的稀粥喝了两碗,匆忙把碗筷一推就走。娘看在眼里,满嘴埋怨地说:"天晚了,一地的雪,路滑,你整天不知忙什么,又到哪里去?就随你爹,从来没有安稳的时候。"

柯力拾也不愿意多说,娘嘴快,嘴上往往没有把大门的,还没等事情办成,就被她提前向整个村子的人宣布了。她的声音大,动力又足,如同长了鸟的翅膀。和爹吵架时,好像安上了扩音器,整个小村子都听得清清楚楚。柯力拾应付着说:"娘,我也不能整天在家里待着吧,家里连个烤火的炉子也没有,又舍不得用木头烤火,我在家里冻死了,还不如到外边活动一下腿脚,跑几步,还暖和一点儿。"

娘说:"这段时间我看你和你爹在一起,叽叽咕咕的,不知搞什么鬼。"

柯力拾没有好气地说:"就我们家这个样子,还有什么鬼能搞?能吃饱就是见了最大的鬼。"

娘看到柯力拾这个样子,好像有些慑服于成年儿子的威势,她叹了口气说:"你高中毕业后,一直在家里种地,也没有个出路。我年龄大了,身体也不行了,快去见你姥姥了,管不了那么多了。"接着她又补充道："你到外面大街上，要是看着你姐，让她快回家吃饭。这家人都是怎么了？就是鸡也到上宿的时候了，都好像没有家一样。"

都说女人直觉很准，娘说得没错，最近柯力拾确实和爹在一起鼓捣一个大事情。

二

爹并不算矮，不过，在印象中柯力拾感觉爹总是收缩着，身体和脸都收缩在一起，如同在生活的烈日下被晒干的柿子，皱巴巴的，入口都是涩味。他们这里周围的山上种着不少柿树，柿子在熟透的时候红亮又甜美。不过，柯力拾的爹好像从来没有红亮过。

当柯力拾和爹商议，他要跟着拴柱到东北伐木时，爹倒是很赞成这个想法。赞成归赞成，可是，怎么能凑齐到东北的路费呢？两个人都犯了愁。

爹慢吞吞地说："我们家还有什么东西？就是我们家的老鼠晚上都饿得啃床腿，过几天我找村东头的赵木匠过来把床修一下，再啃就把床腿啃断了，不能睡了。你睡觉也死，我半夜几次听见老鼠啃你那屋里的床腿，怎么喊你也喊不醒，就是老鼠把你抬出去啃了，你也不会醒。"

柯力拾皱着眉头说："爹，老鼠要是真的把我抬出去啃了就好了，就不用操这么多心了。当初我初中毕业，你就不该多事，让我读高中，反而有了一个心事。我要是不读高中，可能就不会有什么想法了。"

柯力拾脑子好用，他忽然想起一件事情，就急着问："爹，我们家的祖坟地头上不是有两棵梧桐树吗，卖了后，路费不就有了吗？"

　　如同在漆黑的夜里，一根火柴忽然把油灯点着了，爹眼前一阵光明，随之又暗淡下来。他长吁一口气说："唉！我也想这么办，你也不是不知道，这两棵梧桐树是我很多年前就栽好的，当时你姐刚能够劳动，我带着她在我们家的祖坟地头上种了三棵梧桐树，后来活了那两棵。我就答应你姐，等她长大后，这两棵梧桐树留着给她做嫁妆用。"

　　在柯力拾的家里，父母对待他们姐弟差不多是平等的。不过，柯力拾这是在救急，这个时候再说姐的嫁妆的事就让他不高兴了。他开始嘟囔起来："爹，谁家能像我们家，让儿子上了高中，现在又不准考大学？你又没有本事让我当兵、招工、做民办老师，就让我在家里窝着。以后别说有什么大的出息，就我们这种家庭，我找个媳妇都困难。我姐的嫁妆又不是现在就用，我不是急着用吗？"

　　当时父子俩谈话正是在黄昏时的一棵大榆树下，鸟雀不知人间的疾苦，在树枝上欢呼雀跃。在爹沟壑纵横的脸上，树的阴影像是流水一样哗哗地流着，这让他的神情特别暗淡。如同在漫长黑暗中爬行的老鼠，爹过了好久才从自己的洞穴里爬出，他说："我也不是那种不讲道理的父母，不行我们两个人偷着把树砍了卖掉，先让你凑够路费救急再说。等你闯关东以后赚了钱，再还给你姐。"

　　小雨停了，雪的势力上升，雪让四野看上去变得更加平滑。冬天夜晚野外的生机更少，走在有雪的乡间土路上，只有瘦削的白杨树哆哆嗦嗦地站在路的两边。柯力拾如同一只狗在荒原上独自行走，他感觉到了孤寒的味道。但是，当看到远处村里灯光晃动时，尽管光若有若无，也会感到一点点的暖意。当然，这种暖意与其说是油灯的暖,还不如说是想象中、心理上的暖。

柯力拾穿着毛翁子鞋。在几十年前,这种鞋在北方冬天里经常有人穿,鞋是用麦秸编成的,笨拙而粗重,穿着它如同在雪地里拖着一对小船。不过,可以往这种鞋子里塞进去一些柔软的麦草,这让脚在严厉冬天的鞭打下有处可逃,至于好不好看就不考虑那么多了。

经过一段泥泞不堪的田间路,快到河滩时向右走,再顺着一道干涸的灌溉渠走不远,就到了柯力拾家的祖坟地。这个时候,能够看见爹和吴瘸子两个人在梧桐树下拖得长长的影子里。爹在冬天的寒冷中收缩得更加厉害,吴瘸子在冬天的寒风里也站得更加歪斜,简直就要斜到爹的身上。如果不细看,还以为两个人靠在一起呢。

两棵梧桐树是卖给吴瘸子的。当时一般人不敢私自买卖树木,吴瘸子敢是因为他在村里当过民兵连长,并且他家族门户大,个人性格也很强悍。别看平时走路拄着拐棍,他的拐棍如果一般人拿着那就是烧火棍,他拿着后那威力可能就顶一支步枪。他这根拐棍可是没有少打过人。吴瘸子本来当民兵连长当得好好的,但是,他下面那根肉质的拐棍也和手中的拐棍一样不老实。他和村里的一个胖女人偷情,女人被丈夫发现后被打翻了天,一时想不开寻了短见。这样,吴瘸子的民兵连长算是当到了头。不过,这并不影响他的威势,威势也是有惯性的。

就着雪光,爹在那里卷了两根旱烟,先递给吴瘸子一根:"他吴叔,你尝尝,这是今年刚下来的新烟叶。"

吴瘸子抽了几口,吧唧吧唧嘴说:"味道挺平和,不错。老柯,也就是你,我才买你的树,你不知现在查得多紧。"

爹在那里点头不迭地说："那是，那是，咱们哥俩当年一起摸鱼摸虾、爬墙揭瓦长大的，你对我哪有二话。要不是家里的小子急着要路费，我也不会来麻烦你。"

吴瘸子说："也是，我眼看着你家小子要起来了，当时县里领导都重点表扬了，说是要把他调到乡里去。我那时还在做民兵连长，咱腿脚是不好，不过，咱耳朵长啊，我就在县领导不远处执勤，听得清楚。没有想到哪里出了差错，这件事情黄了。再这样下去这孩子真是白瞎了。"

吴瘸子的两个侄子三斗和河宝正蹲坐在湿漉漉的石头上，用大锯锯着一棵梧桐树。另外一棵已经锯倒，散发出树木汁液的湿润味道。柯力拾看到时忽然想，这些汁液到底算是梧桐树的血呢，还是泪？

三斗手里忙着，嘴里也不闲着，相距十几米，柯力拾都能感受到他的怨气，这些怨气最大的时候，柯力拾感觉被逼得连连后退。"叔，我不是说你，就是杀棵树而已。你还真会挑日子，专门找这么个好天气，这是人干活儿的时候吗？牲口都不出来。"

吴瘸子在那边骂了几句："你毛孩子懂个屁，让你干你干就是了。如果不是这种天气，大白天的，早有人举报上去了，你瘸叔我很快就会成为投机倒把的光荣代表，等着挂大牌子好了。"

河宝说："三斗，你听咱叔的，趁着这种天气，这车货出咱们县的北山岭木材检查站不会有人查。那边是平原地，缺木头，有盖房子的急着用呢。叔哪次少了咱们好处了？"

三斗和河宝在那里你来我往地拉着大锯，在冬天，旷野将这种执着的愤怒声音传得很远。远处的河流在冬天本来是静悄悄的，失去了夏天时的喧哗,这时好像忽然流动起来了,尽管声音不大。可能是锯子声音把它惊醒了,它在那里摩擦着河床的裸露石头,冲刷着荒草伴生的泥岸。那棵梧桐树还是固执地站在那里,柯力拾看见爹也是固执地站在树下,吴瘸子喊他闪开点儿,他还是站在那里,仰头看着最后的这一棵梧桐树。在冬天他也没有戴帽子,雪地上映着他斑白的头发。梧桐树顶上一片叶子都没有。树和人都光秃秃地站在旷野中,区别是一个马上就要被伐倒,一个还在等着。

最后一棵梧桐树终于倒了,这是它的宿命。在这里树的命就是被砍伐。在这棵树倒下的那一刻,柯力拾听到了很大的呼啸声音,不知是树干摩擦天空发出的声音,还是它自己最后的呼喊。

一辆装梧桐树的地排车停在稍微远点儿的地方。伐树的地方,路太窄、太泥泞了,地排车拉着这么重的树根本出不去。几个人合力小声地喊着号子,如同和两棵树搏斗一般,把它们抬过去装好。

在两棵梧桐树巨大的身躯下,那辆平常能拉不少东西的地排车,就显得有些不够用了。两棵梧桐树简直能把地排车掩埋了。在夜色中,如果不细看,还真不知是地排车在拉两棵梧桐树,还是两棵梧桐树在推地排车。

看到柯力拾过来了,吴瘸子和他开了几句玩笑:"侄子,你去东北混也是个出路,说不定哪天发家了呢。这叫作饿死胆小的,撑死胆大的。人无横财不富,马无夜草不肥,就像你瘸子叔我这样。"

吴瘸子把买树的二十元钱交到柯力拾的手里。当时,一张十元钱纸币都属于大票了。这两张钱皱巴巴的,轻飘飘的,柯力拾却分明感觉到了两棵梧桐树的重量。其实,如果他能够预见得更远一点儿的话,这二十元和一条人命的重量也差不了多少。

第四章

东北风雪之歌

一

　　人都会在离开家乡时悲伤，回到家乡时欣喜。柯力拾感觉离开老家就像是被放逐一样，是悲上加悲。不过，当他跟着拴柱准备上火车时，却来不及悲伤。特别是他们去东北时又逢春节后不久，出门到东北的人多到恐怖的程度。柯力拾看到，检票门一开，所有人如怒潮一般向着火车涌去。在这个时候，所有人都迸发出置之死地而后生的力量。女人有了男人的力量，老人有了年轻人的力量，年轻人有了猛兽的力量。他甚至能感觉到，站在那里等待的那辆绿皮火车都在瑟瑟发抖，连车头喘气的声音都好像小了不少。

　　幸亏拴柱在力量和经验上都占优势，才好不容易带着柯力拾挤上了火车，更为精确地说，只有一个半人挤上了火车：拴柱是上去了，柯力拾的脚在火车车厢里，身子却还悬挂在火车外面。还得说乘务员有办法，叫过来几个身体棒的小伙子，关车门的时候，用脚蹬着车门外侧,喊着一二三,一齐使劲,如同压饼子一样把柯力拾压进了火车。

　　整个火车成了一个巨大的人肉罐头。柯力拾都不知道这三天三夜的火车自己是怎么乘过来的。一开始上火车时,他只能用一只脚站着,如同一只鹅站在岸边。不仅他的手脚不能动,甚至他转动眼珠也困难。他感觉眼眶都被其他人冲进来的呼吸给滞碍了,眼珠只能可怜巴巴地在原地向着一个方向静默不动。在他的眼珠看向的地方,一个人正塞在行李架上惬意地和他对望。柯力拾心里叹息:"都是一样花钱买票,同票不同命啊。"

　　他几乎看不到火车外到底是什么样子,感觉自己像是坐在一个整体快速移动的隧道里。不过,通过从火车缝隙吹进来的风,他还是能感知到火车确实在一直向北,因为风越来越冷,从冷在皮肤上,到冷到骨头里。

　　后来柯力拾感觉周围的条件逐渐改善,眼睛可以活动了,两只脚可以站住了,胳膊可以活动了,手指可以活动了。到最后,周围的人如同经霜的庄稼一样稀疏起来,下车的人越来越多,终于,他内心狂喜,看到旁边一个几天屁股一直钉在座位上的老头准备下车,他如同利箭一样射到那个座位旁边,却只听旁边的拴柱说:"表侄,别瞎忙活儿了,我们要下火车了。"

　　下了火车,柯力拾感觉晕了一小会儿。有晕车、晕船的,还有晕地的?这倒是以前没有想到的。没有想到的多着呢。柯力拾本来以为东北到处都是森林,不过,当他和拴柱下了火车后,发现火车站和家乡的县城没有太大的区别,就是人多了一些。路上不知哪里来的水,湿漉漉的,大街上行人的穿着和家乡人的区别也不是很大，只是更好一些。

车站对面有两个国营商店连着，一家卖旅游纪念品，一家卖食品。两个中年女售货员站在各自门前，声音很大地说着话。如果不是她们面带笑容，还以为两个人正在吵架。

这几天好似被绑在火车上，柯力拾几乎没怎么吃东西，看着对面橱窗里傲然挺立的面包，它们仿佛面带迷人的诱惑微笑，说：你过来啊，过来啊。他这时感觉肚子里更空了，好像冲洗过的水缸。于是，他下意识地摸了一下最里面那层破衣服，在肚皮左侧，靠近肋骨的地方，那是一个临时改造的钱包，里面也几乎是空的。这让他的胃清醒了不少。他想，反正东北这地方的西北风不缺，看来得喝西北风了。想到这里，他竟然咧嘴笑了一下。

拴柱让柯力拾在火车站大门左侧等着，说是有大队的马车来县城买东西，到时接他们一起走。果然，不多久就过来一辆马车，套着两匹马。马都是枣红色的，跑得欢畅无比，呼着白气，在一片雪地包围的街道上，如同两团奔跑的火焰，鲜艳无比。当然，如果从天空的高处看下去，则像是并排着的两朵红莲，随着风的摇动，它们也一起摇动。

马车停稳之后，一个穿着好像是改过的军装的女子跳下来，一边跺着脚，一边对着拴柱嚷嚷："拴柱哥，你坐火车前打电话说好了火车到站的时间，怎么现在才到！你是去造火车了还是咋的？火车没有脱轨吧？"

拴柱在那里乐了："秀菊，别在那里大呼小叫的，火车的方向盘又不是掌握在我的手里。现在不是来了嘛。你爹叫我兄弟，你管我叫哥，不知你们家怎么论的。对了，这是我表侄，他都比你大了，以后还是叫我叔顺耳一些。"

这个女子看了看柯力拾，眼睛滴溜溜地转了几圈："哟，原来你还拐了一个白面书生来。人家回趟老家都拐个媳妇来，你倒好，拐了个男的。你说这是你表侄，别以为你们男人这种辈分我不懂，他管你叫表叔，那你该恭喜我了，我又多了一个侄子，哈哈哈……"两匹马也可能受到了她笑声的感染，打着响鼻，好似对着几个人大笑起来。

这时大家都上了马车，柯力拾偷偷地打量了一下这个叫作秀菊的姑娘。感觉她个子挺高，和柯力拾站在一起，比他矮不了多少，在女人中属于高个了。她的脸并不太白，如同一朵淡红色的菊花，开在中午的太阳下，她的周围就充满阳光了。特别是她的屁股翘翘的。柯力拾看了后，发现马车旁边的雪竟然也悄悄地融化了一片。

后来帮着生产队在大雨前抢收黄豆时，柯力拾在王秀菊的身后，用镰刀割着黄豆秸秆，她的臀部翘翘的，在柯力拾眼前晃动着，晃得他的心如风中灯火，摇晃不已。东北地区感觉什么都大，黄豆秸秆也比老家粗壮，女人更是丰满。王秀菊干活儿丝毫不怵男人，柯力拾干活儿还经常落在她的后面。看着她圆滚滚的臀部，柯力拾不由心里一阵躁动。当然，如果他加快干活儿的节奏，赶到她的前面去，转头时，会看见她的胸部也是圆滚滚的。等到王秀菊看着他发呆，对他笑时，他会发现王秀菊的笑容也是圆滚滚的，如同太阳向他滚滚而来。

柯力拾声音哑哑地说："我们老家叫作各亲各论，你和拴柱表叔的关系，到我这里不好使了。"

秀菊又笑了起来，白色的牙齿在中午的阳光下闪着光："你声音怎么这么小啊，你们老家那里的男人难道都这样，都和女人似的？对了，还不如我这个姑娘。"

拴柱说："他声音小？那是饿的。我们这几天都在火车上挤着，手都拿不出来。"

秀菊身边斜挎着一个绿色的帆布包，上面用线绣着"为人民服务"几个字。她打开后，拿出来两块面包，给柯力拾和拴柱每人一块，说："一人一块啊，管充饥不管饱，我刚才买衣服时买的，自己还没有舍得吃。"

前面赶马车的长着酒糟鼻子，是一个五十多岁的健壮男人，在那里觍着脸说："秀菊，也给我一块呗。"

秀菊不理他，仰着头说："没有你的，赶马车吃东西会分散注意力，危险。"

然后，秀菊悄悄地对柯力拾说："就不给他吃，这个老孙是个色鬼，我坐在马车前边时，他老是往我身上蹭。"

不过，不知是怕冷还是怎么的，她那丰满的臀部还是紧紧挨着柯力拾，柯力拾竟然感觉有些热了起来。原来东北也不是都冷的，也是分地方的啊。

秀菊看着前面的两匹马说："你看前面这两匹马多漂亮，一公一母，是一对夫妻。丈夫就是更大一点儿的那匹，总是努力顶在前面拉车，它这是让妻子少使点儿劲。那匹母马也没有闲着，也尽量帮丈夫分担一点儿。如果人都像这样就好了。"

听到这里，柯力拾忽然想起父亲和母亲来。其实，有时，人真的不如马。就算穷一点儿，如果妻子和丈夫一起努力，日子还是会好过很多。

　　这对马夫妻不知道柯力拾和秀菊怎么想它们,在那里四蹄翻飞,清脆地压着雪花向前跑着,能够看到它们踏出的雪花形成小小的雪雾。两匹马不知坐车的人怎么想,就如同坐车的这几个人也不知两匹马在想什么。其实,人和人之间,也与人和马之间差不多。

　　这辆马车载着几个人,经过了不少屋顶烟囱冒着烟气的粗糙村子,穿过了不少被漫漫积雪覆盖的丘陵,在下午到了拴柱他们落脚的那个红旗屯。远远看去,这个屯子呈土灰色,在广袤的平原丘陵之间,不见多少人影。这个屯子里的人比柯力拾老家村子里的少一些,屯子面积倒是大得多。这个屯子有一百多号人的样子,从南到北,稀稀拉拉的农民院子延续一二里路。几十户人家的房屋横卧在那里,萧索的寒风中,好像睡着了一样,也不知睡了多少年,不知什么力量能够把它们唤醒。天空一片平静,看不到一点儿波澜,只能看到几只乌鸦在屯子上空盘旋,偶尔高叫几声,不知在交流什么,最后都飞向了远处的桦树林。

　　马车到了红旗屯,秀菊看了一眼柯力拾,对拴柱打了个招呼,带着一包东西,脚步轻盈地在村口下了马车。两匹马这时也感觉有些急了,在那里咳儿咳儿叫着抗议,好在不久,柯力拾也到了拴柱住的那个小院子门前。

　　这是一个土坯建的小院子,能够看到一些土已经脱落,墙凹进去几块。在这个小院子的怀抱里,还有两间土坯的小房子。寒风不知在小房子头顶上走过了多少遍,也不知在它们粗糙的腰身上摇撼过多少次,它们已经走过了生命最茂盛的时期,开始走向没落了。房子的窗户是有玻璃的，不过，玻璃不知是冻裂了，还是被什么东西砸裂了，裂缝在玻璃上画着奇怪的符号。虽然有的缝隙不大，但风还是会很执着地钻进来。里面住的几个男人就用牛皮纸将裂缝糊住。泥土制作的炕上到处都是裂缝，有的可以伸进手指，有的可以伸进巴掌。拴柱说，刚住进来开始烧炕时，滚滚黑烟就从缝里挤出来。这几个大老爷们儿就趁着太阳好的时候，在外面弄了一些土，倒水和泥，然后用手一巴掌一巴掌地把裂缝糊住。

在东北过冬的人，都应该感谢土炕，以及和土炕连在一起的炉灶。这里的炉灶是有生命的，它们吃进去燃烧的木头样子从而获得生命。火在炉灶里面小声地呵呵笑着，让屋里的人感受到了它的温暖。火墙最先感受到这些火的善意，火再逐渐温暖四周，温暖土炕，温暖外屋屋顶草把子上挂着的白花花的冰霜，温暖简陋的窗台，温暖窗户上冻着的厚厚冰坨，温暖墙角里冻成菊花一样的霜花。

这个破落的院子原来是屯子里的大队书记的。大队书记叫作王开泰，红脸膛，长得人高马大，声音洪亮，说话时声音大一点儿就能在雪地里砸出一个坑来。他祖父那辈没闯关东之前，家就在柯力拾他们县的隔壁县，因此，对老家来的人很热情。王开泰就是秀菊的爸爸。这里的牲畜、庄稼、树木都很粗壮，人也都是大体格子，这点秀菊随他爸。

二

柯力拾到红旗屯时，已经过了伐木的时候。只有立冬后到春节前，才是伐木人的黄金季节。这个时候，冬天不再庇护森林里的树木,派遣风和寒冷抽走它们体内更多的水分。不过,这是对伐木人的眷顾。这个时候伐倒的树木更轻,也更容易运输。这个时候蚊虫早已销声匿迹,人和运木材的牲口都可以免受蚊虫叮咬之苦。可不要小瞧这里的蚊虫,你们那里的是蚊虫,这里的相比可能就是重磅炸弹,一点儿也没有夸张。这里有一种叫作小咬的虫子,咬人后会造成感染,这可能会导致人身体残疾,重则使人丧命。柯力拾的村子里以前就有一个大哥,曾经在这里的森林里伐木,不幸被小咬咬了嘴,感染后成了半瘫。他本来是一个身体很好的大高个男人,结果从此以后连走路都有了方向困扰,大脑想向左走,脚却不同意,偏偏向右走。本来他面容祥和,半瘫后却面目狰狞,一副七个不服八个不忿一百二十个不含糊的样子。不过,这位大哥可以对着玉皇大帝发誓,他可真不是那样子的人。当然,冬天伐木还有一个好处,就是牲口在大雪之上拉木头如船行水上,更加顺畅。

那个冬天,刚开始和伐木队一起准备祭拜山神时,柯力拾还有些发蒙,并且有种无能为力的感觉。他感觉他如同水中漂流的浮萍一样,不由自己决定,而是被水推到了那棵巨大的红松面前。他感觉自己如同无数雪花中的一朵,不是自己愿意变冷的,而是西风把自己吹冷的。就像他多年后逐渐变老,不是他自己想老的,而是被岁月催老的。

这棵红松很老了,时间同样没有放过它。它垂垂老矣,身上被岁月凿出的大洞,足够容纳这片森林里最大的黑熊过冬。这里已经是原始森林,不缺少古老的树木,不过,这棵树是这片古老树木中最古老的。如同一个村里年龄最大的老人,这棵树看惯了人世的沧桑,一脸平静地看着脚下这群小小的人。为什么选择这棵老松树呢？因为这棵老松树已经吸收了不知多少日月精华，已经有了灵气。伐木人祭拜山神，山神还在遥远的森林深处等着，需要传递祭拜信息的使者，这棵老松树就是使者。它把众人的敬意用手托举起来，乘坐着袅袅的香烛烟气，送到山神那里。

一块红布被钉子钉在这棵大树一人高的地方。柯力拾不知为什么用红布：红布是用来辟邪？还是如同斗牛一样，用来刺激这帮伐木人的勇气？

老松树看着树下，一个五十多岁胡须乱糟糟的人在那里安排众人摆好黑毛猪头，点好香。别看树下这个指挥者在人群中属于年龄大的，一脸沧桑，一副胸有成竹的样子，但在老松树眼里，他不过是一个毛孩子。当然，一个几百岁，一个几十岁，无管是论年龄还是论资历，树下的老人都难和老松树相比。老松树最了解他，这个人姓战，名字叫作战斗。在他跟着其他老把头第一次来这棵老松树下时，老松树就认识了他。那时战斗还被叫作小战，嘴上还如同初生的韭菜一样，只有一点点胡须的黑色痕迹。后来小战成了大战，大战又成为老战，老松树把当年树下伐木的那帮人轻轻松松地熬死了大半，当年最早和他战斗在一起的伐木人，一个都不剩了。这让战斗当之无愧地成了这个伐木队的头儿。

老松树忽然听见了战斗在树下高呼，声音苍凉而高昂，如同苍鹰的叫声划过荒凉而陡峭的山谷。这是人的语言，老松树听不懂。不过，几百年了，几乎每年冬天伐木人上山祭拜时都是这么个声音。在老把头战斗高呼之后，他如同被砍倒的树一样跪拜在老松树下，众人也都跟着跪下，声音和着老把头的高呼，山呼海啸一般。老松树听不懂的人间语言，柯力拾能够听懂，众人一起喊："山神爷爷要听好，我们今年开山早，伐木都是安全道，砍树顺风没有跑。保佑我们安全了，好酒好肉伺候饱。"

老松树看过无数次祭拜山神的仪式，接下来的流程它已经烂熟于心，那就是找一棵比它小一号的红松树。当然，小红松比起老松树来是小，比起人来却不知大了多少岁。这也是老松树在附近的后代。老松树知道这帮人找这棵松树是为今冬开山伐木祭旗，它自己不忍心，却没有办法，每个人都有命，每棵树也都有命，这就是这棵松树的命运。

老松树看到老战在选中的红松树一侧用斧头砍了几下，那棵可怜红松树的骨头渣溅在了它的身上。冬天树的血稀少而冰冷，倒让人感觉不太血腥。斧头砍的这一侧是伐木人为那棵红松树的死亡所指引的方向。接着它又听到老战大喊一声，"向南倒，亡魂好跑"，旁边两个伐木的大汉，把着一把大锯，在这棵松树被砍处的另外一侧下锯，两个人你来我往，大锯在他们手中如同玩具，木头碎屑飞舞如同幻梦破裂，过了不多久，就听见这棵松树内部有如同房屋倒塌一般的声音，树头带动树根，树根摇动树头，它缓慢却坚决地向着南方倒去，人群中又是一片欢呼："顺山倒，顺山倒……"

那棵松树倒下后，留下崭新的树墩子。伐木人都是有经验的老手，树墩子上的切面十分平整，如同刚宰过的牲畜般隐隐冒着热气，竟然在冬天里散发出春天的树木味道。虽然柯力拾那时还年轻，但是，在大雪地里站了这么长时间也累了，周围也没有个坐的地方，就不由自主地想过去坐下歇会儿。屁股还没有落桩，就被旁边的拴柱猛地推了一把："表侄，这你不能坐，这是山神爷的饭桌，你坐他的饭桌，他砸你的饭碗。"旁边其他人也在七嘴八舌地插话：

"你这个小伙子,听说是新来的吧。这也不怪你,这是我们伐木帮的规矩,你可以骂天骂地,有的话却不能说。我们这个行当有不少忌口。拴柱哥是这方面的老把式,你们也是亲戚,慢慢多学着点儿。"柯力拾知道犯了这个行业的忌讳,摸着耳朵讪讪地说:"不好意思啊,我还真不知道这么多的规矩。我以后多注意就是。"

没有到这个地方伐木之前,柯力拾无法理解这里的人为什么要举行进山前的山神祭拜仪式。这有什么值得祭拜的呢?人在所有的生灵中,不是最强大的吗?不过,等他真的在冬天进了山,就感觉到了自己的渺小。在看不到尽头的淡蓝色雪雾中,身边的树木都如同巨人一般,无边的风雪刮得扯天扯地,人不过是干枯的芦苇,实在不值一提。几乎任何一棵树都比人高,任何一阵风雪都可能把人当作蚂蚁一样碾压。柯力拾感觉自己曾经的一点儿雄心被压在胸腔内,薄薄的,几乎感受不到。人是这片严酷、宏大天地下的奴隶。在这里,人会不由得向着一个看不到却好似真实存在的神俯首跪拜。

在这次祭山之前,柯力拾感觉这个伐木队就是一个草台班子,来自天南地北的人临时凑在一起,如同风雨把一群陌生的鸡鸭赶到一起。不过,祭山之后,同心酒也喝了,他们的心就如同被一根无形的线系在一起,好像他们多年前就认识,他们的心也好似失散了多年,重新聚拢到一起,能够感觉到彼此的跳动和温热。

三

在冬天最冷的时候,被称为大烟炮的大雪夹杂在西北风中呼啸而来,尽管伐木队里都是一些能干累活、吃大苦的汉子,但在温度都降到零下几十度,雪都积了一米多厚的天气里,他们也无法伐木。伐木队这个时候会在窝棚里猫上几天。都是男人,还能有什么快乐呢? 最大的乐趣就是喝酒打牌。

这天,工友张二虎到窝棚不远处的一棵大树后大便,可能连屁股都没来得及擦,就一头拱回了窝棚,大喊着:"不好了,这里来狼了!"大家在那里也不吃惊,有人大笑着问:"是公的还是母的? 如果是母的就好了,我们这里最缺的就是母的了。"

张二虎在那里气喘吁吁地说:"我没有工夫和你闲扯淡,真有狼。我怎么知道是公的母的,我又没有看到真狼,就是看到了狼的爪子印。"

老把头战斗这时过来说:"这里是深山老林,狼就像狗一样平常。再说,我们在这里生火做饭,现在是冬天,狼也难找到吃的,能不把狼给引来吗? 狼是好心,给我们送肉上门了。这么多天没吃过肉,嘴里都淡出个鸟来了。"

老把头在门后一个袋子里摸索了半天,掏出一个带着铁链子的铁夹子,招呼张二虎和柯力拾说:"你们两个跟着我,随身带着家伙,我弄些野味给大家改善一下伙食。"从他准备的东西来看,以前他没有少做这种套狼的事情。几个年轻一点儿的没见过套狼,也跟着出来看稀罕,其他人还是该做什么做什么,闹起的热气都能把窝棚顶翻。

老把头手里拿着的那个铁夹子上面还沾着几根灰色的毛发,可能是以前套狼时留下的。此时,他细心地把毛发摘下,顺风扔到远处去。然后,用脚踩着铁夹子一边的铁板,用力把连接铁夹子的另一块铁板的弹簧撑开,然后铁板别住向着两边压平。别看他上了一点儿岁数，那手劲就是年轻人也不能比，要论掰手腕，伐木队里几十号人里没有几个人是他的对手。但就是如此，也能看出他掰开铁夹子还是有些费力，可见铁夹子合拢的力度不小，估计就是一头熊被夹住后，也难以逃脱。接着他把连接铁夹子的铁链子固定在一棵大树上，如同抚摸他的孙子，他温柔地用雪把铁夹子遮住、抚平。他说："狼这东西疑心最大，有一点儿怀疑，就不会上当。"

第二天中午，雪还是执着地下个不停，这里的雪都有犟脾气。快到吃午饭的时候，做饭的张大爷正在满头大汗地张罗。他出去倒水，出去得快，回来得更快。他如同受惊的兔子似的迅速钻回到窝棚里，颤抖着喊着说："套住狼了，大家抄家伙！"像是被一把火烧了屁股，众人从窝棚里嗷嗷地蹿了出去。在窝棚东边，在靠近一片浓密森林边缘的地方，他们看到了一只前来做客的巨大灰狼。不过，这帮人类可没有待客之道。狼只能焦躁地蹲在那里，眼里透露出愤怒和无奈。它可能在铁夹子上挣扎了挺长的时间，在固定铁夹子的大树上，能够看到狼的牙齿撕咬过的痕迹。这棵大树的周围像是经历了一场战争，雪都被踩踏得平整了很多。这只灰狼看到那么多人气势汹汹地赶来，看样子显然不是请它吃午饭，它好像忽然被注入了活力，龇牙咧嘴地开始和那个套住它命运的铁链搏斗起来。

忽然，老把头说："大家注意，东边树下还有一只狼，可能是母狼。这是一对夫妻。母狼还没有走，想把公狼救走。现在大家伙儿先把这只收拾了。"众人这时疯了一样，有手里拿菜刀的，有拿斧头的，也有拿棍子的，都纷纷朝着这只灰狼招呼过去。这只狼坚持了一会儿，瞬间跳动了几下，慢慢地向后倒去。不过，脚上的铁链把它逐渐变凉的身体绷住，这让它和固定铁链的大树形成一个拔河的姿势。很快这只灰狼发出了最后一声嘶吼，像是咒骂这个世界，也像是和那只母狼告别，那只母狼似乎听懂了，也跟着嘶吼了一声，它们的世界就安静了下来。

当把这只巨大的灰狼拖回窝棚时，本来十分兴奋的工友们忽然安静下来，或许他们感觉到了生命短暂的残酷，或许这次打狼耗尽了他们的精力。

柯力拾不知这些工友们注意到了没有，肆虐几天的暴风雪竟然在这时停了。向着西方看去，在层层密布的森林上空，在远方的山头之上，夕阳展现出冷而光亮的面容，如巨大的琉璃一般，光滑而悲悯地悬挂在那里。

那只母狼仍在窝棚周围盘旋不去，连着几天都是如此，一直等到它闻到了公狼的肉香味道后，才不见了踪影。柯力拾吃着公狼的肉，心里不是滋味。看来比起狼，人的残忍不遑多让，谁也不要说谁。

柯力拾以前吃过狗肉，却从来没有吃过狼肉。别说他了，这个伐木队里没有吃过狼肉的人还真不少，他们都不知怎么吃。只听老把头战斗安排说："狼肉和狗肉味差不多，就是腥味要重一些，煮熟了比狗肉更硬。老张，你做肉时还要像上次那样，把我的高度二锅头放上一些，还有，用山下带上来的干的红辣椒做佐料，先用猛火炖，七分熟时用慢火，这样做出来的才好吃。"

冬天的窝棚，真的可以说是内外冰火两重天。外边的大地和森林都披上了银色的斗篷，浑然一体，好像被冻成了一块巨大的冰晶。那种冷就是一种利刃直逼面门的冷,寒光闪闪,摄人心魄。不过,当那些衣衫褴褛的伐木人一脚踏进窝棚里,就瞬间从冬天进入了夏天。靠山吃山,靠水吃水,伐木人还能少得了木头?成棵的桦树被劈成一条条的,白鱼一样,扔进热火朝天的灶里,加上窝棚里人多,窝棚地板也要比地面低一些,里面的温度可真不低。这伙人喝酒不用什么杯子,而是共用一个大茶缸子,如同击鼓传花一样,它在各位工友之间传递。

吃完狼肉,再喝上小半碗北大荒小烧酒后,张二虎把他那一身腱子肉露了出来,毛蛋和他划拳时好像被传染了,也把上衣一脱,"五魁首啊,六六顺啊,七个巧啊,八匹马啊",两个人在那里吆喝起来。拴柱也在那里小声地哼哼着:"北大荒真荒凉,又有兔子又有狼,就是缺少大姑娘。"正当大家喝得兴起之时,毛蛋可能因为喝多了,乐极生悲,忽然流出了眼泪,在那里扯着嗓子吼了起来:"出了山海关,两眼泪涟涟,今日离了家,何日才得还?一棵大树两吊半,要用命来换!"哭声越来越大,大家一愣,有人过去劝解,越劝毛蛋哭得越厉害。老战这时过来,也不多说话,照头就是一个大嘴巴,还不解气,又朝毛蛋的腚上狠狠踢了一脚,骂道:"你小子喝酒喝到狗肚子里去了,猫尿不能喝就别喝,到炕上挺尸去。"狗蛋倒是吃这一套,转眼就眉开眼笑:"战大爷,你和别人战斗,别和我战斗了,我是喝了猫尿,我现在就去炕上挺着。"说着,歪歪扭扭地走到炕边,一分钟不到,鼾声响起,震得窗棂上的牛皮纸颤颤发抖。

柯力拾一开始感觉这种生活还有点儿意思,但慢慢也感觉无聊起来。无聊到什么程度?比他从家里带来的那本高中物理书还无聊。他索性一个人看这本以前读书时让自己难堪的物理书。因为这本书,他曾经被那个物理女老师当众撕过腮帮子。旁边有人看到,就过来笑话他:"秀才,你不打算伐木了,以后要考个状元?"柯力拾呵呵笑着说:"考个球的状元,我只是闲得慌,喝酒不行,不懂划拳,没事看点儿书玩。"

张二虎这时酒劲上来了,端着个茶缸子过来,里面的酒在火光下闪烁出蓝莹莹的光。"秀才,来喝酒。"

柯力拾感觉他来者不善,就推辞道:"我喝酒天生不行,是遗传的,我爹一辈子也不能喝酒,一喝酒太阳穴这里的动脉就会膨胀得厉害。"

张二虎打着嗝说:"别说你爹不喝酒,就是你爷爷不喝酒,你也得把这碗酒喝了。别给我拽词,什么动脉不动脉的,就是毒药你也得给我喝了。"

柯力拾真的不能喝酒,这也是他一生的短板,后来在考古研究院做了院长,这也是他被别人私下诟病之处,说他是假清高,不合群。

柯力拾说:"二虎哥,不是不给你面子,我是什么人,你还不知道吗?能喝还会不喝?"

张二虎酱紫色的脸好像能溢出血来,旁边也有其他的本地伐木工人在那里起哄:"看来张二虎就是假虎,敬酒秀才都不喝。"

这个伐木队有三十来号人,一部分是本地人,另外一部分人是拴柱他们这群来自山东的外地人,当地人有时称外地人为盲流。拴柱到这个屯子伐木有些年岁了,和本地人也熟悉,不仅在那些外地的伐木人那里有威望,就是在本地人那里也有威信,遇到有人说外地人是盲流的时候,就会骂:"你他妈的说谁是盲流呢!向上数三辈，就算你们的爹不是山东的，你们爷爷也是山东的。我们是盲流，你们不是盲流的儿子，就是盲流的孙子。"拴柱的年龄和资历摆在那里，他骂人的时候就是当地人也不敢龇牙。再说他五短身材，天生神力，吃核桃都是用手直接掰开的，连锤子都不用，谁不怵他三分？

不过，拴柱也有个命门，就是疼侄子。因为以前家里穷，他的婚事被耽误了，一直没有结婚。在山东老家的弟弟靠着三寸不烂之舌娶到了邻居家的一个闺女，生了三个孩子。他弟弟爱好挺广泛，不仅喜欢吃喝打牌，还喜欢打老婆。老婆在一次被打后没有想开，就寻了短见。没有办法，弟弟在老家只要没钱了，就让孩子来问大伯拴柱要钱。拴柱用命换的钱，都补贴给弟弟一家了。看来一物降一物，这都是命中注定，谁也没有办法改变的。

柯力拾正在那里为难，拴柱推开围观的人，蒲扇一样的大手伸向张二虎："张二虎你这个龟孙，欺负我表侄不会喝酒啊，我和你喝行不行？"

张二虎从来都是看人下菜的主，在从外地到这里伐木的这帮人中，就拴柱能拿住他。他一看拴柱来了，马上连骨头也酥软下来，说道："拴柱哥，你那酒量谁不知道，我哪里招架得住，我就是和秀才开个玩笑。"说着，张二虎连忙把酒碗放下，红着眼珠子到炕角哼哼起来。

伐木队住的窝棚的门都是向里面开的，这和柯力拾老家都是向外开的门截然不同。一开始他还不知道为什么这么设计，有天一大早，他一打开门，就看到雪像山一样正堵住门口，这才明白，如果门向外开，屋里的人根本无法推开门。

　　大家显然都习惯了,如同人形老鼠,用铲子沿着门口向外掏出一个洞,再沿着这个洞向外清理。风裹挟雪从雪洞外吹入室内,有人在那里咳嗽着骂娘。

　　至今柯力拾都不会忘记那几年的冬天,仿佛严冬把那段时间冻住了,无论多少年都不会融化。多年后把那段记忆打捞起来时,他还会不由自主地打寒战。

　　柯力拾拖着那个一米多长的大锯,雪的表面有些凝结,大锯滑过上面,如同滑过坚硬的物体,发出一阵阵当当的寒冷的响声。尽管他戴着棉手套,手上还是感觉冰冷入骨。他脚上穿着胶底棉鞋,头上戴着破狗皮帽子,这已经是他能找到的最高配置的防寒装备了。不过,在这么大的风雪之中,他还是感觉如同穿着单衣一般。

　　柯力拾站在准备要伐倒的大树面前,这是一棵古老的落叶松,估计直径至少一米,它在这里不知等待了多少年,好像也有些不耐烦了,今天终于等到柯力拾,让他来终结自己的一生。

　　到底拴柱是个厚道人,再说也算是远亲,是亲三分向,拴柱怕柯力拾刚开始伐木有危险,就专门找他搭伴,两个人一起拉大锯伐树。看着柯力拾有些发呆,拴柱喊道:"你小子还在寻思什么?这是干活儿,不能三心二意。现在听我的,听我的可以保命,看好我是怎么伐树的。看准这棵树向哪边倒,一般是向着坡度低的方向倒,还有就是向着树头大的方向倒。现在找个下锯的地方,就这么高,离地一扎长差不多。这叫作下锯口。"拴柱用手比画着:"我们一起拉大锯,感觉锯到树的三分之一的地方,就换锯口,在对着的另外一面拉,这叫作上锯口,直到两边对上。接着,我用斧子在下锯口砍个斜坎,听到大树咯吱咯吱要倒的时候,你就喊'顺山倒',

声音要大，这是老祖宗传下来的规矩，也是怕周围的人不知道被砸着。这么大的树倒下不得了，就是树干砸不着，树枝刮着也是要命的。这个活儿不光是赚钱，也是赌命。"

拴柱也是一个伐木的老把式了。他先看好地形和树冠的走向，用斧头在树准备倒的一面砍上几斧，开好槽，端起大锯，对着柯力拾吆喝了一声："表侄，现在就看你能不能吃这碗饭了。这个活儿不要多少技术，你甩开膀子拉就行了。"

只有自己动手，柯力拾才知道，东北地区冬天那么冷，为什么这个季节还要伐木。至少这个时候木头冻得嘎嘎脆，大锯拉上去省力得多。不过，有利就有弊，能感觉狂风暴雪如同无数个小小的锤头一样，无情地砸在他的脸上。

开始柯力拾只是麻木地跟随着拴柱拉大锯的动作，其实，拉过大锯的人都知道，这已经是借了拴柱不少力气了。就算这样，柯力拾到底没有经历过这么强体力的劳动，只感觉汗水和雪水混合流淌在脸上，木屑和雪花夹在一起迷住眼睛，他再也分不清哪些是雪花，哪些是木屑。

第五章

救人者救己

一

鹅毛大雪下了三天三夜，不用想，外面的雪下得沟满河平。一整夜，柯力拾和拴柱他们几个人在住的两间土房子里，听着风裹挟着雪，如同疯牛一样，剧烈地摇动着院门前的一棵榆树，榆树的根似乎连着房屋的地基，于是，在风雪中显得更弱小的房屋好像要被拆了一样。众人能够听见榆树在那里努力抵抗，渐渐体力不支，呻吟，求饶，但是，狂暴的风雪不会管那么多，还是肆无忌惮地施展着威力。是的，在东北的这个时候，风雪才是这里真正的主人，它们驾驶着威力无比的巨大银色马车，碾压着面前一切不服从的物体。

腊月二十三这天，伐木队就收工准备回去过年了。难过的日子好过的年，无论生活展现出怎样狂暴的面目，该喜庆的时候还是要尽量开心一点儿。特别是在北方，人们对过年的热爱在那些年有一种宗教般的狂热。北方有句俗语，过了腊八就是年。一过腊八,无论是大人还是孩子,都会感受到浓浓的年味弥漫在这片稀疏的房子之间,久久不愿散去。腊月二十四这天,也是传统的灶王爷辞灶的日子。屯子里的老户都在这天准备了糖元宝、芝麻糖之类的东西,专门烧香献给灶王爷,意思就是塞住灶王爷的嘴,贿赂一下,让他行个方便,别到天上给玉皇大帝述职时,说人间丑恶的坏话,而是让玉皇大帝来年赐给下界风调雨顺,这叫作"上天言好事,下界保平安"。然后,把去年贴的、已经烟熏火燎一年没有洗脸的灶王爷的画纸撕下来,再准备一些纸做的金元宝、银元宝一起烧了,就算是恭送灶王爷他老人家圆满上天了。

本来大家都是在外地讨生活的,没有那么多讲究,不过,拴柱是一个有老思想的人,在不讲究中他还是有些讲究的。他简单地把去年的灶王爷画纸烧了,口里念念有词,祷告了一番,谁也不知他说的什么,用他的话说,"信则有,不信则无"。

王秀菊这天竟然来了。她这次围着一条红色的围巾,绕在背后,和两条辫子亲密地相拥着,人比炉灶里烧得最旺的柴火还要闪亮,这让光棍汉们的热情也一下子燃烧起来。如果没有这两间土坯房的墙挡着,估计这些光棍汉都能就地自燃。

柯力拾最怕王秀菊向院子的东南墙角那地方看。这两间土房子里住的五六个光棍汉,都是能吃能尿的,晚上太冷也没法到远处上公共茅厕,撒尿就在墙角,结果尿液瞬间就冻上了,很快就形成了规模不小的尿金字塔。这个时候,如果让王秀菊看到,多不好意思。真是怕啥来啥,王秀菊偏偏向着那个地方看,她也是东北人,一看那座黄绿色的塔,马上就知道这座金字塔是如何建成的了。她立刻就笑得喘不过气来:"哟,看来明年生产队里缺尿素,到你们这个工厂里拉就行了。"拴柱在那里尴尬地笑着,在旁边打马虎眼转移她的注意力:"秀菊,在外面要冻成冰棍了,到里屋唠嗑呗。"

她刚迈进房子的门槛,就再也不向里面走了。她又露出整齐的白牙,这让外面的雪似乎也闪耀了起来,她说:"你们这帮大老爷们儿的味道还是太冲了,有些上头,我爸五十二度的烧酒都没有这么厉害,我还是别进屋了。"

她又对柯力拾打招呼说:"哎,柯秀才,现在知道你的水平了。我们村里的那个老民办教师这段时间住院了,过年了屯子里的对联没人写,我爸听说就你文化水平高,请你到大队部给大家写春联呢。"

柯力拾在那里连忙摆手谦虚地说:"我写得不好,别让我现眼了。"其实,柯力拾毛笔字写得还真不错。他在上初中时,回家要穿过山边的一道狭窄土路,再绕过充满浩荡大水的水库旁边的一道防洪堤,走过一条有些年岁的石桥,就到了春节时总是贴着遒劲喜庆大字的那扇大门的前面。在夏天经过这户人家的时候,他发现有一眼泉水从这家的墙里流到墙外,再缓缓地流向一条沟渠,最后流向村边的大河。柯力拾到这家找水喝的时候,经常会遇到一个看起来没有多少劳动能力的老人。他喝完水后就会客气地和老人打个招呼,一来二去,就知道这个老人是个老私塾,做过本地最大地主的管家,写得一手好毛笔字。柯力拾天生就对文化人感兴趣。他仰慕老人家的书法功力,老人家也喜欢柯力拾的好学,还真的教了他一段时间的书法,直到老私塾去世了,他才不再学。

屋里同村的春排也是个荷尔蒙旺盛的青年,也是光棍。光棍的特点就是会抓住一切机会向讨媳妇的方向联想。他挤眉弄眼地说："我说大兄弟，这么好的机会，还不快去，弄不好还能写个媳妇回来。你还写不好？在咱村里时，我都见过不少次你给村里人写春联。有时婚娶丧事，你也没少给人写过字。"

经历了几个月在大森林大风雪中伐木的考验，柯力拾感觉自己如同一直挣扎在大海风浪里的船，每个细胞都在拼搏，每一次呼吸都在努力，每一声话语都在呼号。现在和王秀菊走在去大队部的路上，风雪停了，远处的山脉如同青黛一抹，把他的视线延展得很远。附近农民的地窖子的烟囱缓缓地冒着青烟，烟温柔地摇摆着，从村庄升到上空，逐渐淡到不可见。苍白的太阳也升起来了，不远处田地里还剩下的玉米秸秆零落地站立在寒冬中，让这块广袤的大地不是特别寂寞。地里没有人的足迹，一串歪歪斜斜的可能是狐狸的爪印，梅花一样地印在田野里，一直弯曲延伸到附近的桦树林中。冬日白天的天空中很少有鸟，如同洗过一样干净。去大队部的路上没有人，旁边的王秀菊快乐地在结冰的路上滑着，一阵小跑，再喊着让柯力拾快点儿，看上去还是一副小女孩的样子。这让天空的太阳显得更加温暖。柯力拾也受到了感染，他用力地拍了拍头上的帽子，梆梆作响，没错，这短暂的快乐确实是属于自己的。

二

不论生活多么不易，临近新年，在屯子里，人的希望就如同花朵一样绽放开来。这一年倒霉的，希望通过过年转运；这一年过得还凑合的，希望来年多挣点儿工分，多搞点儿副业。平常屯子里脾气大得要命的人，比如祖辈都会杀猪的老胡，现在也变得脾气好起来了。当然，也可能是因为有求于柯力拾。来大队部写春联的人忽然感觉柯力拾这小伙子不凡起来，当柯力拾用毛笔龙飞凤舞写春联的时候，都在那里虔诚地看着他。

有个胖子还在那里奉承："你看这个字写得，我就是没有文化，也知道就是好。"旁边有人问："咋好了，胖子?"胖子也不急："就是好，你看这字，又大又圆，和我长得一样，分量足，能不好吗?"众人一阵哄笑。看着王秀菊一脸喜色地端详着柯力拾写字，胖子又对她说："闺女，看着没有，以后找对象就找这样的，别找叔这样的，吃不好，大字不认得一箩筐，还虚胖。"他看了看身边杀猪的老胡，嘿嘿笑着说："也别找老胡这样的，脾气不好，家里吃饭的碗都让他砸光了。"王秀菊也不害羞，在那里大声地说："好啊，我要找就找大学生，高中生我都不稀罕，别看我是初中生，咱就是喜欢文化人。"

这时一个瘦高的青年在旁边阴沉地说："写字好有什么用？过了正月十五还不得进山伐木头?"众人一看是村里的民兵连长楚高生。大家都不傻，听他话里有话，就都不言语了。王秀菊倒是不在乎，嚷嚷着说："是啊，楚高生，伐木头没有什么了不起，你看护玉米就了不起了。"瘦高青年看了看王秀菊，连忙给自己打圆场，讪讪地说："我没有说什么啊，我是鼓励他。他这个字是不错，不过，还没有得到真传，再找名师学习一下就更好了。"

屯子里的人家不多，柯力拾本来做事就快，不到中午就把春联写完了。抬头看时，太阳不知什么时候已经隐去，天阴沉沉的，如同医院里的重症病人的家属，一脸阴郁——有下大雪的征兆。在柯力拾收拾好准备回自己住的房子时，王秀菊从另一间大队办公室过来，这次还是背着那个绿色的挎包。此时写春联的人都回家备年了，办公室里一下子冷清了不少。王秀菊很小心地把柯力拾拉到一边，悄悄地说："秀才，今天你好人做到底，因为我还是大队知青的会计，上级给知青发的这月工资在我这里。"说着，她拍了一下挎包，又说："知青也要过年，今天都腊月二十四了，不能再等了，就得麻烦你顺路陪我去一趟，回来请你吃大骨头炖酸菜。不陪不行。"

柯力拾知道，去知青点需要过四五个山头，到这个大队北边最远的屯子头上。正好自己回去也没有什么事情，几个大老爷们儿不是喝酒就是打牌，相比之下，陪着这个漂亮的姑娘要有意思得多。不知什么时候，他感觉自己心里的毛毛虫开始蠕动起来。

东北的天气说明，很多事情是不能提前计划的。等出了大队部温暖的屋子，就开始起风了。两个人一开始还说说笑笑，后来，漫天的风雪逐渐变大，一开始如同扫帚扫在脸上，慢慢地变成如同皮鞭抽在身上，周围的一切开始凝固，脚下的雪在凝固，森林在凝固，天空在凝固，他们的说笑也在凝固，整个天地之间的万物都像在结晶。

最初两个人还有些拘谨，慢慢地，在风雪的威胁之下，王秀菊也管不了那么多了，她开始拉着柯力拾的袖子。再后来，拉袖子还是感到冷，就搂着柯力拾的手。这时的拉手没有任何情欲的滋味，更像是溺水时抱住浮木。

柯力拾说："没有想到老天爷的脸说变就变，我感觉今天去知青点恐怕不行了，能不能先到我们住的房子，等风雪小了，我再陪你过去。"

王秀菊还是用一只手紧紧地护着挎包。她开始嘴控制不住舌头，大脑控制不住嘴。她几乎不成句地说："这些钱是知青过年的钱，今天得送到，要不出了事情我可担不起这个责任。"

柯力拾还比较清醒，觉得这样下去，不是钱的问题，而是两个人的命可能搭进去的问题。两个人就这么较着劲，距离大的屯子越来越远，走向一个未知的危险领域。大雪把路的痕迹都抹去了，他们的眼睛里簇拥着无穷无尽的雪。道路再也不见一点儿他们平常熟悉的模样。直到这时，王秀菊终于同意和柯力拾一起回他们住的房子。

雪成为一种无规则的循环，如同一个形状无边的巨人在狂舞，地上的雪被吹飞到天上，天上的雪被狠狠地掷到地上。天地成为一体，如同开天辟地之前一样，呈现出一片混沌的状态。雪挤压着所有能够靠近的空间，填满了远近的沟壑。本来周围原野上有半人高的荒草，此时只剩下草茎在风中无力地颤抖，他似乎听见这些残存的草在呼救。风是雪的帮凶，在风的助威之下，雪横冲直撞，打着滚，在无边的田野上撒泼，卷起漫天的烟雾，遮盖住前行的视线，威胁着敢于前进一步的人。

王秀菊靠在柯力拾的身上，如同一截沉重的木头。不过，这截木头还有脚，还会挪动。幸亏这样，否则，就算柯力拾在伐木锻炼后肌肉变得更加有弹性，骨骼比以前更为坚硬，肩膀能够支撑更多的重量，他也没法抬起自己的双脚。平时在雪上行走的时候，就算踩着的是厚厚的雪，他也感觉身体很轻盈，走快了，好像在雪上漂一样。不过，现在他的脚好像更加贪恋大地，每一步都扎到雪的最深处，然后，压实了，才能拔出脚来。

狂风在天空中打磨着刀子，越磨越锋利，这是要把两个人变成冬天之神的祭品的节奏。柯力拾最初感觉到冷的地方是脸,狂风的刀子并不只是在炫耀,更是在脸上锐利地切割。渐渐这把刀子变得轻车熟路起来,一点点地穿透他的衣服,侵入他的身体,搜刮着那里残存的热量,有种达不到目的誓不罢休的执着。

柯力拾那时还年轻,在这之前,虽然想到过死,不过,死是很虚幻的,浮光掠影一样,和他距离那么遥远。是啊,那时他的父母尚健在,死亡还和他隔着一道名叫父母的厚厚的墙,他怎么能够真切地感受到死呢?

不过,随着他的力气消耗殆尽,他开始闻到死亡的气息了。死一开始只是隐藏在雪花飘舞的茫茫天空的远处,后来一步步向着他挪移。当他凝神想看看死到底是什么样子时,它却一瞬间又藏到了高大的灌木丛里面。冬天的利刃削去了灌木丛的叶子,不过,灌木丛那么茂密,也是可以隐藏住死的身子的。他感觉到死的影子了,然后是死的手脚,在他的脸上、手上冰冷地抚摸,巨大无比,渐渐地把他整个人都覆盖住。

再也不见王秀菊开朗的笑容,柯力拾越不让她哭,她越是哭得厉害,就有越来越多的泪水都凝结在脸颊上,成为有些滑稽的冰溜子,让这个年轻女人的脸上有些凌乱,像是她上学时打扫教室卫生偷工减料一样。不过,这个时候也顾不了那么多了。

她像是回到少女时期,再回到婴幼儿时期,没有任何自保能力。柯力拾努力地维持着她抱着他脖子的姿势,这时,能够感受到她胸前突起的乳房,给他的肩背传递来一些温热,这可能是额外的福利吧,当然,这是那种生存本能需求的温暖。

柯力拾戴着火车头帽子,帽檐上已经挂满了冰锥子。在行走的时候,这些冰锥子折断,发出清脆的咔嚓声响。由于内热外冷,寒冷已经把他的帽子冻得硬邦邦的,他感觉自己好像顶着一个钢盔。

这个时候,柯力拾感觉自己被王秀菊绑架了。两个人没有任何血缘关系,也不是男女朋友,仅仅比陌生人稍微熟一些而已。不过,他心里仍然不想放弃。这真是生死存亡的关头,他完全可以扔下王秀菊一个人走。王秀菊自己也说:"我要歇一下,不想走了,你自己走吧。"

王秀菊在他的肩膀上挂着。经常走路的人都知道,远路无轻载,别说是一个人,就是一个几斤重的东西,如果走得远了,也是一种很大的负担。柯力拾也不愿多说话,他感觉说话是一种十分消耗力气的行为,但在内心的恼火推动下,嘴里蹦出来几个字,他说:"你只要停下来,就走不了了。"

柯力拾起初还用脚在向前走,脚下的雪无比热情,前后左右的风拉拉扯扯。后来,他感觉自己是用心在走。因为脚已经麻木了,枯死的木头一样,大脑已经无法驾驭这双脚了。他的心一开始是在鼓励自己:"向前走吧,你还有不知道什么样的未来呢。"后来,他的心开始欺骗自己。心好像一位巫婆,面带神秘地说:"向前走啊,走一百米就不用走了。"走了一百米后,这位巫婆又开始新的欺骗:"再走二百米就不用走了……"柯力拾有时感激他的心,有时诅咒他的心。直到他模模糊糊看到了自己住的土房子,好像濒死的人有了一点儿意识,他感觉泪从眼角流出来了。确实很奇怪,在这种冻彻骨髓的东北野外那么长时间,眼泪竟然还是热的。可能就是眼泪中的那点儿热量,让他跌跌撞撞地撞进了房间。恍惚中,他感觉自己和王秀菊两个人如同被刀砍倒一样，一下子倒在了屋里。

拴柱正在里屋和其他几个人吹牛，忽然看到一个大包袱一样的东西滚进了屋里，定睛一看，原来是柯力拾和王秀菊。两个人撞开门，一股巨大的寒流猛地涌进了房屋。灶台里的火焰也好像因为寒冷变得小了一些。拴柱看到柯力拾要挣扎着把王秀菊向更暖和的里屋拖去，连忙喊了一声："表侄，你别动，要不你们的耳朵鼻子就保不住了。"

此时，柯力拾已经失去了思考和回答的能力。他就任凭拴柱和屋里的其他几个人在那里忙活儿。拴柱几步迈到屋外的院子里，端来满满一脸盆雪。他把两个人的棉帽摘下，又费力将手套脱下，把雪直接倒在柯力拾的脸上，急忙搓了起来。同时，他也安排春排说："大家都帮忙，学着我，把王秀菊也搓搓，一直到耳朵和鼻子都变红了，耳朵和鼻子才算保住了。"这几个大老爷们儿也没有多少忌讳了，都在那里轮流给王秀菊和柯力拾搓着头脸，直到两个人的耳朵和鼻子变得越来越红润，这几个人才停下来喘了口气。拴柱说："这下好了，把这两个人扶到里屋炕上去，我想着还有一块生姜，给两个人烧两碗姜汤。等会儿雪小一些，我们再安排一个人，到大队书记王三泰家里告诉一声，说他闺女没事，好一些就可以接回家了。这么大的雪，真是造孽啊，一个女娃怎么敢出来，不要命了！"

三

柯力拾知道王秀菊要来，这是这对恋人事先说好了的。不过，当看到王秀菊和周丹妮两个姑娘迎着傍晚的霞光向他护林的木屋走来时,他还是感觉如同身在梦中。

在那一刻,柯力拾感觉一切都是快乐的。他的呼吸如同岩浆般喷发着热量,他的声音好像被木柴的火焰烤得滚烫,他的汗毛也像努力展开翅膀飞翔,甚至他的每个细胞都像在歌唱。多少天独自守护这个用来看林的屋子也值得了,就是大队不给钱也没有关系。

王秀菊说:"我们还没有吃饭呢,我就带了几个鸡蛋。客人来了,你不准备点儿好吃的吗?"

柯力拾感觉快乐又紧张,自信又窘迫,本来舒展开的身体,听王秀菊这么一说,又收缩起来。他尴尬地笑了笑:"我这里是护林的房子,就是大队里临时安排的。如果不是看在大队那点儿钱的份上,谁也不愿意来。我也不在这里常住,还真没有什么吃的,就有几个苞米面大饼子,还有一些朝鲜族腌白菜。"

周丹妮在那里不依不饶:"这可不行,秀菊这么有诚意地来看你,你倒是挺会打发我们的啊。"

王秀菊连忙在旁边打岔:"好了,别难为他了,丹妮给你开玩笑的,看你汗都下来了,真是个傻子。你不是有苞米面饼子吗?拿过来,我们这里有鸡蛋,可以烤着吃。"

东北地区天黑得早,并且黑得很快,本来天还有些蒙蒙亮,忽然它就如同被绑上了一个巨大的石块,一下子就沉入了夜色的大海。星星在天上早早地占据了位置,冷冷地闪着光。远处屯子里的灯光闪烁起来,虽然并不是很亮,但这毕竟是人间的灯火,远远望着也能够让人感受到一丝温暖。

这座用来看护山林的小屋子里点着了一盏马灯,炉子里的松木烧得噼啪作响，满屋松香。从这座房屋往外面看，一片红彤彤的，如同森林里开出一朵巨大的花朵。

屋子里只有一双筷子。三个人就折了一段枝条，把苞米面饼子穿透，放在火上烤着。火焰在玉米面饼子下面快活地跳着舞，玉米面饼子被烤得外焦里嫩，发出粮食微微焦煳的味道。鸡蛋也烤热了，这可是那时候的稀罕物，因为东北的鸡下蛋周期很长。三个人一面吃着饼子，一面就着鸡蛋和腌白菜。柯力拾不知道两位姑娘什么感觉，他认为这是他一生中吃过的最美好的一顿饭，这里也是他住过的最美好的一座房子。后来他反复想过：当年那种美好到底去哪里了呢？是他自己主动放弃了，还是美好主动离开他远走高飞了呢？

这座护林的屋子有两座炕，一南一北，这也是东北地区常见的室内布局。第一天晚上，两个女生睡北炕，柯力拾睡南炕。在这场南北对峙的战争中，柯力拾最初是占劣势的。东北的女人本来就豪爽，并且那时经常是一家人或者一伙知青睡在一张大通铺上。不过，柯力拾却有些扭捏，只有等到熄灯后，才磨磨蹭蹭地穿着衣服睡下。

对面的两位姑娘还在那里窃窃私语，偶尔小声地笑一阵。周丹妮说："今天给你创造那么好的机会，要不你过去和对面那位一起睡。"王秀菊咯咯地笑着，掐了她一把，说道："我可没有你那么开放，早就和公社的团委书记一起了吧。禁果是什么滋味，甜的还是辣的？"周丹妮说："是甜的还是辣的，你自己尝尝就知道了。这种滋味开始是辣的，越吃越甜。哈哈。"王秀菊说："你脸皮好厚，好有经验啊。"周丹妮说："秀菊，我给你说真的，我看大队的民兵连长楚高生也对你有意思，这种事情瞒不了人，从他那色眯眯的样子就能看出来了。不过，你可不要上他的当。这个人人品不咋样。前几年听说他骗过一个女知青，后来把人家肚子弄大了，差点儿闯出大祸。幸亏公社的副书记是他姐夫，才把这件事给压下去了。"王秀菊说："我一开始就没看上他，不过跟你说实话，我妈还真认为他不错。她说都是本屯子的，他在公社还有后台。可是我对他不感冒。"周丹妮说："看人要看长远。我明天要去公社见团委书记，给你创造一个机会。如果你爸妈问我，我给你打掩护，就说你去公社和我住的一间宿舍。"

如同炉子里的火一样，渐渐地两个姑娘的声音熄了。不过，柯力拾能够感觉到王秀菊没有睡着，他知道那双眼睛在那里亮晶晶地闪着，睫毛如同蝴蝶一样，不时地扇动一下翅膀。

不知为什么，柯力拾忽然想起多年前看过的《阿里巴巴与四十大盗》的故事。他感觉对面好像有一个神秘的山洞，里面藏着他至今没有见过的宝藏。他感觉自己掌握了开门的密语："芝麻开门、芝麻开门。"门慢慢打开了，就等着他进洞寻找多年积累的财宝。屋子外面仍然风声阵阵，能够听到桦树林里枝条折断的声音。东北的秋天已有些冷了。不过，柯力拾并没有感觉到冷，只感觉到从头到脚的热，这些热不停地在身体内飞翔盘旋。难道今晚加柴加多了吗？他想。

第二天，周丹妮上午起床后果然去了公社。到了晚上，不知谁先和谁说在一起的，好像是惯性推着两个人到一个炕上去的。当然，更像是命运的巨手在发挥作用，如同交通警察那样指挥着。两个人本来相隔几千里路，两年前还彼此陌生，现在却紧紧地贴在一起。

窗外风声大作,好像要把两个人从屋里抓出去,掷入无边的黑暗。风把两个人吹到森林中,柯力拾感觉好像在伐木,两个人奋力地拉着大锯,你来我往。不过,这样拉大锯和同栓柱一起拉还不一样,是一种不知道劳累的劳累。这种劳累不是被动的,而是自我推动的。即使没有任何报酬,两个人也甘愿劳累,完全不顾汗水,从脚湿到头,从内湿到外,两个人就像是水中捞出的两只紧紧拥抱的青蛙。忽然更大的风吹来,把两个人吹到树梢上,树梢真的柔软啊,结着硕大饱满的果子,果子大到柯力拾一只手都擝不过来。风更大了,把两个人吹到更高深的夜空中,但他们一点儿也不觉得冷,从高空俯瞰地上的点点灯火,从发梢到脚底都在欢呼,从灵魂到肉体都在歌唱。

天地间仿佛只剩下了他们两个人。漫天的星斗是两人的,无垠的大地是两人的,高耸入云的山岳是两人的,无边的森林是两人的。整个世界都是两人的。

人生第一次在一条小小的船上出海,面对着无边的大海,两个人既恐惧,又兴奋。一开始划船的时候,两个人还小心翼翼,用手摸索着,用舌头品尝着海水的咸味。人可能来自海洋,对海洋的渴望就是回家的渴望。两个年轻人虽然已经丧失了在水中游泳的本领,但是,海是他们生命的源头,他们只是服从本能的召唤。

随着动作越来越熟练,两个初学的水手越来越大胆。风浪是两人的助力。这些人类存在之初就有的风浪,载着两人上下颠簸,让两个新鲜的肉体从波谷到波峰,再从波峰到波谷。

两人在波浪中游动的力量是如此之大,甚至十几里路之外的周丹妮和团委书记都感觉到了，也伴随着两人，一起在大海上震动。这一夜，附近屯子里的狗也仿佛特别兴奋，在家里嚎叫不止。屯子里的人都以为来了狼群，第二天起床后推开大门，纷纷互相打听。

多年后，每当柯力拾对爱情的不顺感叹时，或者对婚姻不满郁闷时，他都会回想一生中认识的女人谁最适合结婚。思来想去，还是觉得王秀菊最适合自己。她虽然不是最漂亮的，却是最能让家庭和爱情都得到持续滋养的女人。王秀菊一点儿也不矫揉造作，她开朗大方，性格很好，能够让家里的气氛活跃起来，能够给家里带来更多的活力。无论哪个男人，拥有这种老婆都是一生的福气。

有的男人找老婆就像东北的熊瞎子掰玉米，掰一个扔一个，却没有想到，最初的往往是最好的。但是，人都是从前往后选择的，却难以从后向前选择，等到男人知道谁最好时，可能那个女人早已是别人的老婆或者别的孩子的妈妈了。

四

在没有去东北之前，柯力拾脑海中总是弥漫着漫天的风雪，以及无边的冻土原野。在想象中，就算在夏天东北也冷得可怕，没法伸出手来。不知这些图像从哪一天进入了他的脑海，甚至在他来东北之前的好几个夜里，都在梦境中压迫他。

不过，到东北后，他感受到了这里夏天的美好。这么多的绿色漫山遍野，弥漫在他的周围。他以前没有见过海，他感觉这就是绿色的海。他有些猝不及防，淹没在绿色的海洋中。满眼都是绿色，遍地都是蕨菜、黄花菜、明叶菜，野花点点，如同天上的繁星，这让他的心情也如同野花一样繁茂灿烂起来。这些绿色的草，不仅可以升起野花的小小旗帜，也可以骄傲地向来此拜访的人献上好吃的野果。由于没有带工具，柯力拾面对野草里到处可见的那种酸酸甜甜的都柿有些手忙脚乱，明知道吃不了，还是摘了两大裤兜。这裤兜因为野果变得鼓鼓的，成了两袋喜悦。

柯力拾还惊奇地发现，这里的夏天和山东老家的夏天温度居然差不多，空气中到处散发着浓厚的黑土味道，以及庄稼被太阳照射后蒸腾出的农作物混合的气息。这些热情的气息如同波浪一样，一波一波地翻滚在柯力拾的脚下，毛绒球一样在腿边滚动。他不由自主地想在这片夏天里奔跑。他不是靠自己奔跑的，而是被冬天过去后无边繁盛的热力推着跑的。

夏天到了，对拴柱这些来自外地的人而言，伐木的季节过去了。他们就得想点儿别的营生，其中一项工作就是找块空闲的地种人参。拴柱他们多年前就开始在四姑娘山种人参。四姑娘山就是四座不大的山围着连在一起。这里本来就是森林统治的国度，不过，由于靠近村庄，人类活动频繁，在人和森林的搏斗中，森林节节败退。是的，只有人能消灭人，其他的都是人的手下败将。这里有大片腐烂或者接近腐烂的树桩，可以印证从前森林繁茂的景象。这四座小山围成的山坳是种植人参的好地方。因为这里有山在四周伸开手臂包围着，人参喜欢阴，这些小山如同母亲一样，怀抱着静静生长的人参苗。

从进山的山头或者山腰处向里边看去，可以看到山坳有一溜长的棚子，上面都是用稻草编制成的盖子，里面就是拴柱他们种植的人参苗了。柯力拾不懂，也不知人参苗的年岁大小，拴柱用手指点着参苗,慈祥如同父亲看自己苗壮成长的幼子,他说:"表侄,别看你有学问,这人参的学问你不懂。你过来,我教你。你看这参棚里,苗高一点儿的是三年人参,再高一点儿的是四年人参。人参一般是长满五年才能挖出来卖。"

柯力拾说:"我还以为人参生长多少年呢。在老家时,听说人参长得久了可以成精。"

拴柱说:"你说的那是野人参。现在不行了,什么东西都别想成精了。"

只有到了近前,柯力拾才真正看清传说中的神秘人参是个什么东西。这一株株小小的植物,夏天是它们青春最盛的时候,随着棚子里的热气被抽出,它们都在细小的风中抖动着伶俐的身子,绿色手掌似的叶子向着天空展开,似乎要抓住什么,也像是要展现什么。

拴柱他们几个人前几年就开始种植人参了,不过,一直到这个夏天,拴柱才喊柯力拾到参棚这里,他说:"表侄,现在不是伐木的时间,这些天你闲着也没有事,就是帮着生产队干些零活儿。要不,你就跟着我们几个人种人参算了。咱们几个不是自己的表叔爷们儿,就是乡邻乡亲,也都不是外人。这里我说了算,你加入后,还是按照我们几个人生活费平摊的老规矩,活儿一起干,赚钱平分。"

柯力拾知道这是拴柱明着让自己,他不好意思地说:"表叔,这不大好吧,你们都种人参种了几年了,我才刚来,什么也不懂,大家平分不好。要不我先跟着你们做学徒,等我学会了以后再说。"

旁边的春排龇着牙笑着说:"小柯,你也别作假了,听说你和大队书记的闺女好上了，以后就是书记的女婿。在红旗屯这二亩八分地里，我们几个还要靠你呢。"

柯力拾脸一红："瞎说吧，哪里的事啊！"

春排说："可能就你不知道，整个大队的人都知道，这又不是什么见不得人的事情。你小雀一掉腔，我们还不知道你想干什么？哈哈。"

安增觍着脸说："王秀菊这么漂亮的姑娘，家里是本地坐地户，她爹又是大队书记，你不想要这姑娘，那让给我。哎哟，一想到这么水嫩这么漂亮的姑娘，我的口水都下来了，抓紧时间找个大的脸盆，给我接着口水。"

拴柱看柯力拾无法招架，连忙过来打圆场："我说大伙儿算了啊，别扯太多了，将来这是你弟媳妇，能开这种玩笑吗？"

众人又是一阵哄笑："这还不是没有结婚吗？"

拴柱说："好了，我也和其他人说过了，种人参算我表侄一个，大家平分股份，你们嘴上便宜占过了，未来弟媳妇也调戏过了，现在还有什么要说的吗？"

众人都七嘴八舌，有叫叔的有叫哥的："你是咱们参园的头刀，要不是你教，我们谁也别想赚这门钱，这里你说了算，这也不是买什么大骡子大马的事情。"

柯力拾感觉自己在慢慢地向着拴柱这几个人进化。除了不会喝酒，说脏话一样，骂人一样，甚至冬天在院子里建尿金字塔，也是一样的流程。估计过个几年，你叫柯力拾为拴柱，叫他为春排或者安增，都没有什么区别。这不就是个名字吗？名字就是符号，符号有什么作用？就是为了区分。不过，在这个距离老家几千里的地方,本地人在背地里可能统一叫他们盲流,名字起到区分的作用了吗?

不仅在伐木上和他们一致,就是种人参,柯力拾也在努力跟上他们。种植人参的知识和手艺,柯力拾还得补课跟上。柯力拾本来以为播种后就完事了,没有想到这才是开始,是万里长征第一步,后面需要面对的敌人多着呢。一直到秋季,这帮人都像辛勤的蚂蚁一样劳作。没有想到种人参这东西这么难,如同养了一群难伺候的孩子,这么难摆弄。种参的土黏了不行,散了不行。参苗晒了不行,阳光不足也不行。

从春天人参籽落到参床上开始,从四月到九月,从春天到秋天,这段时间这帮人好像在以一种虔诚的姿势对着参神跪拜,以跪着的姿势施肥、松土、除草、采参花、摘参籽。就是大姑娘从种下人参籽时开始怀孕,到了秋天也快生出孩子了。

这一天几个人正忙着参棚里的活儿。手里忙着,嘴里也不能闲着,正忙着开柯力拾的玩笑。毕竟那么多光棍,好不容易得着这么个能说的话头,怎么能够轻易放过呢?可以说,柯力拾现在就是可口的骨头,这几位就是狗,他们不停地围绕着想象中的柯力拾与王秀菊的关系转圈,狗嘴里的口水都浸透了淫荡的味道。这种味道在夏天的热气中传得特别远,甚至连屯子里王秀菊的爸妈都感觉到耳根发热发胀,还以为是天气热的原因,都到水缸那里多喝了几瓢凉水。

正当大家蹲在那里吐着"王秀菊、王秀菊",荤素不忌地对着柯力拾发送语言炮弹时,忽然听见上方有人大喊一声,恍惚间大家都以为脏话太多,把天神惹怒了。几个人慌忙抬起头来一看,一个瘦高且威压逼人的青年就站在众人的头顶之上，正是大队的民兵连长楚高生。

他大声问："你们在这里种人参，大队里同意了吗？"他伸出明显可见的嫉妒的手在那里比画着。

拴柱一看对方来者不善，连忙赔着笑脸说："楚连长，这几年一直在这里种，也没有人管啊，反正这地方闲着也是闲着。"

楚高生不耐烦地说："你别吱声了，闲着也是集体的地方，前几年没人管，不代表今年没人管。你弟媳妇闲着，你能用吗？"

拴柱知道强龙不压地头蛇。再说人家是公，自己这边是私，自古民不与官斗。种人参这种事情，可大可小，管你就是大事，不管你就是小事。他说："我看着本地人也有找这种地方种点儿人参的，我们都是小打小闹，现在不是伐木的时候，我们就是弄点儿生活钱。"说着，他连忙拿出自己的烟袋，专门从另外兜里掏出一些好烟丝装满，递给楚高生并点上火。

如果在往年，这事就过去了，这次这位民兵连长却来了脾气，他斜睨着柯力拾说："老栓，本地人可以，我们睁一只眼闭一只眼，谁让你们是外地人呢？外地人还不老老实实的，还想三想四，在那里瞎嘚瑟，癞蛤蟆想吃天鹅肉。我给你们说好了啊，你们如果自己不把参棚拆了，下次我集合民兵过来，弄你们一个投机倒把，到时就有免费公家饭吃了，你信不？"

拴柱也是老江湖了，很快就明白民兵连长是针对谁了，就连连点头说："好说，好说。楚连长，当年我最开始闯关东时，就住在你们家里，那时你还不大，我高攀一句，我和你爹也是多少年的老朋友了。你这么说了，我们马上解决，马上就解决。"好说歹说，才把楚高生给糊弄走了。

　　楚高生的背影顺着山路在山腰转弯处消失了。太阳快要落山了，它把山的阴影缓缓推过来，笼罩在几个人的身上。这几个人凑在一起，七嘴八舌地说："他娘的，这小子现在长本事了，以前不是这个样子啊。"

　　拴柱说："你们懂个屁。"他专门拉过柯力拾说："表侄，看来解铃还须系铃人。这件事情我看还是出在你的身上。"

　　情敌之间最是敏感。柯力拾知道楚高生是冲着他来的。王秀菊也私下对他说过几次，说这个楚高生见着她就动手动脚不老实。要不是她爸是大队书记，都不知他敢怎么做。其实，追女孩子就像展开军事行动一样，如果楚高生不这么气势汹汹的，让柯力拾有了雄性动物的竞争心，柯力拾和王秀菊发展得还没有那么快。

　　柯力拾没有想到这种事还能连累大家，就说："表叔，我本来也没有想到能和你们一起种人参，要不我退出去算了。"

　　拴柱说："表侄，你先不要着急，兵来将挡，水来土掩。我给你出个主意，你问一下你那个对象，也就是王秀菊怎么说。她爸不是大队书记吗？这里是大队书记的话最好使。这对王三泰来说，都不是个事。"

五

　　下午五六点钟的时候，黄昏的翅膀又开始伸展开来，翅膀是如此之大，它的阴影都可以遮盖住整个屯子。西方桦树林那里还留有白天太阳最后的光辉，如同木柴烧过后成为木炭，在最后一刻，奋力把周围照得火红一片。乌鸦在林子上空飞过，这是白天将尽的时刻，它们也应该回巢照顾自己的孩子了。远处的四姑娘山的山脚和山腰处，已经成为一片巨大的黑色，在山的上方，天空最后还留下一片纯净的蓝色。不过，肉眼可以看见这些蓝色逐渐变黑，最后，好似谁用洪荒之力一下子把整个红旗屯、四姑娘山、桦树林以及周围的一切都扔进了黑暗之中。此时天上的星星时隐时现，弦月也高高地挂在最高的桦树之上，现在是它们的时刻了。

忙碌了一天的人们如同鸡鸭一样，从附近的地方向家里聚集。鸡鸭有鸡鸭的晚餐，人有人的晚饭。这时，炉灶里的火呼呼作响，火苗如同长长的舌头一样盘旋着伸出炉灶，催着锅里的饭食快熟。那时关内普遍吃不饱，这里却是大茬子饭管够。王三泰家里的人普遍饭量大，除了王秀菊以外，都用了大海碗。王秀菊的妈在林子里捡了一些蘑菇，在锅里炖了，这时盛满大碗，热气腾腾的，让人感觉回到夏日上午阳光四溢、吐露芬芳的时候。盘子里放着朝鲜腌白菜，绿色和白色鲜明，在那里静悄悄的，可能还在回忆当年的青绿时光。

王三泰是一个讲究人，吃饭的时候，他是一家之主，就坐在炕头上首的位置。这天晚上他可能是累了想解乏，就弄了点儿杂粮散酒，喝了两盅。他一边小口地抿着，一边不时地哼几句《沙家浜》中的时髦唱词。每当他唱得开心时，家里油灯的灯焰都似乎高了几寸。

王三泰可是大队里响当当的人物。他当过兵，参加过抗美援朝战争中的长津湖会战，不过冻伤了胳膊，留下了残疾，这才退伍，后来在大队里做了书记。

大队里真的没人敢和他比。比什么？比战斗力？人家是战斗英雄，你那三脚猫四门斗的，自己玩玩花枪可以，人家那可是和美国人真刀真枪干过的，你连个老外都没有见过。比身材？比力量？人家王三泰身材魁梧，开会时就算不用喇叭也能把声音传遍半个屯子。这附近大队书记通知上级的指示，就数他最省电了，他因此还被公社书记点名表扬，说他是大队书记中的战斗机。比穿戴？人家王三泰冬天戴着水耗子皮的帽子，帽檐和两个帽耳朵上的长绒毛能够把脸全部护住，就算再强悍的西北风也可以扛住。当然，王三泰最大的习惯是一冬天都穿着军大衣，这是退伍后留下来的真家伙。你随便弄个白布染绿的绿衣服，套在身上装军装，把个李鬼冒充李逵，你自己相信，宋江也不相信啊。比威风？你老土了吧，除了公社的赵书记，谁有他威风？他身材高大，站在矮个子面前，如果是在白天有太阳的时候，影子就能把别人遮住。在外边的时候，他的脸上也很少有喜悦的表情，冰雪的威严积压在脸上，经月不化。连屯子里的小孩子都对他心生畏惧，见到他时，再调皮捣蛋的也会夹起尾巴，若运气不好碰到他，都得小心翼翼地过去，压低声音说话，怕他派民兵给抓了去。屯子里的父母也会利用王三泰管孩子，在孩子不听话时，就会威胁道："我是管不了你了，不行我报告大队，让王三泰把你抓了去。"这么一来二去，王三泰就成了专治大队几个屯子调皮孩子的灵丹妙药，再难缠的孩子也能药到病除，准灵。

　　王三泰也有不满意的地方，就是没有亲生儿子。早些年有人在屯子头上放了一个刚出生不久的男娃，听说是知青生的。那时私自生孩子，根本没法交代，男娃的父母就写了一张纸条放在装孩子的篮子里，上面写着："亲生父母实在没有办法，请好心人收养，救孩子一命。请儿子原谅爸爸妈妈,爸妈爱你!!!"那两行字的最后,还有三个感叹号,像是泪水从眼里流出来。不过,下面有三个点,更像是血掉在地上留下的痕迹。那个孩子被屯子里的人捡了后,交给王三泰养了。养了许多年,养了人,却养不了心。儿子长到十四五岁时,和屯子里的孩子打架,把当年的事情骂了出来,他就一心想找自己的亲生爸妈。

吃饭时,妈问王秀菊:"闺女,听说你和我们屯子伐木队的小柯好上了,真的假的?"王秀菊本来就是大大咧咧的性格,稍微抵抗了一下,就老实地承认了:"是啊,这你都知道了,消息真灵通,谁给你打的小报告?"

妈把菜向着女儿这边推近了一点儿说:"你这孩子,这种事情还能瞒得了我?再说,你到小柯护林的屋子那里送黏豆包,屯子里不止一个人看到了。那里没有其他人住,你不可能把黏豆包都喂熊瞎子了吧。"

王秀菊说:"妈,你倒是挺能扯,是喂熊瞎子了,还是高中毕业会写春联的熊瞎子。"

王三泰本来喝着小酒,这时忽然停了下来:"这么大的事情你不和爸妈商议一下!你这孩子,从小就是这个脾气,真是女大不由爹和娘了。我怎么不知道这事?"

王秀菊说:"咋了,我不说你们就反对了?"

老两口都知道女儿这个脾气,爸妈越是不同意,她越是来劲。王三泰就缓和了一下语气说:"爸也不是这个意思,你找小柯前考虑过没有?说句难听的话,他就是一个盲流,在这屯子里,家里的屋顶连片瓦都没有,怎么娶你?"

王秀菊说:"怎么娶？用人娶,行不？没一片瓦,自己动手不行吗？你从我小的时候起就唠叨,我爷爷到这个屯子落户时,也是连片瓦没有,现在我们不是什么都有了吗？"

别看王三泰在社员面前威严十足,他在女儿面前彻底没脾气。"你这孩子,爸妈还不是为你好？我们老了,什么能带走？还不是都给你留着!"他看到旁边收养的儿子,连忙改了一下口,说:"我和你妈再大的家业,也都是给你们姐弟俩留着的。"

王秀菊母亲年轻时也是个有主见的人,当过妇女主任,东北女人说话做事也都是嘎嘣脆的,看到丈夫被悬在那里,连忙过来打圆场:"闺女,你如果考虑好了,我和你爸还会有什么想法？就怕你将来受苦,那个叫什么柯力拾的小青年,老家在山东,几千里路开外。虎心隔毛翼,人心隔肚皮,你知道他是什么人？"

王秀菊韧劲上来了:"我爷爷不也是从山东逃荒来的吗？说不定多少年过去后,我们这里还不如人家老家呢!"忽然,她想起柯力拾昨天和她聊起的楚高生刁难他的事情,灵机一动,趁势说:"你们两个人的意思是不是说如果小柯迁到我们屯子,你们就同意我们的事了？正好昨天小柯说,楚高生借口他不是屯子里的社员,到参棚为难他。"

知女莫如母。王秀菊母亲也看出女儿对这事是铁了心的了,就开始替柯力拾说好话:"闺女说得也没错,柯力拾这个小伙子有文化,长得虽然不是人高马大的,但是,身材匀称,看起来有把子力气。再说,他上次救了闺女,不然我们能不能再见到闺女还真不好说。"

王秀菊弟弟本来就和屯子里的青年玩不到一起去,特别是和楚高生,天生不对付。他倒是经常到拴柱这帮盲流住的地方玩,也在旁边帮腔:"对对,我感觉有小柯这种姐夫不错,你看屯子里这帮人,个个都是驴马蛋子,没有个好饼,还是小柯好。"

王秀菊母亲在旁边说:"去去,这里没有你的事,小孩子,多吃饭,少说话。"

王三泰看到家庭成员都支持王秀菊,这里不是大队,不是讲政策的地方。现在家里三个人都同意,三比一,占绝对多数了。他也觉得小柯确实不错,至少有培养前途。他咯吱咯吱咬下一口腌白菜帮:"一个女婿半个儿,什么是家,家里有人叫作家,人多家就旺。我看咱们大队,除了那帮知青外,就数小柯最有文化。别看我没有文化,我经得多了,知道这个小伙子以后肯定有出息,就是落在我们屯子里也不会过得差。那些知青是有文化,不过人家都是大城市来的,早晚得飞走。我认为秀菊找小柯也不错。闺女,你对小柯说,他想迁到我们大队,这点权力我还是有的。最近不是伐木的时候,有空就让他回趟山东老家,把户口迁了。我也是好多年没有回老家了,也不知老家现在变成什么样了。"

最后,王三泰不知为什么叹了一口气。这口气如同落叶掉到池塘里,颤巍巍的,这不符合他的性格啊,难道只是因为多年没有回老家?

第六章

突围的契机

一

　　夏天确实是东北最好的时候。这里那么长的冬季，都把人冻透了。夏天得把人晒透，否则，身体内的热可能不足以支撑人度过下一个冬天。柯力拾的心对这里夏天的感受最鲜明。他感觉心紧紧地贴着夏天，如同哺乳期的孩子贴着妈妈的乳房。他的心抚摸着夏天，在夏天里吸吮乳汁。他的心留恋地紧紧抱着夏天，唯恐她很快就要离去。

　　夏天也最让人心生激动。在夏天，青纱帐起来了，风吹来时，这些漫山遍野的玉米棵如同波涛一样起伏，让人感觉整个大地都在晃动。风静止时，这些玉米棵如哨兵一般，这无疑为柯力拾和王秀菊的约会增加了不少屏障。这天，王秀菊晚饭后跑出来见柯力拾，一见面就有些兴奋地说："今天告诉你一个好消息，怎么感谢我啊？"

柯力拾开玩笑说："我都献身给你了，你要什么都行。"

王秀菊说："你到我们东北没几年，嘴皮子功夫倒是有进步啊。这叫作一方水土养一方人，不服不行。"

柯力拾说："那不咋的。这里的冬天都有半年多，这半年除了打牌就是聊天，嘴巴都聊秃噜皮了，能练不好吗？"

王秀菊说："别贫了，我给你说正事吧。距离我们屯子不远处有个杨树梁，就是四姑娘山过去不远的地方，上面最近发现了宝，发掘了不少玉器。一开始是被盗宝贼挖出的，听说盗的宝贝是一条大玉龙。公安局的人顺藤摸瓜查获了一批玉器，有一件玉器被传得特别邪乎，外观看上去是一个玉器笔筒，斜口的，听考古专家说是古代时候女神用来梳头的梳子。对了，刚才说的这个女神，是在一个埋在地下的庙里被发现的。这个女神我没有见过，见过的人说她的眼睛有魔力，男人见到就会被勾魂。"

柯力拾说："这倒是挺有意思，但你给我说这个干吗？让我过去接受女神眼睛的考验吗，看看能不能让我着魔？"

王秀菊说："别说，你还真猜对了。我爸昨天告诉我，考古队来了后，没有想到工程量那么大，就想从当地找一些人，不算工分，直接给现金。听说一天还给不少呢！他们找人是让帮着搞土方，要年轻的男的，有力气，人品好，最好心细。他们怕屯子里的那帮毛头小伙子损坏了考古物件，也怕有人顺手牵羊偷考古遗址里埋藏的东西，我爸就安排你去。你这次估计能赚点儿钱，一定不要给我买礼品哈。"说完，她调皮地笑着看柯力拾，这一瞬间，柯力拾忽然感觉她眉目神色水一样流动，心里的船只一阵摇荡。

他笑着说："你不要提示我了，我以前给你买礼物你都嫌贵不要,我这次赚的钱就让你保管着。"

柯力拾站在杨树梁考古遗址这块马鞍一样的山顶上,感觉到了一种从古吹到今的悲凉。这里的风是几千年前赤裸上身的人的呼号,这里的石头是几千年前人的骨头,这里的树木是几千年前人的毛发。这些人和柯力拾都曾站在这块土地上,不知他们能否想到柯力拾和考古队今天来到这里,不知他们是否知道柯力拾站在这块土地上是如何想他们的,就像柯力拾今天站在这里,不知几千年后来这里的人会如何想他一样。人只是暂时会说话的土地、石头,早晚都会和它们一样沉默不语。

柯力拾到了杨树梁考古遗址考古点几天,就看出领头的是一个高个老头,听人说叫仲南坤,是考古研究院的教授。仲南坤教授长得很瘦,竹竿一样,而东北这块风大,柯力拾第一次见他的时候,都担心哪一天一阵大风来了,不小心就把他给吹走了。不过,这个老头一脸威严,戴着眼镜,镜片下眼睛精光闪闪,很有气势。

和柯力拾一起来的青年有十几个,大家一开始都热情高涨,以为即使捞不着玉器,也可以偷偷地弄些好玩的东西回去炫耀一下,就是看到一些稀奇的东西也好啊。不料来了考古现场十几天,除了一个方形大坟墓和一个圆形祭坛,满眼都是高低不平的丘陵,看不到什么有意思的东西。这样,他们的动作也比刚来时大了不少,遇到一些彩陶片之类的东西,觉得反正破破烂烂的又不能盛水,就随便用脚踢到一边,旁边的考古队员看得心疼不已,说这都是有考古价值的宝贝哪。有的青年还和考古队员打嘴仗:"这玩意儿有啥用,我们家喂猪的瓦盆就是脏点儿,也比这个齐全多了,不行我回家给你们运几个来。"弄得考古队的人哭笑不得。

柯力拾做事和其他人不同。他天生就有一股认真劲,无论做什么都要做到最好。这是他以后成为考古专家而不是修理地球专家的重要原因。其他来帮工的青年就是修理地球的命,他们把碎的黑红陶片乱踢乱扔,如同在路上遇到碍脚的石子。

柯力拾则是如同对待初生的婴儿一般,对这些和他关系不大的残碎陶片充满了母性。按照考古队的要求,他小心翼翼地把它们装入标着号码的小塑料袋中,好似把自己的孩子捧入摇篮。当别的青年在旁边歇着时,他也不闲着。他不是故意这样,而是天性的手指挥着他,让他这么做。

本来考古队里没人在意这些临时招来的农村青年,不过是一群路人,连名字都记不清。别说名字了,姓能记住就算不错了。不过,在这些人中,柯力拾好像山石突出地面的一块,十分显眼。仲南坤好像对柯力拾也有了一些兴趣,他一边用放大镜看着塑料袋里的陶片,一边用洛阳铲鼓捣着脚下的土地,忙中偷闲地问:"小伙子,你是附近屯子的吧?读过书没有?"

柯力拾老老实实地回答:"我是从山东来混穷的,冬天伐木头,夏天种人参。有时也跟着老乡采蘑菇、养蜂,或者给生产队帮些忙,反正什么能弄到一点儿钱就做什么。我勉强读了个高中,后来不让考大学了。"

听说柯力拾读过高中,这位考古专家的兴趣好像被点燃了,接着问:"你以前知道考古吗?对考古了解多少?"

柯力拾回答:"我以前听说过一点儿,好像也看过一本杂书,就是我们村算命先生的。书中说,这个考古遗址好像就是天圆地方的模式。我虽然没有到过天坛,但听说北京天坛也是天圆地方的样子。可惜我没有钱去，以后有机会我一定专门去看一次。"说着，柯力拾又感叹了一下："唉，像是我这种吃了上顿没有下顿的人，还想着去北京。不过，不知我猜得对不对，这个考古遗址感觉比天坛古老很多，说不定二者还有联系呢。"

仲南坤有些高兴起来："对，对，有联系，大有联系。你倒是很有考古方面的天赋啊。"

柯力拾刚运完了一个考古坑洞的土方，其他人都在树下抽烟、侃大山。不远处几个专家在那里争得不可开交，他却仿佛第一次看到了自己生活之外的另一个世界，在旁边伸着脑袋听着。

仲南坤和其他几位专家争得起了一点儿火气，忽然转过脸，看到柯力拾在那里听得津津有味，就招手对柯力拾说："小伙子，不知你听到我们讨论的问题没有？我们有的专家认为这个遗址是孤立的，附近没有村子。"他努了努嘴，说："就是这位老先生。"他指着一个个头不高、长得很敦实的专家。这人其实并不太老，也就是五十多岁的样子。不过说实话，柯力拾感觉他不像专家，至少和他心目中的专家不像。如果不是他穿的中山装上面口袋上别着一支钢笔，柯力拾感觉他长得和屯子里杀猪的老胡也差不了多少。"那么，你认为这个考古点附近有没有村子呢？"其实，仲南坤这么做纯粹是想转移一下话题，给处于争论旋涡中心的专家们找个乐子，放松一下。

柯力拾想了想说："我也不懂，我只是听你们争论得有意思，原来考古就是这么考古的。"

仲南坤说："你先别关心我们怎么争的，你说一下自己的想法，怎么说都不要紧。"

柯力拾说:"我也不是太明白。不过,我感觉这么大一摊子,周围要是没有村子可不行。这么大的考古遗址,周围没有村子的话,谁来维修呢?"

仲南坤大笑,仿佛找到了知音,叫着旁边和他激烈争吵的矮个老头说:"庸教授,这里有个业余专家要不要认识一下,他的观点好像比您说的更有道理哦。"

看起来两个人也是老熟人了,庸教授也没有生气,仍然在那里笑呵呵的。他笑得有特点,笑时嘴唇上方的几根胡须被拉扯得一翘一翘的。他每笑一次,就如同嘴唇周围一个完整的蛋悲惨地裂壳一次。当他的笑容消失时,这个鸡蛋才又恢复成完整的一个。因此,他的笑就是蛋壳从碎裂到完整再到碎裂的不断反复的过程,要是正在孵蛋的老母鸡见了,一定会为此发狂,看到他笑,就恨不得啄他几口。

庸教授说:"我刚才就听到了,原来你找到了这么大的专家外援,这个小伙子确实是你的知音啊。"

仲南坤说:"别看这个小伙子没有多少考古方面的专业知识,他还真的比很多考古专家强。考古不仅是现场田野考察,也需要有想象力。很多人只重视了第一点,却忽视了第二点。"

庸教授说:"老仲,你又开始推广你的歪理邪说了。考古就是田野考察,脚踏实地,有什么就是什么,你靠想象考古,那是小说,不是考古。"

仲南坤仿佛又被带入循环不已的争论模式:"考古怎么不靠想象呢?古代的文物保存下来的才多少,如果不靠想象弥补,可能永远也看不到完整的真相。再说,只有先敢于合理地想象,才能沿着想象的路径进行考证，最后可能会有意想不到的突破。你看这位小伙子就是如此，没有专门学过考古，靠想象也能给我们提供启示。"

庸教授发现两个人也争论不出什么道道，只好求饶似的说："好了，老仲，你总是有理，既然这个小伙子那么有想象力，你就把他收作学生吧，你那个门派也算是后继有人，省得我们几个人整天说你老仲学术做得是好，国内你算是独一份，就是没有一个好学生。"

仲南坤假装有些羞恼地说："庸教授，我经常请你们吃饭，算是白请了，吃我的不说，还经常挖苦我没有好学生。不过也是，我们考古研究院那么好的平台，我怎么就培养不出好学生呢？"

两个老头子争得火热，其他专家笑着看两位考古界的权威在那里斗嘴。这时，仲南坤好像忽然被惊醒了一样，他伸直了有些佝偻的身子，面色变得有些郑重，长长的眼梢也跟着翘了起来，他说："小伙子，还没有问你叫什么名字呢，你愿不愿意做我的学生学习考古？"

柯力拾做梦也没有想到最后仲南坤会这么问他，他有些不知所措地说："老先生，我叫柯力拾，我以前没有想过考古。再说，我就是一个伐木头的，哪里有资格做你的学生呢？"

仲南坤说："你有高中文凭，这就是资格。我说你有资格你就有。我听说明年开始可以在社会上考大学了，只要你报考我们考古研究院，分数差不多，我就收你。"

众位专家一致叫好："好啊，仲院长几年没收学生了，现在算是重开山门，小伙子，还不赶快感谢。"

其他帮工清理土方的青年看着这边忽然这么热闹，水沸腾了一样，也过来围观。他们没有想到在自己抽烟吹牛的时候，柯力拾本来和他们一样仿佛被封锁在暗黑窝棚里的命运，忽然被人推开了门，一缕阳光照射进来，让柯力拾的人生顿时有了不一样的色彩。

二

又一年，伐木队到山上的森林里伐木头，像是大雁迁徙一样，一年过来一次。不过，大雁是趋暖的，而他们却是趋冷的，什么时候冷什么时候动工。

拴柱还是把柯力拾当作可以说一些心里话的人的。另外几个一起住在红旗屯的老家人，不是没法跟他们深入贴心地交流，如同遇到了外国人，就是有心没肺，跟他们说了等于没说。

前几天，拴柱睡觉前在炕上悄悄对柯力拾说："表侄，最近屯子里有人给我介绍了一个寡妇，老公是矿工，挖煤出事故被砸死了。磨盘一样的煤矸石在煤井下砸在他头上，根本一点儿救也没有，那叫一个惨。男人留下了两个女儿，大的才十二，小的八九岁。媒人说，要不你们两个人就在一起过吧，两家合一家。我一寻思也是，这边拉帮套还有人去呢。"

柯力拾说："这是大好事啊，表婶终于要就位了。不过，什么叫拉帮套？"

拴柱把烟袋熄了，在炕沿上敲了几下，说道："你来东北时间不长，可能不知道拉帮套的意思，就是老公生病或者没有劳动能力，老婆再从外面找个男人帮衬着给家里干活儿。老婆服侍两个男人，这样等于家里多一个劳动力。这家男人由于没有能力，蒙上眼装不知道。"

柯力拾说："表叔，这样你就没法照顾你那几个侄子了。不过，你早就应该这么做了。"

拴柱叹了口气："我以后还要有自己的孩子。你二表叔也不成人，我也不能再帮着他养孩子了。这两年我也有点儿活明白了。"

可能是人逢喜事精神爽。这天晚饭后，拴柱没有看伐木队的工友在那里吆五喝六地赌牌，而是专门把柯力拾喊到门口，面露喜色地说："表侄，这个冬天想不想换下口味？别伐木了，跟着我向山下运木头吧。前几天用马运木头的老孙得了震动病，浑身无力，吃啥吐啥，现在送回屯子里养着了，但愿命能保住吧。运木头危险是危险，不过，能比伐木多赚点儿钱。当然，成本也高，需要买马，这不是一笔小开支。我和你那个表婶也商议好了，赚点儿钱把事情办了。人家说了，我们不要像头婚的那样大张旗鼓地办婚事，但起码得画道杠，有个婚礼。你怎么打算的，继续找人搭班子伐木头，还是跟我运木头？"

柯力拾想了想，在这伐木队里，真正的厚道人也只有拴柱了，关键时就他还能靠得上。不过，他脸上还是泛出一些难色，他说："表叔，跟着你干怎么都行。没有你，我也没法和别人搭班子拉锯伐木头啊。不过，我来东北时间短，也没有积攒点儿家底，哪有钱买马？"

拴柱说："买马的事情你就不要管了，我和老孙商议过了，这份钱我先出。"

柯力拾赶紧说："表叔，我就跟着你干了。你让做啥我就做啥，反正就是干活儿呗。"

栓柱脸上又露出温和的笑容,他这个人有个特点,在外面辛苦漂泊快半辈子了,笑容竟然没有被苦难的刀子削掉。"我以前就运过两年木头,后来嫌危险,就去伐木了。不过,你也不要担心,我坐在木头上负责控制,你牵着马顺着下山的路走就行。我让你怎么走,你就怎么走。我让你怎么躲,你就怎么躲。"

柯力拾有些嬉皮笑脸地说:"表叔,一切你说了算,服从命令听指挥。"

栓柱说:"你小子倒是一个机灵人,一点就透,一辈子伐木头可惜了。不过,到了这种地方,是虎你得卧着,是龙你得盘着。我也不让你吃亏。老岳以前是给老孙牵马配合运木头的,他们赚钱后,在钱的分配上,老岳占一,老孙占三。我这里给你一个半,我两个半。"

在柯力拾感谢时,栓柱笑得更大声了,震得窝棚屋檐上的雪簌簌地掉了下来。这个人有个脾气,让着别人一点儿,让别人感激,比他自己占便宜还要高兴。

运木头的马就拴在离窝棚不远的橡子树上。这是一匹银白色的大马,浑身上下一丝杂质都没有,如同它是雪生出来的,雪就是它的父母。在林区伐木,人要年轻精壮的,马也要生命力最旺盛时候的马。在这种恶劣的自然条件下,弱者都被淘汰了,不管是人,还是马。

这匹马是拴柱从老孙那里转过来的。毕竟他闯关东有些年头了,还有点儿积蓄。拴柱还专门拉着柯力拾过去给银白马做了个介绍。他亲热地拍打着马的脖子说:"表侄,我们以后吃饭就靠它了。你别认为它就是一匹马,是一个畜生。马能通灵,你善待它,它就会善待你。"

柯力拾以前没有这么近距离接触过马,他对这么高大的动物,总是有些畏惧。感觉这匹马并不和善,蹄子刨起积雪,在四溅的雪花中,它在那里嘶嘶长鸣。柯力拾说:"表叔,善待它没有问题。只要它能让我们赚钱,保我们安全,我叫它表叔也行,不知这位表叔好不好使唤?"

拴柱龇牙笑着说:"你小子倒是长能耐了,会拐着弯骂你表叔了。没事,你先好好喂上它几天,也不要心疼马料。另外,雪大的时候,用扫帚在它身上扫下雪。人心都是肉长的,马心也是肉长的,自古都是真心换真心,日久见人心,日久也见马心。有时候,人心还不如畜生的心。"

按照拴柱的指点,柯力拾一连几天都主动去照顾这匹银白马。自伐木的上山以来,晚上一直大雪纷飞,东北运木头的马都耐冻,人们都是敞着让雪劈头盖脸地打在马的身上的,很快马就成了一座马的雕像。如果不是它的四条腿在那里焦躁地来回踏步,还有鼻子和嘴在那里冒着热气,真难认出这是一个活物。

晚上柯力拾冒着风雪用扫帚在银白马身上扫雪的时候,这匹马温柔极了,完全看不出前几天第一次见到柯力拾时的那种警惕。它打着响鼻,时不时地向柯力拾靠近,用头柔和地拱着柯力拾的身子,如同孩子依偎着父母撒娇。

在这个季节,风雪一直是这座森林的主角。在这场风雪大剧中,其他的都是配角。不过,风雪这段时间并不狂暴。柯力拾和拴柱一起赶马送木头,慢慢还赶出了感觉。在雪压成的雪道上,这匹银白马时而用力向前,如同要挣脱束缚一般努力,时而鬃毛直竖地刹住,爬犁上两根巨大的木头如同被点穴的壮汉一样也跟着停住。特别是在坡陡的地方,汗水早把这匹马浸透,它的身体如同被水洗过一般,在久违的阳光下闪出绚丽的白光。这种白光和雪的白光不同,这是一种活的白光,而雪是一种死的白光。

拴柱坐在两根不停跑动的木头上面,忽然来了兴致,哼唱起不知从哪里学来的几句京剧:"一马离了西凉界,不由人一阵阵泪洒胸怀,青是山绿是水花花世界,薛平贵好一似孤雁归来,那王允在朝中官居太宰,哪把我贫苦人哪放在胸怀,恨魏虎是内亲将我谋害,苦害我薛平贵所为何来,柳林下拴战马武家坡外,见了那众大嫂细问开怀。"虽然唱得有些荒腔走板,不过,柯力拾听得有滋有味。银白马也好像听懂了,在那里摇头摆尾。多少年以后,柯力拾才知道,这是京剧《武家坡》中的唱段。不过,柯力拾后来想,拴柱又是从哪里学的呢,可惜当年没问一下。

那一天,天气突变,风雪扫荡着这片原始森林,狂风裹挟着大片的雪花,呼啸在林间树梢,如同一列列火车奔驰而过。银白马和另外几匹运木头的马反复地踩踏着脚下的积雪,在那里焦躁不安,偶尔还嘶鸣几声,好像知道将要发生什么。

柯力拾刚爬出窝棚,一股风雪如同巨灵大掌一般给了他迎面一掌,他好像被重重地打了一下,差点儿摔倒,不由得骂了一句:这风雪今天大得有些邪门了。

他回过头对准备像往常一样套马运木头的拴柱说:"表叔,今天风雪太大了,挣钱也不差这一时,要不等等看,风雪小些再套马。"

　　拴柱说:"表侄,眼看着就到腊月了,快要收工下山过年了,你那个寡妇表姐还在等我回话,问什么时候能凑好婚礼钱,准备结婚呢。她那两个孩子虽然不是我亲生的,过年不给买点儿东西能行?人家妈跟着我图啥,就是为了缺爹?"

　　柯力拾听到这里,忽然有种不祥的预感。他不是算命先生,却好像有超过一般人的感应能力。回想一生,特别是发生重大事故前,他心里总会有些反应。当然,这都是他后来才总结出来的。在那个时候,哪有那么多工夫去想这个。再说,即便能够预感到,很多事情就是没有选择的余地。只有一条路,怎么选择?只有一条路可以走那叫作命运。这是他没法决定的。他只是命运的棋子而已,到底谁是下棋人,他只知道有,却不知道是谁,也不知道在哪里。

　　柯力拾对拴柱说:"表叔,你这么说不对,什么寡妇表姐,现在她已经和你在一起了,就不能称为寡妇表姐了,这不吉利。"

　　拴柱一怔,马上哈哈一笑:"哪有这么多穷讲究。我说她以前是寡妇,要是跟了你表叔,想做寡妇,还得问我同不同意。"其实,柯力拾已经和拴柱一起住过几年了,知道这个人不藏心眼,他一眼就看出拴柱有些心虚。伐木人最讲究说话吉利,今天不知怎么了,拴柱是不是嘴被冻瓢了。

　　多少年后,柯力拾还是会问自己:如果当时自己态度再强硬一些,不去帮着拴柱套马运木头,拴柱会不会同意呢?可能会。他不是特别犟的人。柯力拾恨过自己,既然感觉不好,为什么还要陪着拴柱一起运木头呢?他当时认为可能是自己反应过激而已,也并不是十分确信。

很多变故就在一瞬间。在这一瞬间之前,你可能认为那些惨剧都是属于别人的,和你一点儿也不相干。惨剧只有发生了,才如同有一面巨大的镜子,把现实残酷地展现在你的面前。

那天风雪太大了,可能那匹银白马也对这种生活厌倦了,有了寻死的想法。在最后一个斜坡的弯道上,还有几十米就到平路了,它就是那么不顾一切地跑起来,好像拖动着自己一生的宿命那样跑起来,好像整个世界的鞭子都在抽打它那样跑起来。这匹马就像就义的英雄一样,要魂归马的天堂世界,完全不管坐在爬犁上的两根木头上的拴柱。

在那时,柯力拾只是做了最本能的反应,只是由于巨大的恐惧而应激性地发出惊呼。他甚至不知自己到底喊了什么,他只记得他喊了,也好像是骂人,到底是什么,已经不重要了。他对马和爬犁冲向下方没有反应,他也被巨大的冲力带着向下冲。不是他反应快,只是他运气好,和死亡只相差那么一步的距离。

不过,在巨大的惊慌中,他记得他似乎回头看了拴柱一眼。拴柱是一个温和的人,即使在生气的时候,也不慌不忙,脸上还挂着笑容,这让柯力拾感觉很温暖。他后来在考古研究院做领导时,也会不由得模仿拴柱的样子。不过,他只学到了皮毛,而没有学到精髓,精髓都是天生的。拴柱还是那样温和,脸上还是挂着温和的笑容,或许这种温的笑容已经成了他脸的组成部分,面具一样,或许巨大的惊恐让这些笑容凝固在脸上。这是他一生最后的笑容。他是笑着离开了这个他挣扎着生存了不少年的地方。柯力拾不敢想,是否他最后的笑容里还包含着有关那个寡妇表姊的部分。

拴柱就这么走了,对他弟弟一家而言,他好像没有到过人间一样。他的弟弟唯一想到的就是他的钱。唯一一次来他这里就是为了搜刮他最后剩下的钱，还没有来得及把人埋上，就找个借口匆匆坐火车回去了。几个一起伐木的老家人一合计，就把拴柱埋在屯子东边的山岭上，这里地广人稀，既不多他一个也不少他一个。在这个地方，由于雪化得早，可以最早看到春天，也可以第一眼看到东方的太阳。

可以说，幸亏柯力拾住的那个炕上还有其他几个人，这把他内心的凄楚冲淡了一些，也不会让他一个人单独承受孤单的冲击。那几个大老爷们儿都是心大的人，感觉很快就把这事给忘记了。只有柯力拾晚上还在睡觉的炕头上，有意无意地为拴柱留一块地方，好像他还在那里睡着一样。

拴柱悄无声息地走了，就像他悄无声息地来。他死亡的洪水在柯力拾心里冲出了很深很宽的河床，并且河床越来越大，让他有种附近地面都被扯动得快要崩塌的感觉。他感觉已经没法在这个地方继续住下去了。这里的一切都反复地提醒他：那个最好的人不在了，那个比最近的亲戚还亲近的远亲不在了。

正好第二年恢复高考，他如同梦中惊醒一样，忽然想起了仲南坤。这是那年他参加高考并报考古专业的原因。可能是上天可怜他，不忍心让他在苦寒的东北再那么飘零下去，他那年还真的考上了大学，也真的到了仲南坤所在的考古研究院读书。当然，柯力拾能够考上大学，不仅要感激上天，也要感激王秀菊帮他把户口迁到东北。因为东北这里高考考生的分数普遍不如柯力拾老家那里高，因此，他也相对更容易考上。

第七章

归路何处

一

　　柯力拾没有想到王秀菊还会和他见面，还会原谅他。两个人都尽量不向深处交流，尽量不触及那个让两个人都不敢触摸的点。对于那个伤疤，尽管时间过去很久了，一不小心，稍微触碰还是会鲜血淋漓。不过，这样他就无法知道王秀菊来见自己的真正原因。柯力拾是由于内心有愧不敢深入地问王秀菊。那么，王秀菊再来见柯力拾是出于什么目的呢？是过来看他到底过得好不好吗？

　　王秀菊多年后再见到柯力拾时，已经有了一个小女儿，七八岁的样子，雏鸟跟着母鸟一样，蹦蹦跳跳地跟在王秀菊的身后，一双羊角辫在头上蹦蹦跳跳，她可爱极了，长得和王秀菊年轻时好像。王秀菊复制她的爸爸，女儿复制王秀菊。柯力拾忽然想，这可能就是人们愿意生育的原因吧，生育就是人不死愿望的现实表达。

　　王秀菊后来真的考上了研究生，在隔壁城市的一个职业大专教书。柯力拾不知道她过来找他前是如何对丈夫交代的：她到另外一个城市是要和谁相见。当然，她绝对不可能说是去见前男友。

两个人是在考古研究院前门附近的一座茶室内见的面，王秀菊还专门带了茶叶，她说："这么多年，不知你现在喝茶吗？"她转过头对后面的小跟班说："叫舅舅。"

听到王秀菊这么介绍，柯力拾感觉王秀菊来找他，应当和那种男女感情无关。她带着自己的女儿就是一种心理暗示，暗示自己也暗示柯力拾："我有家庭了，也有孩子了。"估计她出门前也是这么对老公说的："我去见一个多年前的好朋友，当年就比较熟，正好知道他就在隔壁城市。"

许多年后，柯力拾耳朵里有时还会回荡着王秀菊来东部这个省城和自己分手时撕心裂肺的哭声。这哭声是如此之大，竟然让附近不少车辆停了下来，压住了附近小贩的叫卖红薯的声音，盖住了那家电影院中好像是武打片发出的打斗声音。沿街饭店正在向外流淌的污水也开始迟疑不前，正在附近指挥交通的交警也以为发生了什么事情，下意识地摸腰间的家伙。不过，一摸摸到手铐，没有摸到枪，就连忙打电话到附近的警点寻求支援。

当年，柯力拾陪着王秀菊在省城最繁华的地方吃了饭。注意，那个地方是最繁华的地方，吃饭的地点却只是个一般的餐厅。这里不要产生误解，因为繁华的地方也有普通的饭馆，就像高尚的人群中也会有人渣一样。这个不难理解吧。

不过，别说是多年以后了，就是当时，柯力拾也不知道那顿饭是什么滋味。那个滋味和在护林木屋中吃的那顿饭的味道真是差距巨大。很是奇怪，同样都是一顿饭，味道却有天壤之别。这顿饭吃着吃着，越是接近吃完，他越是拖延，时间越是逼迫着他。时间将他逼到墙角，不停地挤压他，像当年第一次坐火车去东北时车上的乘务员那样。已经是退无可退了，至少他当时是这么认为的，他只好无奈地对她说："我们不合适，还是分手吧。"

王秀菊可能在来找他之前也想到了这个结果，也可能知道柯力拾会这么说，她说："我知道我们两个哪里不合适，我总是大大咧咧的，你说你喜欢含蓄的，我以后含蓄一点儿还不行吗？"

柯力拾说："这也不是主要的，你和我现在距离那么远，我们两个人之间能行吗？我们到这个年龄已经不能只想着谈恋爱了。"

王秀菊说："当年，你到红旗屯时，我距离你老家那么远，也没有说什么啊。虽然我以前只读到初中，但我现在正在进修中专，进修中专后，再进修大专，等到我进修完本科，也可以考研究生。你说我们两个人距离远，等我考上研究生，就到你这个城市工作，我们不就可以在一起了吗？"

柯力拾说："这和天方夜谭一样遥远。你回去吧，路上多注意一些。我们缘分尽了，到此为止吧。"

王秀菊说："你就让我最后陪你住一次吧，我住的宾馆距离你们考古研究院也不太远。就住一晚上，过后，我绝对不缠着你。"

柯力拾知道，王秀菊了解自己的性格，如果两个人住一晚上的话，柯力拾可能就会心软，那么，他就会重新和她在一起。"这不是一晚的问题，而可能是一生的问题。"柯力拾想到这里，心一横，趁着王秀菊到旁边买水的工夫，匆忙拦住一辆出租车，不顾她在出租车后边绝望的哭声，就绝情地让司机开走了。

在出租车里，他看到后面连跑几步追赶的王秀菊。人哪里是车的对手，这是一场小孩与大人之间的竞争。很快，王秀菊如同路边被秋风吹得到处乱飞的叶子一样，跟跟跄跄地停了下来，又跟跟跄跄地跑了几步。好似电影中的慢镜头，最后那几步如同梦游，慢慢地接近摔倒，但不知是左腿支撑的右腿，还是右腿支撑的左腿，最后还是没有摔倒。看着王秀菊那落寞的身影，柯力拾不知为何突然想起那头丈夫被吃掉的母狼。那头母狼比他强，至少在爱情方面是如此，它对爱情是很忠诚的。不过，那头母狼的老公被他吃了，而自己辜负了王秀菊，那么，原来的自己又被什么给吃了呢？

二

那个鬓角发白、穿着当时时髦的四个兜中山服的小钢厂厂长有个女儿，她也是这么让柯力拾大哭特哭的。男人很少有这么哭的，他感觉后半生的泪水都快在这一次耗尽了。特别是在这种大城市里，人们表面上都装得很坚强、很文明，就算哭也要到没有人的地方哭，关在嘴巴里哭，憋在喉咙里哭，让眼泪在不被人注意的时候流到心里去。柯力拾当时才刚刚硕士毕业，距离伪装还很遥远，距离做考古研究院的院长更遥远。他就这么大声地哭着，如同惩罚自己一样。不过，一个大男人在大城市里这么肆无忌惮地哭，这个人要么是个精神病，要么就是受到了极大的伤害。

最后那次他预感到他那叫作袁琳的圆脸女朋友已经打算和他分手了。大城市的女生就是这样，要么不下决心，下决心后就无法被挽回。至少这个女朋友就是这种性格。但是，他还是打算做最后的挽留。

圆脸女朋友当时住在那个有几十年历史的小区里。她本来和家人住在一起，后来因为嫌上班远，就临时借了亲戚在这里的一套一室一厅的破旧房子。这两间三楼的房间和另外一户人家悬空相隔一线，两家几乎触手可及。两座楼房挨得如此之近，两家邻居如果不用意志力扛着，就可能会亲密地挨到一起去了。

柯力拾忘不了两个人好的时候，他努力地用嘴堵住圆脸女生的嘴，防止她声音过大，怕引起隔壁楼房住户的注意。这不过是掩耳盗铃罢了，还是能够听见她压抑的呜咽声音，像是在哭。为什么女生会在高兴的时候哭呢？

在黑夜中也能感受到那个小区历史的沧桑，里面的树木粗大，手臂一样的藤条缠绕在围墙上，如同痴情的女人缠着她的男人，当然，也像痴情的男人缠着他的女人。正值深秋，一棵不知叫什么名字的古树站立在圆脸女生住的楼道的不远处，树叶已经被秋风这位理发师剃去头发，不过，还有一些丝瓜枯茎之类的东西爬在上面，如同一个披头散发的老女人在夜风里呻吟。这棵树是当年柯力拾每次找女朋友楼房时认定的标志，他有点儿路盲。在幸福的时候，这是幸福的标志，但那次见她的时候，就成了伤心的提示器。

柯力拾没有机会再听到她压抑的哭声了，隔壁楼房里住的那个老女人再也不用砸着墙壁抗议了。这几年，那边的墙壁被她砸出了足足几十公分深的大洞。再砸，这座楼就保不住了。他还学着电影中的镜头买了一束花。圆脸女生回去得很晚，估计有了新的约会对象。圆脸女生看到他以后，眼中露出了不易察觉的光，这些光的成分很复杂，有吃惊，有感慨，有伤感，还有的不知什么成分，柯力拾也没法化验。

最后圆脸女生说花我收下了，你回去吧。看似语气很是缓和，但是,他知道,这句话是用最硬的钢铁打造的。他最后一次努力,说:"多年后我还可以再见你吗?"她说可以的。

不过,后来柯力拾才知道,这是她的缓兵之计,怕他一时想不开做傻事。这是一个高情商的女生。自此以后两个人没有再真正见过,如同茫茫人海中彼此走失了一样。

多年后,他还是不死心,通过一个朋友要来她后来的电话号码,电话那头是一个男人的声音。那个男人说,这是我们家的号码。男人还不错,听说柯力拾是老婆的朋友,对柯力拾的工作也比较支持,他热心地说:"我老婆现在还没有下班,这是她办公室的电话,你打过去试试。"他告诉了柯力拾一个新的电话号码。当柯力拾打通这个新号码时,听到了来自那个圆脸女生冰冷的愕然,她说:"你是怎么找到我的电话号码的?我们早已彻底结束了,如果你还感念当年的感情的话,就不要破坏我的家庭。"这两句话如同世上最坚固的大闸,彻底将那段感情的洪水封住。

分手后,柯力拾还到圆脸女生姐姐家哭诉过。在这之前他去过她姐姐家一次。她姐姐是一个大学老师,长得不如圆脸女生漂亮。不过,女生漂亮的副作用就是脾气往往都不好。这个姐姐脾气很好,经常笑,笑的时候眼角纹暴露了她的年龄。圆脸女生的爸爸身材挺高,长得一看就是干部的样子。可能在外边严肃惯了,回家后脸上也不能恢复松弛的状态。不过,和他聊天时,感觉他倒是挺温和的。看来人可能都有几张脸,也有几颗心,这得看对谁。圆脸女生的妈妈因为脸上长疮,曾经做过一次手术,不幸的是手术不成功,腮上留下一个空洞,周围有一层薄的伤疤连着。如同被一发炮弹无情摧残过的地面。在第一次也是唯一的一次去她家前,圆脸女生警告过柯力拾："妈妈年轻的时候很漂亮,那次手术失败让她很伤心,到我们家说话注意一点儿,别不小心说多了,我妈比以前敏感多了。"

那次医疗事故的炮弹是如此厉害,不仅摧残了妈妈年轻时挺标致的脸,也部分地摧毁了她的内心。妈妈成为一个口罩女侠。别说外人很难看到她的脸,就是家里人有时也看不到。有时街坊大妈不识趣问她怎么这么喜欢戴口罩,她说:"我替大女儿看外孙,怕吓着孩子。"

那次去圆脸前女友的家前,他无论如何也记不起她的家在哪里了。后来他忽然想起,他们一家那段时间都住在大女儿家里,帮着照顾孩子。柯力拾感觉自己做考古有些浪费了,做警察搞侦查也一定会做得不错,这点从他循着一条看不见的线索找到圆脸女生的家人就可以验证。

他敲响圆脸女生姐姐家的门后,是她妈妈戴着口罩来开门的。她显然吃了一惊,没有想到柯力拾能够找到这里来。不过,她还是像以前那样温和地让柯力拾进屋。柯力拾进去只说了一句话就开始哭了:"袁琳和我分手了。"

她妈说:"我们做父母的年龄大了,都希望你们好。不过,袁琳都这么大了,我们也不能硬管。她这段时间心里也不好受,分手后生了一场大病,现在也没有好利索。等她病好了,我们再好好劝劝。"

这就是报应。当柯力拾婚姻不顺利时,就会恶狠狠地诅咒自己。一切都是因果,因发生后,即使看不到果,果也会出现。"一切都是自己的果报。"尽管柯力拾不信佛,但不知为何,他总会拿这句不知在哪里听到的话来安慰自己。

三

　　两个人分手多年后，最开始是柯力拾主动和王秀菊联系的。对于这一点，他内心也很鄙视自己。但是，这也是没有办法的事情。他就是这样，只要有一线可能，他就会试试。这也是多年来他能从社会底层爬上来的经验和原因。

　　柯力拾那次是在失恋的暴击中给周丹妮打的电话，这个好多年前留的电话，她竟然没有换。当柯力拾忐忑不安地打通电话时，周丹妮的声音听起来并没有异样，这让他有些放心。"看来王秀菊并没有把两个人分手的真相告诉周丹妮，否则，以周丹妮的脾气，早就开骂了。"他想。

　　周丹妮接到柯力拾的电话，开始有点儿没有反应过来，忽然她好像被谁解开了穴道，又恢复了当年那种活泼的腔调，说："小柯，怎么是你啊！多少年不见了，你怎么把老朋友忘记了！不对，现在不是小柯，应该叫老柯了，哈哈。"

　　由于还没有从和圆脸女生分手的深渊中爬出来，他感觉自己的声音湿漉漉的，上面还有暴雨浇过的痕迹。他尽量让自己的声音平静一些："是啊，这么多年了，都忙忙碌碌的。你现在怎么样？和团委书记过得还好吗？"

　　周丹妮说："都是老皇历了，我们早就离婚了。我现在都梅开二度了。"

　　柯力拾感觉离婚倒是没有在她身上凿出痕迹，至少没有从声音中听出来。"你当年和王秀菊多般配啊,你们如果成了,绝对比我稳定。我就是这种性格,什么七年之痒、八年之痒的,我对这个没有免疫力,说着说着就离了。"

柯力拾说:"说来话长,我正巧找你要她的电话号码呢。"

周丹妮说:"这个电话我也几年没有打过,你看王秀菊还用不用吧。"

柯力拾认为自己就是在找一根救命稻草。他认为只有王秀菊才能救自己。柯力拾迫不及待地将这个号码拨出,竟然打通了。打通后王秀菊也没有骂自己。当柯力拾用尽浑身之力说出愿意和她和好时,王秀菊说:"我谈了一个,已经好几年了,我们就在你隔壁市,都准备结婚了"。

多年后,柯力拾和王秀菊聊天时,王秀菊承认,就算柯力拾那么决绝地和她分手,她内心也恨不起来。有次她和男友吵架吵得厉害,也想过到柯力拾的城市找他。她想,如果那时柯力拾给她打电话,她一定会义无反顾地跟着柯力拾。不过几天后,她感觉和现在的男朋友那么多年了,也有感情了,和一个经过感情考验的人分开,回头找一个没有经受住感情考验的人,两者相比,她选择了和现在那个男友在一起,过段时间她发现自己怀孕了,当年就结婚了。

开始谈恋爱时,柯力拾和圆脸女生在一起半年都没有进展。后来两个人一起去咸阳旅游。柯力拾打定主意,如果那次不能取得突破就放弃,这样可以及时止损。不过,去了后却异乎寻常地顺利。当两个人赤裸相见时,她用吃惊的眼光看着他的下面:"这么夸张!"她捂着嘴偷笑。她显然不是第一次了,否则,怎么能进行比较呢？不过，当时柯力拾好像丧失了逻辑思维能力，被炙热的岩浆烧昏了头，大脑哪有那么清醒。

本来两个人准备上午去华清池，这么一折腾，就忘记了时间，谁在这个时候还会傻得老想着时间呢？结果等到出宾馆门的时候，已经是下午了。

华清池当时的售票员是一个大爷。柯力拾看到门口牌子上写着"学生票半价"，就掏出研究生证，问道："大爷，我也是学生，就是老点儿。你看这行不？"大爷专门好好看了看柯力拾，见他成熟中带一点儿老气，老气中带一点儿沧桑，怎么看都和一脸稚气吵吵嚷嚷的学生有不小差距，后来看到是研究生证，脸上就露出了一丝崇拜的神色，说："行，你可以买半价票，她得买全票。"圆脸女生进华清池大门的时候，破天荒地给柯力拾拍打了几下衣领上的头皮屑，眼神亮亮地看着他："哟，研究生就是了不起啊。"柯力拾心中一动，感觉这位傲气的女人和自己不是走近了一步，而是走近了无数步，可能马上就心贴心了。难道是两个人上床的原因？有位女作家说过类似的话，他这是穿过了通往女人心灵的通道吗？还是研究生证的原因？或者二者都有？他也没有多想。

和华清池的名气不相符，过来旅游的人并不是很多。圆脸女生看到池子里一滴水也没有，和想象中青葱碧绿的水流、蜿蜒不绝的泉水、水雾蒸腾香气四溢的皇家浴池完全不同。她不禁有些失望。忽然，她好像又想到了什么，就悄悄地趴在柯力拾的耳朵旁边说话。柯力拾感觉一阵醉人的香气从鼻孔进入，又迅速沿着喉咙滑入内脏，然后到达脚跟，再从脚跟上升到发梢。她一脸羞涩地笑道："没有想到唐朝皇帝就这么时尚了，那时就知道一天到头抱着杨贵妃来个鸳鸯浴,听说杨贵妃皮肤滑如凝脂,一个老头子能抱得住吗?"

柯力拾笑了:"唐玄宗是不是整天抱着杨贵妃洗澡我不知道,不过,皇帝有专门的御用浴池,就是'莲花汤',又叫'御汤九龙殿'。杨贵妃也有御赐的浴池,在紧挨莲花汤的西北处,叫作'海棠汤'。太子的浴池叫'太子汤'。就是大臣在这里也有御赐的浴池,就是'尚食汤'。"

圆脸女生看柯力拾的眼神更亮了,在这种眼神的光束下,柯力拾似乎身影也灿烂起来了。她说:"看不出你还懂这么多。"

柯力拾说:"你忘记我是做什么的吗? 我就是研究考古的,这些还不是家常便饭,小菜一碟。"

不知为什么,柯力拾的记性总是有些不靠谱。有时大的事情过去没多久,他却忘记了。有人在旁边提醒,他就会在记忆的迷雾中找寻半天,感觉好像发生了,不过,到底是不是真的发生了,他却难以确认。这位圆脸女生说的这些没有多少意义的话,却让他记了几十年。当然,如同围绕一棵大树生长的灌木丛,记住了大树,就可能记住灌木丛。在两个人的关系产生突破性进展的几个月后,他还记得这位女生说过的灌木丛般的一簇话中的另外几句。她说:"我们那次后不是去的华清池吗,在路上我就想了……"他故意问:"想什么呢?"她装作发怒:"没有想到你表面上文质彬彬,实际上很坏啊。"没有想到越是斯文的女生越是风骚入骨。果然斯文的女生风骚起来,就没有其他女生什么事了。

柯力拾觉得,都是女人,城市姑娘的那种风情万种,绝对是农村姑娘不能比的,和这个圆脸姑娘在一起更加印证了这一点。这可能是潜意识中圆脸姑娘吸引他的地方。当然，这可能不仅仅是一个城市女生对他的吸引，而是城市文明对农村文明的吸引，是先进对落后的吸引。

不过，到了后来，随着柯力拾年龄逐渐大了，他的想法产生了逆转，变成相反的一种思想。但是，当年的农村还能回去吗？那个大辫子垂到腰，在夏天的田野中如同野花一样的姑娘还能找回吗？这就是时间的可怕之处。有时候，他翻看多年前的相集，回忆那些青春洋溢的日子，感觉如果可以交换，他宁愿过当年那种清贫而快乐的日子，也不愿过现在这种复杂而不安的日子。

年龄越大，柯力拾越感觉一生中最适合自己的只有王秀菊。他也和几个女有过肉体接触，包括现在的老婆。她们和王秀菊之间的区别是：抱着其他女的，就算对方是寸缕未挂，也像是抱着一个穿着睡衣的人；而抱着王秀菊，却是真正的肉体和肉体相贴，那种从肉体到心灵的渗透是在其他女人那里感受不到的。

王秀菊的那种阳光暴晒般的爽朗，当年被柯力拾认为不含蓄，没有意思。现在想想，这种爽朗的阳光正好能够照射到他内心的潮湿，能够让他温暖干燥一些。她那种随身自带的开心，能让他和家庭有更多的色彩，也可以让性格单调的他有些变化。

没有遗憾就不是人生。这就是人生吗？如果一个人有预知未来的本领就好了，他就不会那么辛苦地一生寻找。没有想到最适合自己的却是第一个被自己抛弃的。

他和妻子组成的家庭缺少什么呢？他好长时间找不到那个词，只是到了离婚时，他才感觉浑身如同松绑一样，那个词忽然蹦了出来，是的，是"松弛感"。他和妻子在一起那么多年，两个人都不能放松,都是紧绷着的。他把和妻子的对立称为城乡对立。他在家里感觉还是如同在工作一样,甚至如同处于战争中一样。他这时才明白,抽空回老家几天后为什么他的气色会忽然变好,是因为他在老家感到放松啊。

多年后,柯力拾再回忆,发现最美好的时光竟然是在东北伐木的那段时间。如果时光可以倒流,如果能回去再过那种日子该多好。难道他就是一株适合在农村生长的植物?他后来被强行连根拔起,种植到城市的钢筋水泥中,虽然也可以生长,却长不出在农村时的那种精气神来,总感觉吃不饱,睡不香。

幸福的爱情是一位好老师,不幸的爱情同样也是一位老师。在和圆脸女生这场暴风骤雨一般的爱情中,柯力拾几乎被碾压到地上,感觉自己就是一株被由雨水引起的山洪冲刷过的庄稼,不过,还有根裸露在外面和土地连着,就是那种半倒不倒的样子。不过,暴雨总会过去,山洪也不能长流,在他艰难地支撑了一年多后,终于,太阳升起了,地面硬了,风的手和阳光的臂膀把他从地面上慢慢地托起、扶住、扶直。

这场爱情之后,他感觉自己的心如同变硬的地面一样,不会再那么容易陷进去。只要不死,就得活着,只要活着,日子就得继续。即使他不愿意继续,日子也会推着他继续。这就是生活。

甘蔗没有两头甜,人也没有全是苦。既然爱情失去了,以他的性格,那么就在其他方面弥补吧。

第八章

竞争开始

一

可以说,在考古学术界,特别是在考古研究院内,柯力拾和庸普一是一生之敌,不过,两个人是斗而不破的关系,也就是所谓的和光同尘。和光同尘的典故出自《道德经》,其意指与世俗混同,不突出自己,不露锋芒,与世无争,后也指随波逐流。按现在流行的说法,和光同尘是指在单位中,即使两个人存在矛盾,表面上也应尽力维持,能过得去就行了。

柯力拾和庸普一都是仲南坤的学生。庸普一的父亲庸西道和仲南坤也是考古界的多年好友。仲南坤很多年前就看好庸普一。在庸普一小的时候,仲南坤经常和庸西道开玩笑:"老庸啊,你这个儿子好,以后会子承父业。一看这孩子就有天分,一周岁时抓周仪式,你请我来了,他一下子抓住了考古名著《荒野上的大师》,我女儿倒是好,抓了几次都是吃的,纯粹是一个吃货。等你儿子长大了，让他给我做姑爷啊。”

庸西道笑着应和：“好啊，你提前为闺女准备好嫁妆，陪送的不好我可是不会同意的。不过话说回来，考古有什么好！我考古都考得后悔了，并且是越考越后悔，呈加速发展态势，要不是没法回头，我也不愿意做这玩意儿。”

仲南坤说：“庸教授，人都是这样的，干什么厌什么，不干什么向往什么。如果你家小子能够完全继承你的学术衣钵，也是一件好事，我们学术界最讲究传承。不过，对你说实话，我是不会让女儿学考古的，女孩做这行没有前途。”

庸西道说：“仲院长啊，你这就不够意思了吧，你自己的女儿不让学习考古，却让我儿子做这件事。不过，我们两家将来真的成了儿女亲家，有一个搞考古就行了，两个人都考古，家里不知要成什么样子。”

仲南坤的女儿仲素娟最终没能嫁给庸普一。女儿的发展程度远远没达到仲南坤的预期，她甚至连高中也是勉强毕业的。本来仲南坤认为自己家族的遗传基因挺好的，不过，这条遗传基因的大河，不知为什么发生了意外，到了女儿这里忽然来了个大拐弯，不知聪明的基因分流到哪里去了。庸普一倒是印证了当年周岁抓周时的先兆，读书好，也喜欢研究考古，不仅继承了父业，还有青出于蓝而胜于蓝的趋势。这上哪里说理去，两个人都是考古界权威，还是好朋友，一个人的儿子也成了考古专家，另外一个人的女儿却只混到了高中毕业。以前两位父辈的玩笑就真的成了玩笑，再也没有人提起过。

二

这是一个让人烦躁的夏天,蝉在院子墙根的几棵大杨树上拼命地嘶吼,似乎在抗议为什么今天风力不足,就算趴在树梢上,也不见凉快,树下面的人感觉到蝉鸣的压力。这些蝉是夏天炎热程度的预报员。本来以为只是这几棵树上的蝉在叫,但如果细心一听,就能听到附近树上有百千只蝉在鸣叫,如同集体抗议一样。不过,蝉也有优势,就是无论怎么叫,无论多么高调,它们趴在那么高的位置,天高皇帝远的,下面的人很难去控制它们,看不惯也没有办法。

这个院子位于考古研究院最里面的地方,是一个院中院。小院子的门是拱形的砖结构建筑,红彤彤的,如同半轮圆月,人从拱形门穿过,如同穿过月亮一样。靠着门口的是砖混结构的三层小楼。一楼是考古文化研究所,里面只有两个工作人员,看到仲南坤带着一帮人进来了,忙把外面的大套间给让出来,躲到里面的小套间里去了,还把里面的门给关上,怕打扰到仲南坤他们。

仲南坤和蔼地说:"你们也不要关门了,把外面的窗户也打开,这样我们这边也能通风。这个学术会议很重要,你们愿意在里面听就在里面听,如果不想听就忙自己的。"

两个人答应着仲南坤,年龄大的老戚还专门拿过来一把大蒲扇,说:"仲院长,今天通知停电,这是老家最好的蒲叶做的,风不小,要不你试试。你们忙,我们不打扰了。"

外间的空间也就能容纳十几人的样子,正中摆着一张长桌子,墙角堆着一堆报纸和杂志。众人赶忙收拾了一下。仲南坤坐在最上首,看着庸普一要到下位落座,他笑着打招呼:"你不要过去了,挨着我坐就行。你坐在右边,喝酒时右边为尊。"他又招呼柯力拾:"你坐在我的左边。官职排位,上古、春秋战国以至秦、汉时期,都是以右为尊。从汉末以至唐、宋,左尊右卑。"众人都哈哈大笑起来,说:"还是仲院长有学问,连座位的事情都研究得这么通彻。"

仲南坤说:"这是开会前的餐前点心,让大家一乐。今天会议的主题就是,讨论我们申报成功的杨树梁遗址史前文化考古国家项目的有关问题。我们是申报成功了,但是,革命尚未完全成功,同志们尚需努力,我们还得讨论一下这个项目下一步怎么安排的问题。各位,我们考古研究院在国内有那么一点儿地位,国家能够把这么大的国家级考古项目给我们,正说明了对我们考古研究院的高度认可。"

一位研究员插嘴说道:"更主要是对仲院长的认可。"

仲南坤笑着听完,也没有否认,他继续说:"这对我们每个人都是莫大的荣誉。现在问题来了,项目批下来了,怎么去完成它。我们不要虎头蛇尾,雷声大雨点小啊。我们要善始善终,到时候如果结不了项,我这张老脸不好看,大家也没法交差,是不是?"

大家都在那里称是:"仲院长你就安排吧,由你掌舵,我们后面跟着划桨就可以了,我们绝对会用力。"

在这些人中,唯有柯力拾和庸普一在那里一言不发。后来庸普一想,柯力拾那次不发言,不是他没有话说,而是他已经知道了底牌,胸有成竹了。自己没有发言,是因为自己身份比较特殊,多说无益。

果然,到了最关键的时刻,仲南坤才把底牌亮出来。因为这个国家级项目谁做实际带头人是最核心的问题。总项目有两个分项目,仲南坤毋庸置疑是其中一个分项目的带头人,另外一个的带头人是谁呢?庸普一在这些人中,虽然年龄相对来说不太大,但他却出身考古世家,年少成名,学术成果是其他人不能比的。柯力拾当然也是后起之秀,得到仲南坤的提携,加上这个人是个学术狂魔,以前是伐木的,现在他把学术当成了伐木,再艰苦都能坚持下去。别的不说,就是这份体力,谁也比不了。有人以为学术研究就是拼智力,这只对了一半。到了最后,如果竞争者之间旗鼓相当,体力也是非常关键的因素。不能越是要出学术成果的时候,你的身体越是掉链子。特别是考古这种专业,体力更是一种重要因素,论体力和刻苦程度,庸普一和柯力拾不能比。

不过,与会众人内心都一致认为,在考古天赋方面,还是庸普一更胜一筹。就这个国家项目的分项目的负责人而言,他应当是最有竞争力的。如果柯力拾不和仲南坤女儿谈朋友的话,庸普一应当说手拿把掐能做分项目的负责人。

众人在那里准备细听仲南坤宣布最后的结果,他喝了几口茶,向着门外看了一下,好像是在找哪棵树上的蝉叫得最响,一副稳坐钓鱼台的样子。他的脸在众人目光的扫描和蝉声的鼓噪交织中显得深谋远虑。众人也不好催他。最后,仲南坤慢条斯理地说:"两个分项目的负责人,我做其中一个,大家没有意见吧?"众人都大笑:"如果不是您,就没有这个项目。您就是这个项目的爹娘,哪有孩子没有爹娘的,您不做负责人谁也不敢做啊!"

仲南坤接着说:"另外一个负责人我考虑了好长时间,发现柯力拾和庸普一两位老师都有资格,也都有能力做好负责人,让这个项目完美结项。从总体考虑嘛，我认为，柯力拾的优势是他在东北那个杨树梁考古点锻炼过，那里的冬天可不是一般人能承受的，为了庸普一老师的身体考虑，最困难的事情就让柯力拾做。当然庸普一的担子也不轻，他在这个项目下也要承担任务。"

仲南坤说完，手摇着蒲扇，目光温和地环顾大家，如同诸葛亮挥舞羽毛扇一样潇洒。没有想到这个道具刚到他的手上，就如有神助，和他迅速完美地融为一体。"大家有什么意见吗？"众人一时不知怎么回答。这也印证了大家的猜测，果然仲南坤的女儿有可能嫁给柯力拾。不过，对于这种事情，在他女儿嫁出去之前，也不能说人家徇私。同时，柯力拾在考古方面的综合实力在这些人中也确实是数得着的，让他做分项目负责人，有些意外，却绝对不离谱。如同女人怀孕一样，本来看准了是个女孩，结果生了个男孩。只要是孩子爸爸的种，你能说离谱？

仲南坤看着众人陷入短暂的沉默，就把头转向左侧的庸普一。庸普一心里一阵翻腾，他那只把头发抓得乱糟糟的右手开始有点儿埋怨爸爸，接着把耳朵搓得通红的左手也跟上来添油加醋。是的，爸爸是他全身的爸爸，他的每个部位都可以表达对爸爸的不满：为啥爸爸去世得那么早呢？如果他在，至少不会是现在这种局面，仲南坤对他也会好好考虑一下。不过，去世也不是爸爸能控制的事情。可能冥冥中一切就是这么安排的吧。在这种情况下，他也没法做出其他表态，他站起来说："不论柯力拾老师的能力还是刻苦程度，我都是比不了的，我支持仲院长的意见。特别是体力方面，我更是望尘莫及，毕竟我没有伐过木头。"不知是什么意思，他嘴里专门强调了体力这两个字。众人看到主要当事人都这么说了,纷纷点头表示同意。

可以说,这个国家级项目的分项目负责人之争是柯力拾和庸普一竞争的一条重要分界线。在此之前,两个人中庸普一占优势,柯力拾能做到和他并驾齐驱就不错了。在这之后,研究院里不论是考古资源还是人脉资源,都开始向着柯力拾倾斜。并且,做这种分项目的负责人,在全国有很多抛头露面的机会,让他可以获得更多的关注,从而使他更如鱼得水,如同一匹马,添加了更好的草料,配备了更好的马鞍,当然这匹马本来就速度快、体力好。就这样,柯力拾慢慢和庸普一拉开了差距。

如果说国家级项目分项目的负责人之争是两个人竞争的一条分界线,那么,系主任之争就是一道分水岭。这次竞选在考古研究院一个不大的办公室里举办,系里人不多,几个负责选票统计的行政人员坐在办公室里,其他人有站着的,也有坐着的。大多数人都不太在意,谁做系主任都没有区别,大家都要按照规定的时间上下班,领那么多工资,吃那么多饭。

一共有三个竞选人。竞选人小卢比较年轻,也没有多少资历。其实,明眼人都看得出,他就是陪跑的。不过这个年轻人到底没有多少社会经验,把这当成真的了。这几天,他对待同事的热情程度比平时高涨了无数倍,竞选宣言也写了十几个晚上,着实累得不轻。正式投票前,仲南坤过来简短地讲了几句话,他倒是很坦诚:"估计有人知道柯力拾和我女儿谈朋友,不过,不能因为我女儿是他女朋友,就剥夺了他竞选系主任的权利吧。为了公平,我退出这次竞选活动,由你们自己投票。要根据竞选人自身的业绩,不能考虑其他因素,特别不能考虑我的关系。"他说完鹅似的挺着头就走了。

选票设置得很简单，就是一张白纸对折裁开，上面分别按照顺序列着几个候选人的名字。第一是柯力拾，第二是庸普一，第三是年轻人小卢。三个人的名字都站在纸上，眼神殷切地看着各位，说着"选我，选我"。

填选票时，庸普一把自己选了。他存有一种侥幸心理：那个国家级项目分项目的负责人给柯力拾了，万一仲南坤搞平衡呢？毕竟父亲和他是多年的老朋友，自己也是他的学生，他也是看着自己长大的。他看了看不远处的柯力拾，他在那里还是不动声色，不知是不是也选的他自己。选举结果当天就出来了，系主任不出意外就是柯力拾。客观地说，仲南坤并没有在后面给出什么指示。不过，如果没有仲南坤，结果还真不好说。在成年人的世界里，很多事情并不需要明说，完全说明白了就没意思了。

从此以后，庸普一就再也没有机会赶上柯力拾了。虽然说两个人差距不大，但在考古研究院这么狭小的竞争空间中，庸普一根本没法发挥，更不要说弯道超车了。别说在这里，就全国而言，考古界也就那么几个人有话语权。这个领域的竞争空间相对不大，和其他学术领域不能相比。

在庸普一变老之后，他看着自己逐渐变淡的面容，以及稀疏了一半的头发，有时会感叹，人啊，就是这个样子，一生就那么几十年，错过一次，就可能错过一生。

如果没有柯力拾，以他的能力，还有父亲和仲南坤的老关系，他本可以按部就班地接上仲南坤的位子。现在忽然来了个插队的柯力拾，这个插队的本来和这些国家级项目、系主任位置关系不大,因为和仲南坤的女儿谈恋爱,就硬生生地插进来,不由分说把他挤到了一边。当然,也怪仲南坤,为了照顾未来的女婿,让柯力拾吃干抹净,最开始的两个重要机会都没有给他留。

第九章

过去的渊源

一

　　村里人以前都说柯力拾家不知烧了什么高香，尽管柯力拾父母都看不出多聪明，他和姐姐的智商却都不低，读书都不错。看来遗传有时也会对人做一些恶作剧。仲南坤教授那么聪明的一个人，女儿仲素娟却连高中都读得艰辛无比。在柯力拾家，因为姐姐身体不好，加上家里还是更看重男孩一点儿，就让柯力拾读了高中，姐姐初中没读完就被娘拉下来去挣工分了。这难免让姐姐有些愤愤不平。不过，她这种内心的反抗没有用。当地重男轻女的环境很容易把她制服。她慢慢地服从了这只看不见的命运之手的安排。

　　柯力拾和姐姐不过相差两三岁。他知道姐姐也是有梦想的人。姐姐没有机会继续读书，不过，初中毕业也能给她的梦想插上一双翅膀，只是这双翅膀在让她在睡梦中轻轻浮起来的同时，也会带来一定的风险。有翅膀就可能会折翅。她的梦想是什么呢？那时，她梦想有一段好婚姻、一个好丈夫。她会有一大群孩子要养，一大群鸡鸭要喂。当她领着孩子上学时，太阳的光辉会淋在她和孩子的身上。当她赶着鸡鸭去田野和河流上时，田野也会给她披上绿色的衣服，河流会将她的眼光送到看不见的远方。

她经常美滋滋地想：什么是好丈夫呢？那时，农村人梦想找个大学生就是疯了，找个当兵的也算是敢想了。如果在农村找个好手艺人就已经算不错了。当然，人也要长得高大。在农村，高大就意味着有力气，有力气就意味着帅气。

小吴木匠就是这种手艺人。他身材修长，手指也修长，如同钢琴家的手指一样。据说他出公差修水库时，还被公社的女领导好一顿夸奖，女领导说："小吴在农村广阔天地为劳动人民服务，好是挺好，不过，如果生在城市里就更好了，看你这手指，弄不好就是一个钢琴家、音乐家。"

小吴木匠不是钢琴家，钢琴只在他看过的电影中弹响。那时他看过一部他忘记了名字的外国电影，一个漂亮姑娘在阳光蓬勃的树下，一下一下地弹着钢琴，把鸟鸣弹响了，把露珠弹得晶亮，把河水弹得淙淙作响。

钢琴太遥远了，竹笛则近得多。小吴木匠跟着一个知青学会了吹笛子。那根笛子也是知青送的，知青后来进城了，不忍把曾经的青春单独留在这里，就留下这支竹笛，让小吴带着，陪伴他那段热烈却贫瘠的青春。

那位公社女领导没有看错小吴木匠，他确实有音乐天赋，这可能是遗传。不过，他的爹甚至祖父都没有摸过竹笛。当然，遗传的河流长得很,很可能他的祖上出过哪个宫廷乐师,到了小吴木匠这里,这些音乐天赋又复活了,鱼一样地跳动在小吴的血液里、嘴唇上、手指上。

小吴木匠学习竹笛时一点就会。他的水平甚至超过了那个知青。看来天赋的力量真要超过努力。他白天没有时间吹笛,白天他需要在地里为自己和家人劳作。那些称为工分的东西是他主要的生活目标,这是当时生活之树的树干,而吹笛不过是树叶,是点缀而已。

傍晚才是小吴木匠的节日。特别是在夏天,他就坐在发电站闸门上方的水泥高台上。这里是他的天地。天是他的,地是他的,星星是他的,月亮是他的,风是他的,无边的庄稼也是他的。他呜呜咽咽地吹起笛子,天地日月星辰都围绕着他旋转。整个夏天的炎热也变得清凉。

傍晚也是附近两个村庄的节日。他在上游一里外的高台上吹笛,下游的相邻村庄也能听到他的笛声。这些笛声是漾着水波来的,是搭乘着夏夜清风来的,是打着萤火虫的手电来的。这个时候,两个村子的人可能听不懂小吴木匠吹的是什么,不过,却能够感受到清凉。

柯力拾的姐叫三月,在认识小吴木匠以前,就已经通过特殊的方式和他握过手了。三月的手是耳朵,小吴木匠的手是笛音。她听到了笛音,就和他握手了。三月感觉自己的耳朵不是在笛音中,而是在清水中轻轻飘摇,如同睡莲一般。她听着听着,就感觉耳朵开始怀孕,生出芽孢,长出荷花,再结出种子。她的耳朵如同小小的船只,在笛子的月光湖里飘着,没有桨,也不用水手,她的感觉就是船桨，就是水手，她的耳朵长着眼睛，知道要到哪里去。

三月是在祖父家里看到的小吴木匠。祖父家和东边那家临墙，那时没有什么东西可以偷，墙也不高，从这边一眼就可以瞭到那家去。她的眼睛马上就认出了小吴木匠，小吴木匠也像是遇到了多年未遇的好木材。他有木匠的眼睛，知道哪种木材可以做出好的家具。三月是那种纤细的身材。那是寒冬的铁甲刚刚褪去的时刻，三月穿着有些臃肿笨重的粗布衣服。不过，小吴木匠知道这是一棵上好的木材，他懂得在哪里下锯，在哪里画线，在哪里刨平，知道如何打造出一件完美的家具。

虽然说是两个村，但中间不过只隔着一大块地，两个村子的生产队在干活儿的时候，往往紧挨着。一片苹果园子是两个村的分界点，也是两个村子生产队的青年在相邻地块干活儿时的交流地点。

在苹果园的树下，三月看到小吴木匠在夏天为生产队打造家具。那时两个人的年龄如同苹果，都是青涩碧绿的。阳光的细脚从树的缝隙中穿行，在两个人的身上走过了数遍。他穿着短袖背心，双手推动刨子，雪片似的薄薄刨花就从刨子口那里飞扬。别人看到的是小吴的汗水，三月感到的是夏天的清凉。

小吴木匠是魔术师，再丑陋的木头，也能在他手里变得挺拔秀丽。三月想自己在小吴木匠的手下会变成什么。在自家祖坟地那里，爹很早就许诺把那两棵高大的梧桐树给自己。那两棵树是她和爹亲手种下的，多年后，如同农村无人关照的孩子，竟然出息成高大树木中的大小伙子了。这两棵树为来往的鸟提供栖息的住宅，为过来种田的村里人提供歇脚的场所。这两棵树一听到大风，就开始大笑。雨来了,大象似的两棵梧桐树张开耳朵,再大的雨水也难穿透它们伞样的叶子。

用这两棵树来做嫁妆,只有小吴木匠有资格来用它们。那么,她让小吴木匠做什么家具呢?是椅子吗?让她终身依靠。是床吗?让她终身躺卧。是门吗?可以挡住门外的其他女人,让门里变成她一个人的领土。三月问他时,小吴木匠说:"如果有你这扇门,我就是你一个人的房屋和院子,只有你自己可以进来,不过,你进来之后,也不能出去。"

在北方,就算三月的爹相对开明,三月这扇门也并不是专为小吴木匠打开的。三月的娘是个老思想,她相中了自己姐家的大儿子,也就是三月的表哥。表哥身材不高,脸像一个女人的脸那样柔和,人倒是老实巴交的。在老一辈,这叫作亲上加亲。三月的娘既想做表哥的姨,又想做他的丈母娘。这叫作肥水不流外人田。

三月毕竟读过初中,她知道亲上加亲很可能不是一加一等于二,而是等于一或者零,这种姨娘亲关系,生的孩子残疾率很高。不过,她不是自己的产品,而是家庭的产品。她是自己,却不能拥有自己。柯力拾离开家乡去东北那年,正是家中为了姐姐嫁给谁而暗潮涌动的那年。

二

在东北那几年,柯力拾被雪花一般熙熙攘攘的日子推着向前,被木屑一样的时间包围着,没有时间思考,加上年轻,根本没有感觉到时间的力量。等到他回山东老家迁移户口时,才发现时间已经在爹的身上、脸上施展了自己的雕工,留下了明显的印记。

　　柯力拾的山东老家种有一棵核桃树。在核桃没有完全成熟的时候，核桃的外皮是青色的，青春一样的青色。等到核桃熟了，这些年轻的外衣就会剥落，露出里面瘦骨嶙峋的样子。爹就是这样，那次回老家，柯力拾发现他已经在不知不觉间变成了剥去外皮的核桃，不仅变瘦了，还变矮了，变得浑身皱巴巴的。爹本来不算矮，等他老了，柯力拾发现他竟然还会收缩。

　　柯力拾回老家办理户口迁移手续时，感觉除了爹娘变了，这几年家里好像什么都没变。青苔覆盖的房子还是多年前祖父盖的，四处漏风的锅台还是祖父垒的，石墙没有高一寸也没有矮一寸。到底在外边几年了，从东北回老家前，他尽量花了一点儿钱收拾了一下自己，就如同翻修老屋一样，感觉一下子就亮起来了，特别是在进入家门的那一会儿工夫里，他感觉内心特别亮堂。

　　不过，这种亮堂持续的时间不长，他忽然发现家的整体建筑好像少了一块，姐姐三月怎么不见了？他心中一凛，问爹："我姐去哪里了？这也不是干活儿的时候啊？"

　　柯力拾感觉自己说的不是话，而是乌鸦在叫，一叫，天上的乌云就开始弥漫开来。爹的脸就是一片哀戚的乌云。爹的话好像不是说出来的，哀哀的，好像是挤出来的："你姐没了。"

　　柯力拾嘴里好像有血从喉咙里面渗出来，不过，舌头告诉他，不是血，好像是什么软中带硬的东西正好堵住喉咙。可能喉咙被堵住了，哀伤没有出路，就从眼里冲了出来。柯力拾先是为姐哭，后来为自己哭，再后来不知为谁哭，也不知向着谁哭。

　　这是柯力拾第一次亲身经历家中亲人死亡。在这以前，他知道人都会死，却没有想到死亡这么快降临到自己亲人身上。

"姐怎么没的?"他问。娘在那里好像推卸责任一样地说:"还不是你姐做嫁妆的梧桐树被你们爷俩卖了换路费,她一伤心就跳河了。"

爹看向娘,眼光中有愤怒,像是铁锤,这铁锤的力量柯力拾感受到了,娘却没有感受到,本来这铁锤是砸向她的。不过爹的眼神中也有无奈,慢慢眼光又软了下来,变成了鞭子,在那里犹疑不决,不知是抽向娘,还是抽向他自己。

这是柯力拾一辈子都无法原谅自己的事情。多年后,他还努力宽慰自己,卖的那两棵梧桐树不过是压垮骆驼的最后一根稻草罢了。

姐姐本来想嫁给小吴木匠,娘不让,姐又是听娘话的人,一般不为自己争辩。本来父母没有让她继续读书就已经让她很难过了,只不过她把这种难过咽下去了,当成红薯粗渣做的稀饭喝了。就算这种稀饭再难喝,她也强压着自己喝了。好不容易遇到一个合适的男人,娘却递给她一碗木渣做成的稀饭。这次她无论如何咽不下去了,咽不下去就想去寻求帮助。不过,在那个时候,她又没有什么钱,甚至连公社都没有出去过。在她认识的人里,公社里的临时工都算最大的官了,她能去找谁呢?小吴木匠毕竟也没有和她正式确立关系,在农村那种环境中,找他也没有用。她只有去找村东边那条滔滔的大河。大河水啊,在村东流淌了不知多少年,看过了不知多少兴衰,经历过了不知多少死亡,也不少她这一个。

本来爹就笑容不多,自从姐死后,大家再也没有见过他笑的模样。爹好像从此丧失了笑的肌肉,一直到他死,柯力拾再也没有见他笑过。就是以后柯力拾当上考古研究院的院长,家庭条件改善了很多，他也依然如此。那么，爹的笑容去哪里了呢？是被谁偷走了，还是被连根拔起，彻底绝种？

多年后，这一幕还是会时不时出现在柯力拾白天的沉思里，出现在他夜晚的梦里，如同茶叶在水杯中那样浮沉。可以说，不知有多少人被困在局里，或许是时间、空间的局，又或者是事件的局。但是，又能怎么办呢？还是尽量向前看吧。如果不学会安慰自己，那么，在这个世界上会活得更加辛苦。

三

柯力拾不愿意帮助老家的人。他为什么要去帮助呢？在他家贫无衣无食的时候，没人愿意给他一张煎饼，也没人给他一块煮熟的红薯。亲戚好像只是印象中有，却很少来往。他因为要到东北伐木，缺少路费，把姐姐的命搭进去了，没人伸出一根手指帮助一下。一想到这些事情，他就像是被暴怒的风鼓起了帆的小船，内心激荡，简直无法自已。

不过，他去考古研究院工作后，村里的那些人，实在没有可以吹嘘的人时，就会把他当作聊天时吹嘘的对象。这些人只提柯力拾的小名，这是他们心理优势的惯性体现。柯力拾后来都快退休了，村里人背地里还是提他的小名。没有办法，叫小名就叫小名吧。不过，在公开的场合，他们还是会在羡慕嫉妒中表示出敬意的："看人家老柯家的孩子，都做了考古研究院的系主任了。系主任多大官知道吗？我们村的主任也叫主任，不过和人家不能比。都是马，你一匹拉车的马，和吕布的赤兔马能比？人家和市长一个级别，再上升一步就是省长了。故宫知道不？宣统帝的家，宣统帝三岁就登基坐殿,后来让国民党三声大炮给赶出来了。故宫的那些镇殿之宝,都是老柯家的儿子一件一件给鉴定的。"当然,这是在柯力拾最初那些年帮助村里人的情况下他们乐于宣传的东西。

他在当地成为在省城上班的最大的领导,总有莫名其妙的电话从老家打过来,办公室的行政人员会把电话转给他。接得烦了,电话那边一提老家的人,他就像见到了毒蛇一样心里一惊,马上示意办公室的人直接挂断。后来,这些人就让柯力拾的爹打电话,这让柯力拾的心如同老鼠钻到风箱里,憋气又窝火。爹在那边小声地说:"唉,我也知道你为难,谁让咱家在村里是小门小户,就是你现在出息了,我还在村里这二亩八分地住着呢,等我和你娘死了,你就省心了。我已经答应人家了,老家的电话你能接就接一下,能帮就帮一下,你不是帮别人,是帮你爹。"

正准备上课的时候,电话又来了,办公室的小张伸出手对他打着意味深长的招呼,眼神不知是同情还是讥讽:"柯主任,这位说是你三叔,要不要接?"柯力拾无奈地用沉重的手拿起电话。那边声音巨大:"你是大侄子吗?我是你三叔啊。"

柯力拾说:"三叔啊,我出来有好些年了,你是村东头的那个下煤矿的三叔吧?"

对面说:"到底是大主任记性好,就是我,下巴上一撮毛的那个。现在我有事求你了。大侄子,没有难处谁愿意求人啊。"

柯力拾听他铺垫的话说个没完,连忙刹住,因为等一下还有课要上,说:"三叔,什么事啊?你就快点儿说吧。"

对面说:"我下煤井,把腿给砸断了,左腿粉碎性骨折,矿上不给办工伤,你推过来,我推过去,把你三叔我当皮球踢了。这件事我想谁也管不了,就你能管了,你得给我问问。"

柯力拾还没有来得及推辞,那边就发话了:"大侄子,这事你爹都答应了,我就等你的话了。"

尽管心头发堵,柯力拾还是得办。虽然在上课,但他一脑二用,以每秒八百六十转的速度高速运转,想着找谁解决这个问题。可以说,柯力拾找人协调关系的能力,就是在那时练出来的。

忽然一个熟人在无数旋转的人影中砸中了他的大脑,这个人是他的高中同学,姓古,大家都叫他古主任,在老家司法局下面的律师事务所工作。柯力拾就打电话让同学过去帮助一下。同学人倒是不错,已经是律所的主任了,不过那时律所还没有私有化,律师属于国家发工资的编制内人员。

古主任说:"老同学,虽说咱们律所属于国有,不过也得收费啊。"柯力拾装可怜说:"老同学,你就别难为我了,村里的人找我帮忙,你如果按照标准收费,村里人还不得把我骂死。这样吧,也不能让你为难,你就少收一点儿。你前段时间不是让我帮着发文章吗,我到时写一篇,挂上你的名字。"好说歹说,古主任答应以最低价格收费,派律所的一个年轻律师去煤矿解决了三叔的问题。

本来柯力拾想着这件事情终于完美解决了,只不过他欠同学一个人情,自己辛苦一点儿写篇文章就是了。没有想到,柯力拾当年回家过年时,爹一脸不满地说:"我说你办了个什么事,找个律师只不过是举手之劳,也不伤身不岔气的,还收了那么多钱,你三叔说你也没有少分。"本来柯力拾还在回味着老家烤红薯的老味道,一股气让他吞咽困难,差点儿把他噎死。

这种事情经历多了,柯力拾就恨得不行,又不知找谁发火。爹就是那个样子,如果他有更高的思维,就不会一辈子过成这个样子了。人谁不是困于自己的思维呢?有什么样的思维就有什么样的人生。不过,他之后逐步减少和老家人的接触,能推就推,这实在是没有办法的事情。

四

面前这位身材高挑的青年是从老家来找柯力拾的,办公室主任本来推了一下,后来听到他是柯力拾老家隔壁村的,也怕两个人关系至近,柯院长那里会觉得自己不识大体,就告诉了他柯力拾的办公室在哪里。

柯力拾不想自己的名声在老家被传得那么不堪,尽量温和地问吴有期:"听说你是从老家来的,是哪个村的呢?"

吴有期忐忑不安地说:"我爸姓吴,我老家的村子就和你们村挨着,隔着一块地,你们家住在河下游,我们住在河上游。"

柯力拾好像忽然想起了一件事情,说道:"你们村有个姓吴的木匠你知道吗?"

吴有期有些欣喜地说:"我听我妈说,我们村就我们家做过木匠,不是我爸,就是我爷爷。我爷爷去世了,你可能说的是我爸。不过,我爸现在不做木匠了。现在的行情不好,都到店里买家具,没人找他做家具了。他现在改行了。"

从那一刻起,在柯力拾眼里,吴有期变得有些温暖起来。是啊,如果不是吴有期自己说了,他倒是没有看出来。毕竟和小吴木匠有二十多年没见面了。仔细看看,吴有期确实有和小吴木匠长得很像的地方,特别是嘴角上扬的笑容,简直和小吴木匠一模一样。尽管眉眼不十分像,不过,整体确实有几分相像。

柯力拾内心已经决定尽可能帮助吴有期,这是看在姐姐的分上。其实,吴有期和柯力拾姐姐没有任何关系,血缘关系更谈不上。姐姐如果还活着该多好,这个小伙子如果是自己的外甥该多好。姐姐并没有见过吴有期,不过,柯力拾当时内心有种执念,帮助这个小伙子就是帮助小吴木匠,也就是完成姐姐的一个心愿,这样可能会让自己好受一些。

本来,吴有期也知道凭借自己的家庭,他俩最多算是村邻,他不可能和柯力拾有更近的关系。柯力拾是这个乡里多少年来唯一值得夸耀的大人物。爸爸也没有说过,不知是无意还是不方便说。吴有期做梦也没有想到两个人还有这层关系,这层关系好似一根看不见的线,把两个人不松不紧地联系在一起。

听到吴有期的来意,柯力拾说:"你大学是学什么专业的?怎么想到考研学习考古专业呢?"尽管他说话慢条斯理,吴有期在其中还是听出了威严。不知这是他自己想象的威严,还是柯力拾的地位无形中散发出来的威严。

吴有期说:"我大学是学习地质勘探的。不过,这个行业不好做,整天去的地方就是高山陡涧,危险不说,说句不好听的话,从事这个专业恐怕连媳妇都找不到。这个专业和航海并称找媳妇两大困难户,不知您听过没有?"

柯力拾忽然被逗乐了:"你报考考古专业研究生的目的就是为了找个媳妇?"

吴有期的手不好意思起来,摸着后脑勺,他说:"也不是,我只是说这个专业是光棍专业,冷得冻人。当时如果不是高考没发挥好，我绝对不可能选择去学地质勘探。"

柯力拾说："不论是考大学选志愿也好，还是报考研究生也好，以我的经验，特别对于家庭条件一般、没有人脉的，最好不要报那些花里胡哨的专业。那些专业看着很时髦、性感，却中看不中用。对于一般家庭的孩子，就报一些技术含量高、难学、实用的专业。因为家庭条件好的不屑于或者不想选这些专业。这些专业包括医学等。当然，考古学也勉强算，但是，你必须得真正刻苦，学到考古学的精髓。"

吴有期有些兴奋，说："柯老师，这就是我要报考您的研究生的原因啊。"

柯力拾还是稳稳地在那里不动声色。不知从哪天起，他开始变得稳当起来，好像一块巨大的石头，可以坐得住，也可以抗得了风。"当然，学考古，条件是差一些，要到野外，风餐露宿的，不过，这种专业，家庭特别好的孩子可能不会报考，你的竞争对手一下子就少了很多。我不就是靠考古到了大城市做了教授吗？"

中午，看在当年旧情的分上，柯力拾说："等会不要走了，我请你吃一顿工作餐。"可以说，吴有期第一次知道了"工作餐"这个说法。当时他第一感觉就是到研究院的食堂里吃个盒饭之类的。实际上，两个人一起去的是一个不大不小的餐馆，人不多，两个人吃了四个小菜。靠着窗户，和自己一直仰慕的人面对面坐着，巨大的落地窗户外是这个城市的街道，两边长满法国梧桐，几个人过去了，几个人又来了，来来往往，吴有期感觉就如同在电影中一样。

吃饭的时候，吴有期又问了一个他自己认为重要的问题："柯老师，如果我真的考上了您的研究生，您认为我们这个考古专业就业前景怎么样呢?"

柯力拾说:"选择很重要,这要看个人情况。如果你科研还行,那么进研究所、研究院或者高校就有优势。在这些地方,如果你努力一点儿,五十岁前基本可以成为教授。"

吴有期说:"我没有什么关系啊,如果硬说有的话,您就是我最大的关系了,我们隔壁邻村,喝同一条河的水。"

柯力拾笑了:"那你就没有选择了。不过,做科研也不容易,这是其他有关系的人不愿意做的,是给能够吃苦的人留下的一条路。"

第十章

四个研究生

一

　　对他的第一届研究生，柯力拾有种特殊的感受。对于大学老师而言，如果只带本科生，那就感觉自己和高中、初中甚至小学老师没有多大差别。只有带硕士甚至博士，才算真正有了大学老师的感觉。柯力拾这时成了导师。他有句心里话没有对外人讲，他不喜欢别人叫他柯老师，而是喜欢别人叫他柯导，感觉柯导比柯老师高端大气多了。可惜，第一届的几个研究生中，只有马贵都洞悉了这点。看来无论做什么都要有天赋。不过，马贵都不是他"嫡系"的研究生，而是他和庸普一两个人合带的。

　　柯力拾坐在会议室的主席台上，作为知识分子，他尽量让自己看上去谦虚一些。不过，实力不容许他低调。在其他导师和研究生看来，他就像是国王在检阅自己的臣民。对他那种不言而喻的气势，他对手的感觉是最明显的，坐在下面的庸普一把心里的那股不服气用力压了压，心头才舒服一些。由于这是第一次和研究生见面，研究生导师都到了现场。柯力拾的眼如同苍鹰，从前排坐着的老师头上滑过，向着下面滑翔而去。

在一群研究生中，陈美娟并没有坐在前面，却第一个粘住了他的眼睛。下面的人不少，但在人群中，她绝对是让人过目不忘的那个。看到她的腿，柯力拾忽然想起第一次到东北坐马车时拉车的那匹枣红色母马的腿，也是一样健美修长。柯力拾有些走神，到底谁会是那匹枣红色的公马呢？紫色的衣服炫耀般地紧紧勒在她的身上，把她的皮肤衬成更明显的小麦色。她人也如同快熟了的麦子一样，就是坐着也感觉在随风摇曳，周围的男人感受到并闻到了一阵麦子熟时的热气及麦香。她这种皮肤的健美光泽让本来有些昏暗的会议室里顿时亮了几分。

来考古研究院也有一些年头了。柯力拾感觉这里的女生普遍比其他院校长得差那么一点儿。同时，他还发现了一个规律，就是女生随着学历的增长，颜值呈反比例发展，在考古专业更是如此。他自己就听有人说过："女孩子长得漂亮的谁学习考古啊！扒坟揭墓还有人上瘾的？"因此，陈美娟能考上研究生很难得，能考上考古专业的研究生更是难得。她坐在那里，好像会议室里摆上了一盆娇艳欲滴的鲜花，别说男生在那里会更为活跃一些，就是柯力拾和其他男导师也感觉神清气爽。

第一次见面并不是上课，柯力拾和其他导师就是和研究生们交流一下。柯力拾看到讲台下的研究生大都神情拘谨地坐在那里。不过，从他们的眼眸中还是能看出雏燕振翅欲飞般的期待神色。

　　这时他看到了吴有期，他正一脸憧憬地坐在第二排。柯力拾说："今天大家不要太正式了，各位老师和我就是和大家聊一下家常。我也不避讳，毕竟我们这个考古专业有些冷门，我很高兴有这么多优秀的学子来读考古专业的研究生。现在我问一下各位，为啥来读考古专业。吴有期，你先说。"

　　吴有期连忙站起来，柯力拾伸手示意他坐下来讲："不要站起来，坐在那里说就可以。我们讲究民主平等，我坐着，你们也坐着。"

　　吴有期说："如果让我说实话，我毕业后从事过地质勘探，都是在边疆地区，大山大河的，几个月也不见一个人影，关键是一年都见不到成果，感觉还不如考古呢！至少考古还可以见个世面，吹牛也有可以吹的东西。"

　　柯力拾倒是不以为忤："好好，你学考古是为了吹牛。"人群中有小声的笑声传来，如同微风从人群中拂过。

　　柯力拾又指了指马贵都。听说他爸爸是外地一个县的小领导，明显可以看出他和农村出来的几个研究生有所不同，不单指穿衣戴帽，而是整体都感觉有差别。你说成熟可以，说圆滑也可以。这个学生准确来说并不胖，不过，脸向外膨胀着，有几分像是发面过头的馒头。马贵都崇拜的手半举半放，好像要行军礼一样，手却始终没有完全举起来。他眼睛不大，却显示出要努力睁得更大的样子，他说："我呢，没有其他原因，就是喜欢考古。关键是喜欢柯导，您写的那本《杨树梁考古与中华古代文化谱系》一书，我都把书皮翻坏了。"柯力拾呵呵地笑了起来。教室里的学生好像一下子被这种崇拜的气氛感染了。当然，除了坐在角落里的朱明晨，他感觉马贵都在这么多人面前用力过猛，舔得有些过了。

陈美娟眼神灿烂如花，当时正坐在朱明晨的身旁，她用肘顶了顶他，悄悄地和他说："你注意到没有，柯老师长得很帅啊，五官端正，学问也好。都说干事业的男人最帅，果然不错。他做讲座时，不知道迷倒多少女生呢。"

朱明晨有些挖苦地说："帅？就他那个身高，和帅沾不上边吧。估计你是看到了他的权力帅。"

陈美娟有些不高兴了："柯老师很矮吗？男人一米七就可以了。你倒是有一米八，不过，学问远远可以弥补你们身高的差距。男人要那么高干什么，有才华就行，又不是专业打篮球的，做衣服还浪费布料呢。"

朱明晨看到陈美娟有些着急，心里忽然不高兴起来，说道："说到你心里的痛点了吧。我是以一个正常男人的眼光评论的，不正常的人当然看不到了。"

各花入各眼。人是感性动物，有时是不需要讲理的。就如同看一本书，你认为是垃圾，别人却认为是珠宝。

当然，人和人之间的好感是可以不言自明的。陈美娟确实没有当面说过柯力拾帅，不过，她的眼神说了啊。在陈美娟读书时，谁都知道柯力拾对研究生很严格，却唯独对她很温和。当时，很多同学大惑不解，后来知道答案的人终于长吁一口气说，原来原因在这里。

这时柯力拾的声音穿过大半个教室，凌空准确地落在朱明晨的头上。对朱明晨，柯力拾以前也有一些简单的了解，知道他父亲是当兵转业到这个省城的，以前是工人，后来好像下岗了。柯力拾说："两位同学，现在还不是讨论的时候，等以后上课专门让你们讨论。朱明晨，你读考古专业是因为什么呢？"陈美娟像受惊的小兔一样，连忙缩了回去，吐着舌头低下头看着朱明晨说："柯老师问你呢。"

朱明晨说："我读考古专业是因为可以接触古文化知识，还能亲手接触文物。当然，考古专业条件比较艰苦，但这种情况主要发生在本科阶段。考古专业研究生现在人数比较少，找工作时竞争压力小，估计直接到考古第一线的时候也不多。"

柯力拾心想："这个学生怎么感觉有些怪怪的，眼梢长长的，总带有点儿讽刺挖苦的意味。当他盯着人看时，眼珠好像要单独从眼眶里跳出来一样，有种穿透人心的逼迫感。"他摆了摆手，没有再多说什么。

柯力拾最后问的是陈美娟，陈美娟倒是很大方："为什么报考古专业的研究生，就是因为您呗。"大家都笑起来，一股活泼的气流到处流淌，就连柯力拾也感觉有些不好意思起来。他说："我明白了，原来是我的错。不过，以后找不到好工作，可不要赖在我的头上哦。"

这一次和研究生见面，不知学生们对他的印象如何，不过，除了陈美娟外，柯力拾对吴有期、马贵都和朱明晨都有了很深刻的印象。加上之后和他们的相处，对于这三个研究生，柯力拾私下的评价是：朱明晨聪明，不过，这个学生太冷淡了，如同一只高傲的猫一样，好像怎么也养不熟，难以接近。这也是柯力拾后来首先把他排除出培养对象的原因。不过，以朱明晨的性格，就算柯力拾不排除他，他排除不排除柯力拾还不一定呢。吴有期性格有些倔了，在灵活变通方面没有做领导的潜质。不过，吴有期为人倔强，这也是他做事执着的表现，这种学生搞学术研究有韧劲。吴有期后来几年在考古学术界崭露头角也验证了这一点。马贵都为人圆滑，人情世故门精。不过，稍微一了解，就知道这个人就是一个学术混子，浮夸轻飘。他处理人际关系可以，不过，考古研究院毕竟是一个学术研究机构，这种人很难得到考古界的认可。再说，他还是庸普一的第一个研究生，不是自己的"嫡系"，只是挂名的学生。有时柯力拾想，这三个研究生为什么不中和一下呢。他忽然想起当年仲南坤第一次见面就看中他的事情。是啊，在学术界，学生跟对一个好老师不容易，而老师招到一个好学生更困难。

二

在考古学术界有一个不成文的规矩，评论一个考古学者是不是真正成功，不仅要看他本人，还要看他的学生在考古界是不是有出息，也就是要有学术传承，这样才能成为一个流派。这一点上，仲南坤和庸西道都做得不错。仲南坤的学术传人是柯力拾，庸西道的学术接班人是儿子庸普一。作为一个考古学者，不仅应当是一个考古研究专家，而且也应当是一个考古教育专家。否则，你自己再厉害，如果学术后继无人，就会被考古学术界所诟病。

在这三个男研究生中，柯力拾最得意的就是吴有期，这是他的"嫡系"，也和他最有渊源。他甚至有些私心，能不能像当年仲南坤对待他那样，把自己的女儿也嫁给吴有期。

不过，这个学生性格有些倔强。他的这种倔强是一把双刃剑，既可以推动他，也可能严重阻碍他的发展。吴有期的聪明不知道是不是遗传来的，不过可以肯定的是，他的这种倔强、要强的性格，是从他爸也就是当年的小吴木匠那里遗传来的。

吴有期不认为自己是一个很聪明的人。不过，他承认自己是一个很专注的人。专注的人能够集中精力于某一项事情上。这种人也有一种缺陷，那就是往往性格要强，这是好听的说法，不好听的说法就是犟。这一点，不仅他妈妈这么说过，前女友董小倩也这么说过。董小倩一度给他起了个外号，叫作犟牛牌驴肉。吴有期的这种性格能够给他的学术研究事业带来推动力，不过，也容易让他得罪人。人的性格中往往有"致命的病菌"，看你能不能控制住它。如果控制住了，你就和正常人没有什么两样。如果控制不住发作了，就可能造成很大的危害。

吴有期的爸爸吴天保也是这种专注的人，也有着犟驴一般的性格。吴有期妈妈曾说过："你们爷俩不说长得像不像，光论倔强这一点，你绝对是你爹亲生的。"

不做木匠以后，吴天保开了个修车铺，他一开始修自行车，后来修摩托车，就是那种济南轻骑。不仅如此，他还收了几个学修车的徒弟。

吴有期不止一次问过妈妈："爸爸最开始能教徒弟修自行车，他是老师，那么，他的老师是谁，怎么没有听他说过啊？"

妈妈笑得前仰后合。尽管她在生活中经常和丈夫磕磕绊绊，两人也经常短兵相接，当然，短兵相接的受害人往往是她自己，但她对丈夫也是有些许小小的崇拜的。在这个乡中，丈夫算是有本事的了，比那些在土里刨食的还是要强一些的。她是一个知足的女人。她说："老师？你爸哪有老师，他的老师就是自己。"

吴有期抬起头，那时他已经七八岁了，到了容易质疑的年龄了。"真的假的？有时老师揪着我的耳朵都教不会我数学。没老师咋能自己学会呢？"

妈妈说："别看你爸和你一样，你们爷俩脾气一上来都是犟驴。他干什么都上心。比你小叔强，三天打鱼两天晒网的。你爸当年买过一辆自行车。那时候自行车不是厂家组装的，而是把零部件送到供销社里，由那里的人组装。他在供销社看着别人把自行车装好，骑到家里以后，他又骑了几天，就琢磨着自己组装。他趁我到地里干活儿的时候，把那辆自行车大卸八块，等我回家后满屋都是自行车零部件，我气得和他打了一架。不过你爸自己摸索了两天，就把自行车重新组装好了，仿佛原封未动。我们乡里那时缺少修自行车的，他就开了一家铺子，修自行车。"

至于修摩托车，那时吴有期已经完全记事了。他还记得爸爸买了一辆济南轻骑摩托车，他爸稀罕得要命。吴有期看着这个能够冒烟、跑得比驴还快的家伙，也是敬畏不已。不料，爸爸一天晚上趁妈妈睡着了，又犯了老毛病，把摩托车给拆了。妈起床后到西屋，目睹摩托车零部件横七竖八躺着的惨剧，气得几天没吃饭。不过，还没有等她想吃饭，爸爸就又神奇地把摩托车装好了。从此他不仅自己修摩托车，还拿这个教徒弟。这些徒弟都是亲戚朋友及其孩子，没收学费，还管吃住。当然，这些徒弟不仅跟着师傅学活儿，还要替师傅干活儿。吴有期还记得当时那几个徒弟什么都干，挑水、种地，还帮着照顾他们兄妹。

吴天保是个暴脾气，跟着他学手艺虽说不要学费，却也着实不容易。他只要看徒弟学修摩托车不满意，就直接上手打人，急了连扳子、钳子都向徒弟身上扔。当时，他有个小舅，虽然是亲舅，年龄却不大。由于他母亲的兄弟姐妹多，这个舅舅虽是最小的，其实也就比吴天保大几岁的样子，但年龄再小也是舅，更何况是亲舅。不过，吴天保在小舅学手艺时却不管那么多，只要小舅学得不好，吴天保照头上就是两巴掌，小舅也不敢吱声。吴有期妈妈在门口择菜叶时看见了，悄悄地把丈夫拉到没有人的地方，埋怨道："你这个老东西，这你也下得了手，那是你亲舅啊。"

吴天保甩开妻子的手，说："学手艺就要上心，不上心别说是亲舅，就是亲爹也得揍。"

之所以专门提到吴有期的爸爸吴天保的这个性格，是因为没有那样的吴天保，就没有那样的吴有期。这爷俩绝对是亲生父子，特别是那种倔强的劲头，就像是一个模子里刻出来的。当然，在吴有期那里，这种劲头不是体现在修自行车或者摩托车方面的，而是体现在考古研究方面。

第十一章

有人的地方
就有冲突

一

　　吴有期在硕士毕业以后,本来是没有可能进考古研究院的。在这个年代,特别是考古专业,就算是博士,进研究院也不是那么容易的事情。何况一个小硕士呢?硕士在研究机构就是一类可以无视的存在。岳不婷看不起他,这也是可以理解的。关键是吴有期看得起自己。他就是一个自信的人,在最落魄的时候也是如此,这是人的天性,也是没有办法的事情。

　　一个人的命运引发的连锁反应,无意间改变了吴有期的命运。这个人就是教研室的郭老师——他跳楼了。教研室缺人,临时需要招一个教师。在这之前,博士们几乎都找到了工作,无论是不是让他们特别满意。这等于给了吴有期一个捡漏的机会。

　　吴有期毕业后,一直没有找到合适的工作,快半年了,才找到一个考古队的工作。因为这个考古队申请到了一个国家级项目,急需人手。而现场考古这项工作，显然是考古专业硕士最后的选择，这好似悖论，学习考古的研究生反而不喜欢去现场考古。

吴有期和考古队联系过，但对到底要不要去上班，一直很犹豫。他想，自己以前就是因为讨厌长期野外地质勘探工作，才重新考了研究生。不能努力了三年，又打回原形了。用以前勘探队同事的话说，以前他的工作是找矿，现在读了三年研究生，工作变成了扒墓，也没有进步啊，感觉还倒退了呢。以前搞地质勘探感觉还干净一点儿，现在他倒好，一步到位，直接面对死尸。你看这话多难听，这更让吴有期犹豫不决，一直没有把档案转到考古队所在单位，也没有签就业合同。

正在这时，命运的道路在他面前拐了一个弯，或者说郭老师的命运拐了一个弯，重新把机会送到吴有期的面前。就算是郭老师的妻子和子女，都不会想到，郭老师的跳楼竟然和吴有期的命运联系在了一起。最善于联想的人恐怕都不敢这么想。

吴有期见过郭老师，后者是本地人，看着脸如同被风刮软的柿子一样，淡淡的没有多少神采。不过，他为人倒是和善。吴有期去过他办公室，郭老师还张罗着给他看自己的邮集。在邮集中，吴有期看到了叠得齐齐整整的、崭新的一千元人民币，百元面额，如同军人刚穿上的军装一样，齐刷刷地躺在那里，夹在邮集中。不知为什么，吴有期对邮集中到底收藏了什么邮票没有印象，对那硬挺挺的十张一百元人民币倒是印象深刻。这只是因为它们是钱吗？

对于这一千元钱，郭老师的家人也感到很意外。郭老师所有的工资都是上交给夫人的，他集邮都是到收发室那里找信件上的邮票，看人家不要了，就自己撕下来，珠宝一样地收藏起来。

　　考古研究院里和郭老师熟悉的人都没有想到他会跳楼。办公室的张老师是个老阿姨,都快退休了,她说:"我和老郭都几十年的同事了,感觉他很乐观的啊,还经常吹小号,没有听说有什么问题。"另外一个女老师姜燕说:"家家有本难念的经,自己的难处只有自己知道。也就是郭老师太善良了,善良的人往往委屈自己,死得早。"张老师说:"为什么都说好人不长寿,就是好人死了以后,大家心里可惜,希望这个人活的时间越长越好,没有想到那么早去世了,就对这个人的寿命特别注意。孬人死了后,寿命长短其他人不会去关注。你说这种说法有没有依据?"

　　后来考古研究院工会去郭老师家里慰问,他家里有个快九十岁的老母亲,平时主要靠郭老师孝顺。她也不理解儿子为什么跳楼。当然,工会的人和她的疑惑是一致的。她喃喃地说:"他们都说我儿子是抑郁症才跳楼的,我活了一辈子了,我们那个年代,有饿死的,有累死的,哪里听说过因为这个病死的呢?我都这么老了,怎么不让我替儿子死啊!"

　　人死不能替,工作可以替。这不,吴有期后来就顶替了郭老师的工作。很快大家就适应了没有郭老师的日子,甚至都没有怎么过渡。郭老师以死在水里扔进了一块小石头,只是在很短暂的时间里留下几圈涟漪,水面很快就恢复了平静。看来这个世界缺了谁都一样,地球照样运转,太阳照样东出西落,大海照样潮起潮落。

　　当然,尽管郭老师以自己悲惨的命运给吴有期创造了一个机会,但这并不是说这个职位非他不行。这个职位是公开竞聘的,看到这个消息,吴有期鼓起勇气给柯力拾打了个电话。那个时候,吴有期打电话的声音是有些战战兢兢的,他尽量用谦卑的语气包装了一下,说道:"柯老师,我看到咱们考古研究院正在招一个教师,我现在找到了一个考古队的工作,不大满意,您看我能应聘这个教师岗位吗?"

柯力拾用手指敲了敲桌子,想着吴有期跟着他读了三年的书,关系却一直不冷不热的。不知为什么,他忽然想起自己的姐姐三月,又想起那两棵枝繁叶茂在风中大笑的梧桐树,想起那趟三天三夜去东北的漫长车程,他叹了口气说:"这样吧,你把求职材料交给研究院的办公室,正常面试。"

本来和吴有期一起参加面试的还有两个人,其中一个男的身材粗壮,脸肥屁股大,自信满满。这个人是首都某大学考古专业一个著名教授的门下,面试时看起来胸有成竹,出来后也是指点江山,好像这个职位非他莫属。不过,吴有期隐约感觉到,最后能够入围的是自己,后来证明他的预感是对的。不过,这个时候距离正常的教师入职时间已经晚了小半年。

吴有期一生中总会遇到这种问题,就是做事情总是不利索。他在家里干农活儿时,在秋天会帮着父母砍玉米秸,往往就会留下一截突出于地面,经过时会被绊倒。如果穿着鞋子,弄不好鞋子也会被戳个透底凉。吴有期作为教师入职了,不过,晚的这小半年给他的职业生涯留下了一截秸秆。

二

本来考古研究院招收的女生不多,在这里,女生像是大城市早晚高峰地铁上的座位,属于稀缺资源。关键是这种稀缺资源还容易外流。你想,现在的女学生多聪明,在货比三家的情况下,一般都不愿意选择考古专业的男生。这些男生以后参与考古时会晴天一身汗，雨天一身泥，都晒得像煤球似的，还点不着，做饭都用不上。关键是学考古的还要经常到穷乡僻壤、深山陡涧里去，不仅危险，结婚后还不方便照顾家里，这也增加了考古专业男生找女朋友的难度。

考古专业的学生中，真心想以考古为职业的能有几个？如果有，也是被小说或者电影、电视剧洗脑了。因此，大多数学生从进考古研究院开始，就想着其他门路，有倒卖二手光盘的，还有包录像厅的，后来录像厅纷纷关门后，也有做演唱会黄牛的。总之，八仙过海，各显神通。还有不少男同学分外有前瞻性眼光，知道考古专业的男生难找女朋友，趁着大学时女生容易陷入爱情陷阱，就提前布局，从入学第一天就把找女朋友作为大学四年的终极目标。

考古专业有一男生路东发，家庭条件一般，当然，说一般都算抬举他了。小伙子人长得帅气，但作为一个来自南方的同学，身材是天生的弱势，当然这也不是他的错。不过，小伙子帅气的面容弥补了一些身高的缺陷。再说，人家也不是真的矮，当时身材普遍不高，他那身高也属于中等了。

考古专业有一女生刘真真，不矮，不过相貌平平。不矮且身材有横向发展趋势，这说明她营养不错，营养不错就说明家庭条件不错。这也不是她的错，家庭条件好也是有渊源的，谁让人家爸爸当年努力呢。她爸爸是农村出身，后天发力，当上了领导。尽管女生长得一般，但家庭条件弥补了她长相的劣势。再说，你也不想想考古研究院是什么地方，还容得你挑挑拣拣？这里是僧多粥少，男多女少，这凭空增加了女同学的美丽程度。

　　可能是因为男孩子有心机，也可能是因为女孩子是容貌控，反正外人也不知道原因，二人就好上了，不仅好上了，还好得很是热烈。这个年龄的年轻人都是干柴烈火，两个人在考古研究院里都不够烧了，就在外面租了房子。当然，房租由女生出。

　　本来这也是一种优势互补，足够让考古研究院其他男生羡慕。何况刘真真同学身材还是有些料的，等路东发回到自己宿舍的时候，有厚脸皮的舍友就开他玩笑，说道："路东发，你找刘真真算是值了。"

　　路东发一时没有明白，问道："你小子什么意思？感觉没安好心啊，什么值不值的？"

　　厚脸皮说："还不值吗？以后你们结婚了，至少你儿子和你爷俩都不缺牛奶喝了。"到了这个年龄，大家都知道这是什么意思，同宿舍没有出门的同学都在那里哈哈大笑。

　　不过，快毕业的那一年，一个偶然的事故切断了路东发同学的奶源。原因是刘真真和隔壁大学的一个体育生好上了。外人也不知道两个人是怎么好上的。据刘真真同宿舍的女同学八卦，刘真真和路东发在外面住了两年后，忽然对荷尔蒙旺盛的体育生有了兴趣，她准备在大学的最后时光里换换口味。其实，这也可以理解，整天吃红薯野菜的，就想吃大鱼大肉，而整天吃大鱼大肉的，就想吃红薯野菜养生，人就是喜欢折腾的一种动物。人不折腾枉为人，这句话是谁说的呢？这和旅游一样，旅游就是从自己过腻了的地方去别人过腻了的地方。这也验证了人喜欢折腾的特性。对于一些人而言，不折腾，毋宁死。

　　由于荷尔蒙分泌总量不如体育生，当然，身高和肱二头肌、大腿肌肉全都处于下风,路东发同学在这场爱情保卫战中败下阵来。不过,这种话不能当面对路东发讲,因为小路为人不错,在同学中很有人缘,加上人家女朋友被撬了,这么伤心,你当面说这大实话,就太实在了吧。这么实在的人,还算人吗?

那个体育生真犯贱,考古研究院的女生被他撬走了不说,他还专门到考古研究院宣示主权,这和雄狮抢了别的雄狮的后宫,且去别人地盘撒尿盖章没有什么两样。体育生经常搂着刘真真在考古研究院的院内路上招摇过市,各种腻歪。体育生还专门到考古研究院的食堂吃饭,他和刘真真在吃饭的时候,感情来了,也不管满嘴的饭粒,就地正法,开始和刘真真舌吻。刘真真也是被荷尔蒙麻痹了,完全忘记了以前和路东发的甜言蜜语、海誓山盟,也没有注意到或者故意无视路东发在食堂远处餐桌上投过来的幽怨目光。

尽管路东发的身材和力量被体育生碾压,不过,保护爱情的冲动让他的力量在快毕业时爆发。考古研究院和隔壁大学的学生都爱去一家叫天府餐厅的饭馆吃饭。这家店饭菜味道不错,关键是价格实惠,这对大学生们来说是最有吸引力的地方。特别是快毕业时,大学生们不管是家里经济条件好点儿的,还是差点儿的,谁都不缺这毕业散伙饭的钱。这天,正巧,体育生带着刘真真还有其他几个搞体育的同学到天府餐厅吃饭,路东发和考古研究院的几个男同学也在这家餐厅聚餐。那边是畅谈未来的美好,这边是倾诉未来的无奈。那边是春风得意马蹄疾,这边是无可奈何花落去。本来路东发和体育生之间就有夺女朋友之恨,此时仇人见面,分外眼红。后来不知两伙人是怎么打起来的,一开始是路东发和体育生一对一,后来发展到混战,考古研究院的男生和体育生们多对多。一边，考古研究院人多，一边，体育生精壮，两伙人打了个天昏地暗、日月无光。尽管体育生个头大，却架不住这边人多，那边的一个人被撞到餐厅外面的玻璃墙上。体育生的头硬是硬，但架不住这家的玻璃墙是防撞的，结果撞得是一佛出世、二佛升天，满脸是血。体育生哪里吃过这亏，火速回去搬救兵。这边一看事情不好，通过小喇叭开始对全院公开号召应战。反正快毕业了，毕业证都到手了，也没有多少顾忌，眼看就要引发隔壁大学和考古研究院之间的大战。

这件事情惊动了整个考古研究院。研究院的领导决定，辅导员和年轻老师都要参加维护秩序，不仅白天要上课，夜里也要值班。这不，由于吴有期是新进的教师，岳不婷就把他安排上了，让他值夜班，防止学生们再出去打群架闹事。

吴有期连续上完四节课，当时已经是傍晚，学生们一窝蜂似的冲出教室。吴有期头眼昏沉，正在整理教学用具，这时岳不婷进来了。她知道，一般的青年教师，特别是刚进来的，都没有什么反抗力。这些年轻人不是傻，而是不傻，谁也不愿意一开始就给单位留下不好的印象。

岳不婷说："吴老师，上完课就先别回去了，院里决定，今天由你值夜班。你晚上别睡觉，学生们可能要出去闹事，上级机关都通知了，出了事我们吃不了兜着走。"

吴有期感觉血一下子冲上了脑门，这是他的老毛病。后来他一直反思：是不是自己血管有病，里面的压力异于常人，为何遇到事情这么沉不住气？不过，这就是性格，估计是被基因之神事先安排好的，只好以后慢慢磨炼了。他本来脾气就较真，在气场上也和岳不婷不对付。他压着内心的翻江倒海,尽量和缓地说:"岳老师,我不是辅导员,是一名任课老师,我教的课是理论考古学,不是什么警察学,也不是治安学。学生打架找派出所。派出所不愿意管就找他们的父母。"

岳不婷没有想到吴有期一个刚到考古研究院不久的新人,竟然是这么个态度。不过,她到底在考古研究院几年了,要比吴有期更有定力一些,她说:"吴老师,这不是我安排的,是院里安排的。再说,虽然这不是你的直接责任,但你是研究院的一分子,也应当尽一些义务吧。如果出了事,不但我们在上级那里无法交差,而且现在学生的父母也喜欢找事,你又不是不知道。"

吴有期本来就和他爸一个性格,认准的事情很难改变,这时在他的太阳穴附近能看见几条青筋像蚯蚓一样凸起。他是一个很少喝酒的人,喝一点儿酒就会这样。他说:"现在学生的父母喜欢找事?喜欢找事你们就拿出对付老师的劲头来对付学生的父母。"

岳不婷似乎不敢相信地看着吴有期,以为自己遇到了外星人。她在内心暗骂:"一看就是农村来的土包子,怎么是这么个样子,谁把他弄进考古研究院的!"

不过,她没有再进一步安排,毕竟对方是一个男的,万一发起火来,或者冲动起来,难免对自己不利。她压了压怒气说:"吴老师,这不是我安排的,是院里交代给我的,我回去向院里汇报一下再说吧。"说完,像鼓起气的河豚一样走了。

这是吴有期第一次和岳不婷正式起冲突。这时他并没有想到,他和她的冲突竟然能够贯穿自己此后在考古研究院的整个职业生涯。他没有想到,岳不婷心里的土壤那么适合仇恨生长。这颗仇恨的种子被自己不经意间扔到她的土地里，这么快就生根发芽了。可见，一个人的命运从哪里开始兴盛，从哪里开始败落，最初的线头在哪里，还真不好说。人生就是一场大剧，在幕布没有彻底合上之前，剧情的最终结局如何，谁也不知道。

三

这本来好像是一件微不足道的事情，一年多后，在那场和岳不婷的冲突中种下的种子就长出了荆棘，让吴有期很不舒服。因为吴有期考上了首都那边京西大学的博士。本来他是全职考的，不过，准备转档案材料的时候，京西大学研教院的一位和善的女行政人员说："小伙子，你是准备全职读我们大学的博士吗？"

吴有期说："是的，老师，我们研究院规定硕士要工作满两年才能读博士，我专门看过，院里是下了文件的。不过，我就是那么巧，刚好在那里工作了一年半多一点儿就考上了博士。没有办法，我又不想放弃这么难得的读博机会。"

这位女老师微微一笑说："如果你全职读博，现在工作这么难找，特别是考古专业，等你博士毕业了，再进考古研究院可能就困难了。你们考古研究院在行业内口碑还是不错的。如果你因为读博丢了工作，读博就没有太大价值了。"

这个女老师年龄五十多岁，估计过几年就退休了。人在这个时候，善就会增加，恶就会减少。这是吴有期多年后的经验之谈。其实，这和人之将死其言也善有相同的道理。她对吴有期说："困难再多也没有办法多，前面无路拐个弯就有路了。规矩是死的，人是活的，不能因为规矩是死的，就把人也弄死。你回去再找单位的领导想想办法。"

这件事让吴有期专门跑了一趟考古研究院。这位女老师给他指了一条路,是很好,不过,当他打听到这件事需要过岳不婷这关时,感觉像是掉进冰窖一般。真是越不想见谁,就越会碰见谁。这时,吴有期有些后悔一开始得罪了岳不婷,所谓多一个朋友多一条路,多一个敌人多一座山。他忽然有些明白在单位上班的人为什么不敢轻易得罪别人,因为你不知自己会落到谁的手里。

人事处处长有一间独立的办公室,副处长岳不婷和另外一个男工作人员大刘在另一间办公室。大刘个头比较高,吴有期和他挺熟悉,这位经常吐槽说不知倒了什么大霉和岳不婷在一间办公室。他的座位正好在岳不婷的对面,真是低头不见抬头见。

一次在研究院里的路上遇到吴有期,大刘满脸怨气地说:"我一点儿都不想见这个老女人。一看她就来气,不过,我不能总低着头吧,他娘的让我脊椎都弯得出了问题。"

吴有期和他开玩笑说:"岳不婷这么袖珍的美女,一般人想和她坐在一个房间里办公,还没有机会呢。也就是你长得帅气,关键时候你献身一次,就什么问题都解决了。"

等吴有期找岳不婷办理在职读博盖章手续时,他感到大刘幸灾乐祸的笑意扑面而来。他的眼神就像一块幕布,明明白白地把他想说的话写在了上面——"你小子也有今天,终于不用笑话我了吧"。

当吴有期说明来意后,岳不婷脸上不为人察觉地闪烁了一下笑意,由于速度太快,一瞬即逝,这笑意里面到底有什么内容,只有她自己知道。

她倒是没有明确拒绝，说："这个事情嘛，我只是副处长，说是处长也就是好听点儿，在这个人事处就是个办事的。只要领导同意，我没有什么问题，绝对会给你盖章。我们都是同事，我难为你做什么，我有什么好处？呵呵，是吧？我先问一下领导，明天就给你答复，这事我感觉问题不大。"

一刹那，吴有期感觉自己是不是误解岳不婷了，他甚至有些怀疑自己的人格或者肚量。不过，第二天，他重新肯定了自己对岳不婷的直觉判断。可能昨天自己找她，属于突然袭击，她一时没有准备好措辞，现在明显准备充足了。她脸上变得阴晴不定，复杂的眼神如同探照灯一样，在吴有期脸上晃来晃去。"吴老师，不是我不帮你，我看了一下文件，你入职比正常入职的老师晚了快半年，就不能现在去读博。当然，你要读博没有问题，得辞职。这是我们学校规定的文件，关键的部分我用红线画出了，你自己看看，你在职读博是不符合条件的。"

吴有期说："我入职是晚了不到半年，不过就是几个月的样子，请问这几个月的影响就这么大吗？"

岳不婷说："吴老师，你说这话我就不爱听了，制度就是制度，都学你这样，我们考古研究院制定制度还有用吗？我本来还想请示领导，看到这份文件，也不用请示领导了，我就能决定。"

吴有期说："听说我们院里还有一个老师也有这种情况，为什么他可以在职读博，我就不行？"

岳不婷有些冷冷地说："小到在我们考古研究院，柯院长可以做院长，你为什么不能做？大到国家层面上，我就不说了。"

要不是大刘提供了信息，告诉他另外一个老师和他有一样的情况，只要通了岳不婷的路子，就可以盖章在职读博，吴有期也许就自认倒霉了。谁让他做事总是那么寸，入职就晚那么不到半年呢？当然，这个大刘可能在利用他给岳不婷制造点儿麻烦，也说不定。这个时候，他想就是为了一口气，也要争取一下。不过，制度就在人家手里，他有话也无处说。他紧紧地盯着岳不婷，好像要把岳不婷烤焦一样。他知道自己好怒的毛病又犯了。心头好像被谁在不断地加着柴，火一点点地从胸口上升到喉咙，再伸出长长的舌头，舔舐着大脑。感觉大脑容量不够用了，火好像要破门而出。

岳不婷一看事情不好，怕自己在房间里吃亏，连忙站起来走向对面的办公室，远远地就在外面喊："龚老师，你办公室温度怎么样？这几天降温，我办公室不知为什么这么冷，我去你那里暖和一会儿。"

等到岳不婷识趣地躲出去以后，大刘终于抬起头来，长吁了一口气说："终于出去了，可能怕挨揍。这种女人就是这个样子，如果领导来了，让她办什么就办什么。"

岳不婷出门后，吴有期大脑的热度降低了一些，他忽然感觉自己就像是一头斗牛，在丧失了对面的红布目标以后，不知该怎么做了。大刘说："我说兄弟，你听我的，这种事情对于领导来说就不是一个事，你还是得找领导。"

吴有期后来回忆起柯力拾，虽然他们师生之间也有过不愉快的经历，但他还是深深地感恩柯力拾的。可以说，没有柯力拾，就算是一道小小的坎，对他来说也是一道天堑，就是这么个在职考博盖章的事情，他都迈不过去。他这个人的性格就是这样，不会把感恩流露于言语，也难怪柯力拾会误解。

没有办法,还是得找柯力拾。吴有期像是一个乞丐,在富人家门口等着机会要点儿东西。他在柯力拾的办公室门口等了挺长时间,从门缝里可以看到柯力拾在那里应付着各种事务。好不容易获得了几分钟的机会,他一脸尴尬和期待地推门进去,听到自己的话语在嘴里磕磕巴巴地溃不成军,他恨不得抽自己几个嘴巴子。"柯老师,我自己都不好意思了,老是给您添麻烦,我实在没有其他办法。我们考古研究院也确实规定了年轻教师工作两年后才能在职读博。您是知道的,我入职晚了小半年,就被人事处卡住了,不给盖章。不过这个事情还是能说得通的。我是入职一年半,不过,人事处的规定并没有明确说明是工作满两年,还是毕业后满两年才允许在职读博啊。"吴有期忽然感觉自己学习考古也许是个错误,他简直是做律师的料,律师都是这么抠字眼的。

柯力拾坐在那里不时地签着字,尽管他不是很高大,不过,这个时候,吴有期感觉他特别高大,还有种诸葛亮稳坐中军帐的从容。他伸直身子舒缓了一下,缓缓地说:"这样吧,我是这个考古研究院的院长,不过,也不能包办所有的事情,这种事情是庸普一副院长分管的,你先去找他签字,今天正好我看到他在办公室。"

吴有期还是在那里焦急地说:"我让庸老师签字,他也不会签啊。"

柯力拾还是不动声色地说:"这你别管了,你去签字就行了。"

庸普一肯定是接到了柯力拾的电话,他面无表情地看着吴有期拿来的材料,龙飞凤舞地签上了自己的名字。对于吴有期而言,他哪里是签字,分明是在夏天给自己送上冰凉的雪糕,在寒冷的冬天给自己点燃火炉。

庸普一说："你去找岳不婷老师吧，让她给你盖好章就可以了。"

本来以为岳不婷看到庸普一的签字后就会盖章，但可能是桌子对面的大刘那阴险得意的笑容刺激了她，她好像也来了犟劲，坚决不盖章。没有办法，吴有期还得去找庸普一。庸普一听吴有期这么一说，好像有些吃惊，说："你先等等，我去找岳不婷。"

吴有期看到庸普一把岳不婷从办公室里叫出来，在楼道远端那里隐隐约约地说着什么，好似听到岳不婷不停地在给庸普一解释："庸院长，我是为您好，您也最好不要签字，吴有期确实不符合条件。"

庸普一在那里有些无可奈何地安慰她说："小岳啊，你还是年轻，柯院长专门给我打电话，我能不签字吗？"

没有办法，岳不婷回到办公室，从桌洞里拿出印章，印章无奈地在空中慢慢降落，最终不情愿地落在了吴有期的申请材料上。在她的对桌，吴有期看见大刘的笑容更加阴险了。

四

在柯力拾还在院长位子上时，吴有期除了获得直接帮助外，还获得了一些间接的隐形帮助。因为大家都知道他是柯院长的学生，所以他在考古研究院办事情，相较一般人而言还是要顺利一些的。另外，就吴有期那种性格，就算他的学术水平再好，评上研究员也不是那么容易的事，其他人慑于柯力拾的权威或者考虑柯力拾的面子，不找吴有期的麻烦，这其实也是一种间接的帮助。不要小瞧这些，吴有期在以后就慢慢体会到了。

在吴有期评高级研究员时就是如此。他本来就是研究员，有高级职称，以他的学术成果，评上高级研究员不过是走个流程，是顺水推舟的事情，不过，自从柯力拾半退休以后，许多事情都成了逆水行船。

评上高级研究员需要三位院内同行评议，这些评议人都有高级职称。其中一个研究员是岳不婷的同党，加上对吴有期职称上升得那么快，年纪那么轻，对他这些老资格的尊敬程度达不到他的要求感到不满意，就在那里打官腔。当吴有期找人向他说情时，他一口答应："好啊，没有问题，这都是小事情，等着就好了。"不过，他其实是在那里只打雷不下雨，就是拖着不签字。说情人也是本院的，不傻，知道他的意思，也就不勉强了。吴有期也没有太当回事，毕竟三个人中有两个人同意就可以了。

另外一个研究员也有些难缠。因为吴有期和他只是一般的同事关系，并不亲密，现在他好不容易逮着个机会，怎能轻易放过。吴有期厚着脸皮，听对方摆了一阵老资格后，总算勉强同意签字了。在和这位打电话时，吴有期感觉自己浑身都矮了半截。他以前不知道同事还能这么盛气凌人。其实，这个老教师不仅是在向他示威，在院里的一些场合，他也经常发表一些貌似公正的不同意见，以表示自己的存在。这个人身材高大，这本身就是优势。这个人表面上好像和领导不对付，却时不时地在关键的地方捧领导一下，领导也不愿意得罪这号人物，因此他的利益得以最大化。

吴有期一边抹着汗水，一边尽量谦恭地向对方解释。虽然正值深秋，但穿过玻璃的阳光，还是巴掌一样热辣辣地打在他的脸上。旁边的一位年轻老师假装没有听，不过，眼光还是时不时偷偷地溜过来，他没有想到考古研究院平时清高傲气的吴有期那天竟然是这种样子。

好不容易三比二，最初那关算是通过了。不过，岳不婷是最终评议人，还有最后签字的权力，现在她终于逮着机会了。考古系办公室都已经把吴有期的申报高级研究员的材料交到院里去了，她居然又让人给拿回来了。多年媳妇熬成婆，现在是她的天下了。至少，她占据了考古研究院的部分天下，多年仇恨的镰刀早就磨得很是锋利，现在到了收割吴有期这棵不听话的庄稼的时候了。

只有下雨的时候，才想到伞的好处。柯力拾出事后，伞没有了，自己就得顶着雨。吴有期没有办法，最后找了院里一个领导。这位是个老好人，多年前从外地引进，在考古研究院没有根基。可以说，表面上他也是院里的领导，但本质上就是跟着柯力拾打杂的，柯力拾的任何意见他都没有反对过。因此，大家都偷偷称他为柯力拾的小跟班。他谨小慎微，尽量和各方都保持好关系。不过，无论如何，吴有期都很佩服这个人的忍耐力，看来他能当领导，获得各方认可还是有道理的。

吴有期打电话把自己的事情简单地说了一下："老领导，你能不能跟岳不婷老师说一下，我的条件都符合，不仅符合，而且都超过了。就是签个字的问题，她何必为难我呢。"

老好人在电话那边连连称好："好，好，有期老师，我也是这个意思，你能评上高级研究员，是你的荣誉，也是柯老师的荣誉，说明他当年没有白培养你。我马上给岳不婷老师打电话。"不知为什么，吴有期感觉他把"马上"两个字说得特别突出，好像是河里突兀而出的一块石头。

不一会儿,老好人回电了:"我给岳老师打电话了,她看来还是不同意你申报高级研究员啊。"

吴有期说:"为什么? 我不符合条件吗?"

老好人说:"她说你不符合条件,是因为你没有国家社科基金。"

吴有期说:"考古研究院没有规定申报高级研究员需要国家社科基金吧。"

老好人有些尴尬,也有些不满地说:"这我也不好说。她在考古研究院资历也不浅了,谁也不能硬按着她给你签字吧。"

吴有期说:"是不是我得罪她了? 还是她纯粹就是嫉妒?"吴有期有些明知故问。他其实也感觉到了,现在岳不婷卡他,也不光是因为以前的矛盾,嫉妒因素也在推波助澜。因为考古研究院就这么点儿大的地方,你多突出一点儿,她就可能缩回去一点儿。吴有期的势头如果再起来的话,可能就不是她能控制得了的了。

老好人说:"岳老师没有说你得罪过她,她倒是直接说以前对我有些不满。唉,不满就不满吧,谁都拿她没有办法。"

第十二章

防空洞宾馆

一

　　在没有去北京以前，吴有期没有想到这里的冬天不仅特别冷，而且还特别干燥，干燥到可以剥你皮的程度。吴有期在南方城市读书的时候，冬天嘴上几乎没有起过皮，在北京则不行，来这里几天之后，他嘴上的皮丝丝缕缕地开始剥落，如同一双穿了很久的皮鞋，外面的皮革星星点点地绽开了。这里的冷毕竟是大城市的冷，也是一副盛气凌人的样子，一下子就可以让人感受到。即使是天气晴好的时候，这里的冷也如同马路上车辆的巨大噪声，混在西北风中，好像凝聚成一个巨大的无形冰球，扑面撞来，让你躲无可躲，藏无可藏。

　　相比较而言，吴有期考博时租住的那座防空洞宾馆，则显得仁慈得多。一进防空洞的门，就能感觉到一股夹杂着脚臭、骚臭、汗气的温热气息在头上、脸上抚摸，在心里抚慰。后来听说北京的防空洞宾馆因为起了一场大火，烧死了几个人，就被封了。不过，吴有期是个恋旧的人，他忘不了那个防空洞宾馆如同子宫一般的黑暗中的温暖。

可以想象，在寒风呼啸的冬天，一身疲惫和寒冷地从那个他考博的目标大学回到防空洞宾馆，和一个被放逐的人回到温暖的家乡没有什么区别。去要报考的博导那儿听课需要一整天的时间，这包括听课的时间以及坐公交来回的时间。路程很远，远到眼睛数公交站的名字都有些麻木。此时，回到这个黑暗、狭长的地下宾馆，还有什么可以抱怨的，感激还来不及。

这座防空洞宾馆像是地下迷宫一样，狭窄的过道从门口通到地下然后分为左右两个线路，地下的门口处有一个巨大的散发着煤气味及水蒸气的开水炉，每次寒冷的人从外面进来，它总是热气腾腾地打着招呼：回来了啊，到家了。

吴有期的房间在左边走廊那边，几盏昏黄的小灯引导着他，头顶上不知是谁晾的几件衣服，他如同穿越草木丛生的森林，笔直走了大概四十米，再向右拐，他鸽子笼一样的房间就在右边尽头倒数第二间。他刚进来住的时候还有些不适应，特别是从地面到地下的时候，好像阴暗的笼子一下子把他罩住了，他竟然有种下地狱的感觉。不过，慢慢也就习惯了。

房间之间用木板薄薄地隔开。他的房间左边住着一对年轻的打工情侣。这个防空洞宾馆的老板会做生意，在走廊里安装了几盏萤火虫一样瓦数很小的电灯，吴有期和隔壁的青年男女碰到过，昏暗中看不太清楚，只感觉女的长得比较丰满，这让狭窄的过道显得更加拥挤。贴身而过的时候，能够感觉到女子身上的荷尔蒙驾着热气蓬勃而来。男的则长得粗壮有力,和一根会移动的木头一样结实。由于防空洞宾馆建在地下,并不冷,这个强壮的男人在冬天也偶尔光着上身去打开水。

这对青年男女好像浑身有使不完的力气。在晚上,刚吃过晚饭,新闻联播还没有结束,就急切地在播音员慷慨激昂的声音掩护下进行床上运动。哪怕在白天,如果两位都歇班,不管什么原因忽然来了兴趣,就来上一曲气血激荡的爱的交响乐。吴有期一开始难以适应。他并不是完全没有男女那方面的经验,不过,两位青年男女的动作幅度是如此之大,不仅影响他休息,而且让他感觉会有性命之忧——吴有期感觉这对情侣不是在做爱,倒像是在拆房子,他会忍不住敲打隔在中间的木板,大声说道:"哥们儿,帮一下忙,声音小一点儿,你这是现场直播,我可没钱付费。"

隔壁房间爱的列车正在惯性中向前运行,此时仿佛被强行刹车一样,吴有期仿佛听见轮胎摩擦地面发出的长长的声音,也好像看到刹车过后轮胎上冒起的青烟。男的不吱声,女的好像在那里偷笑,然后两个人的动作就会轻一点儿。不过,吴有期抗议的有效期就只有两天,第三天两个人在高兴到顶点的时候,又故态复萌。后来,吴有期也懒得去说了。免费听直播不好吗?他这样安慰自己。

吴有期之所以到北京考博,是因为他很敬佩的一个导师在这里一所著名大学的考古系工作。此人就是考古界著名的邢宝弓教授。他的名气不仅来自考古专业本身,也来自他是一位小说写作高手,其人也长得风度翩翩。虽然邢教授谈不上多帅,才华却凭空给他加了不少分,让他在众多颜值偏低的考古专家中鹤立鸡群。

因此,每当这位教授在校园里走过时,身边总是围着几个女生问一些问题。当然,她们主要是想和这位魅力教授多待一会儿,至于问什么问题则并不是关键。

吴有期平常爱好文学,也喜欢舞文弄墨。在这一点上,他也认为这个导师是目前可选项中最适合他的。不过,邢宝弓教授有一些不同于一般人的习惯,就是不喜欢带手机,当然不是买不起。有好奇的学生在上课时问他为什么没有手机。他感觉这种问题不可思议,好像是不相信自己的学生能问出这么低质的问题。他说:"我为什么要买手机呢?买手机是你们这么聪明的老师的做法吗?我如果买了手机,就等于被人控制了。我花钱为什么还让别人控制自己呢?"众人皆大笑。

不过,由于邢宝弓教授没有手机,联系他就成了一个不大不小的难题:只有通过他们家的座机。不过,邢教授很少在家;没有办法,有什么事情都得和他夫人联系。

邢教授的夫人姓裘,是同一考古系的教授。可以说,不是一家人,不进一家门。裘教授也是一个有个性的人。听说她性格过于刚硬,因此得罪了不少人,造成外部人际关系比较恶劣,而这种不良的人际关系又进一步刺激了她的性格,让她更加口无遮拦。她经常说:"我哪有什么错,硬说有的话,是我太正直了,就是那些人所谓的情商不高。一句话,正直的人不好活。"

邢教授的男弟子还好点儿,女弟子就比较头疼了。最令她们头疼的是见不着导师,特别是在有急事不得不找的时候。吴有期在蹭邢教授的课时,有一位他的女硕士讲起被师母责问的事情。这位女硕士叫作董小倩。她说有一次请邢教授主持博士答辩,电话打到他的家里,是他夫人裘教授接到的。她说:"师母以前没有见过我,我打电话过去的时候,她一听是女生的声音就火了,连声问,你是谁,你到底是谁。我说是邢老师的学生,师母说邢老师的学生我怎么没有见过,语气越来越严厉,能够感觉到电话听筒都在她手里战战兢兢的。她声音越大,我就越紧张,更加说不明白,结果我都吓哭了,也没有解释清楚。"

女生在对吴有期说这件事的时候,没有作为一件好笑的事来讲,吴有期感觉她有些惊恐,能看到她纤细手腕上的血管在不安地颤动。

董小倩其实是吴有期考博的潜在对手。邢宝弓是她的硕士生导师,这让她考博比吴有期具有先天优势。邢教授名望很大,考古学博士名额这么稀缺,不少有志考博的考古专业学子都把他作为导师首选,由于有近水楼台先得月的优势,董小倩成为其他考博人嫉妒的对象。实际上,按以往的经验来看,邢教授自己的硕士考上他的博士的概率确实要高不少。

吴有期并不嫉妒董小倩。她那有些娇小的身材,让她有种我见犹怜的动人气质。特别是在教学楼大门口等着邢教授来上课的时候,她站在这座大学宏伟的教学楼前,显得更加娇小。实际上,吴有期在后来真实体会过后,才知道她并不十分娇小。特别是抱在怀里的时候,那种小骨架却丰满的身材彻底改变了他最初幼稚的想法。

吴有期曾觉得董小倩这个名字有些意思,就问她:"你的名字比较有意境,谁给你起的啊?"

董小倩娇笑着说:"有什么意境? 不就是一个名字吗?"

吴有期说："你这个名字不得了，一下子就和两位美女相关。一位是董小宛，明末清初文学家冒辟疆的小妾。第二位就是电影《倩女幽魂》的女主角聂小倩。从你的名字看，你是一个有故事的人啊。"他开了一个小玩笑。

她抿着嘴说："别瞎说，我才没有多少故事呢。不过，看来你还是挺有文化的。现在考古学的学生，有文凭的不少，有文化的不多，都成了挖墓工人了，真正懂得文化考古的没有多少。"

他说："我没有什么大的文化，就是喜欢看一些杂书。不过你说的倒也是，现在搞学术的人偏科太厉害，只在自己领域里懂一些东西，领域外稍微远点儿的知识，说他们对此是文盲也行。不仅是我们考古学这样，其他学科也是如此。像你导师邢教授那样多才多艺的，真的是凤毛麟角，在全国都是如此。幸亏师母管理有方，否则，不知有多少女孩子投怀送抱呢！"

她说："你别瞎说啊，就是师母管得不严，邢老师也不是那种人。看来你这人不像好人啊，是不是你成了教授以后会这样？"虽然她这么说，却没有恼怒的样子，感觉她的性格天生柔柔的，这是吴有期起了追她的念头的重要原因之一。他感觉自己性格太硬了，石头一样，还是刚开采的石头，棱角分明。如果他能够找到这么个女孩子中和一下就好了。果然，人缺什么想什么。即使自己不知道，但是，潜意识也会指引他这么做。

至于董小倩为什么同意和吴有期谈朋友，吴有期也专门问过："你在那时是怎么想的？""还能怎么想？我最初就是觉得你好玩，有话可以说，不像我姨妈给我介绍的那个富二代。如果我和他说的话能比他们家的钱多就太好了。恰恰相反，我们实在没有话说。

和你一起倒好，别说谈考古了，毕竟这是我们两个人都懂的专业，就说谈其他的，你好像也都知道，什么真的、假的，段子、戏说，明明知道你瞎说，我还是感觉挺有意思的。"

他笑着说："早知道就好了，看来做你的男朋友难度并不大。如果当时你不同意，我都准备以死相逼了。"

她呸了一口："你倒是想得美，那时我只是想和你做个聊天的朋友，反正有时也无聊，找个免费的聊天对象也不错，没有想到去那个防空洞宾馆玩的时候，上了你的贼床。"

确实，在促成吴有期和董小倩的爱情方面，那个防空洞宾馆起到了很大的作用，如同用于西红柿的催红剂一样，那个还有些青涩的西红柿，本来没有到熟透的时候，被吴有期用蛮力在防空洞宾馆里催熟了。

都说好奇心害死猫，这句话用在女人身上好像也合适。董小倩来自吴有期工作的那个省会城市，以前从来没有听说过防空洞宾馆，在和吴有期熟悉了以后，就央求也去看一看防空洞是如何变成宾馆的。还别说，把这座建于 1969 年、本来是防苏联的人防工程，改造成了宾馆，真挺厉害的。

本来两个人穿过那座地下迷宫一样的防空洞也没有什么，两个人在吴有期那张有些酸臭的床上坐着也还算正常，两个人还在那里一本正经地说话。什么时候气氛开始改变的呢？

点燃两个人火花的竟然是隔壁那对年轻情侣的白天热情大戏。两个人知道隔壁有人，一开始还算循规蹈矩地行男女之事。但是，这场小的山火越烧越旺，越来越大，逐渐向其他地方蔓延。吴有期不知什么时候捏住了董小倩的手，董小倩的手如同奶猫一样不安地挣脱。但是,他经历过劳动锻炼的手抓猫显然手到擒来,很快就将她的手制服。隔壁的火焰越来越猛,也点燃了这边的干柴。一开始只是一个人的干柴,但是,架不住火势太大,把周围的湿柴也烤着了。

吴有期几年后还记得董小倩那种娇羞的挣扎,想反抗又怕隔壁情侣听到,可恨的吴有期可能就是利用她这种怕羞的心理得寸进尺,逐步攻城略地,最后占领了整个城市,不仅是主城区,也包括每一个角落。到了冲锋陷阵最关键的时刻,她想像鸟一样高飞大叫,但最终成为一条不断摆动身躯的鱼,被害羞的水波压制在水里,这更让吴有期觉得是不同的刺激。都是青年男女,只隔着一层薄薄的木板,差别为什么就那么大呢?

二

这座防空洞宾馆柯力拾也去过。那次是到京里开会,他顺便去看望吴有期。之所以这么做,不仅是因为和吴有期的那种既远又近的关系,更是因为他感觉这个年轻人和自己当年太像了。吴有期的天赋不错,人又努力,他只要上了道,将来一定会有不错的前途。至于往哪个方向发展,柯力拾没有把握,因为这个年轻人身上的傲气和过分要强是不可控的因素。有才气就会有傲气,这可以理解,但是,人吃亏也是因为傲气。自己就是因为傲气吃了不少亏,最后把棱角磨平了,才慢慢升上去的。

柯力拾到这座防空洞宾馆去见吴有期,可以说是这座宾馆的荣幸。据不完全统计,他可能是去过这座防空洞宾馆里最知名的人士了,尽管柯力拾这个考古研究院院长的权力值并不高。

那时,柯力拾还没有资格带博士。实际上,在报考邢宝弓教授的博士之前,吴有期咨询过他。柯力拾说:"你还没有真正进入这个圈子,还不知道情况,就算是国外最好的考古学专业博士,在国内也不一定吃得开。因为海归博士在国内没有人脉,进不了圈子,这样无论是发表论文,还是申请课题,都会受到很大影响。因此,你选择报考邢宝弓教授的博士是对了。他在考古学这个领域,绝对是大佬级别的。"

进入吴有期那座黑暗迷宫般的临时住所时,柯力拾忽然有种穿过东北森林的感觉。在夏天,森林里密密麻麻的树木遮天蔽日。这些大大小小的树木用身躯排成一条条不规则的小道,向着一个方向是生门,向着另外一个方向可能就是死门。空气中有树木或者动物死亡的腐败气息,也有老鹰在天上发出的生命召唤。

吴有期知道柯力拾来看他,就打扫了卫生,还专门洗了被褥。但是,柯力拾在他的房间里还是闻到了浓重的酸臭味道。当然,这可能不完全是吴有期房间的味道,而是各个房间的集体功劳。因为整个防空洞宾馆都是有缝隙互通的,空气肆无忌惮地到处串门,彻底实现了气味共享。

柯力拾说:"你在这种宾馆住还适应吗?还需要在这里复习多长时间?"由于房间不大,吴有期感觉柯力拾平时身上携带的威严,在这时就变成亲切了。

吴有期回答说:"柯老师,我在这里住习惯了,感觉挺好,吃得香睡得香。反正时间不长,我准备在这里复习三个月,现在一个月都过去了。"

柯力拾说:"哦,这就是年轻的好处。不过,我当年吃的苦可比你吃的多得多。至少在这里面还感觉比较暖和。"

吴有期连忙回答说:"是,是,和您不能比。我从小就是听村里人说您的事迹长大的,我也是把您作为榜样奔着去的。不仅是我,我们老家那地方,哪家教育孩子不是以您为例子!"

柯力拾微笑着说:"一代人有一代人的活法。你能吃苦很好。现在快考试了,我平时也不带钱,这次开会主办方给了一些,这里有两千元钱,你先拿着,补充一下营养。"他看吴有期要拒绝,又补充说:"你不要推了,要不算我借给你的,等你赚大钱了再还给我,哈哈。"柯力拾大笑了起来。吴有期感觉自己的心好像伸出了手,有种要依偎柯力拾的冲动。不知为什么,他忽然有些庆幸今天隔壁的情侣不在,否则主题马上就变味道了,那该有多尴尬。

在柯力拾站起后,吴有期顺手替他拽了一下衣服,由于坐的时间长,衣服上面已经形成了几道褶皱。这是吴有期以前没有做过的。他不是一个喜欢拍马屁的人,这次动作却水到渠成,他做得很自然,心理上也感觉很自然。这个时候做这个动作没有任何违和的感觉。

可能受到妻子仲素娟的影响,柯力拾和女儿不是太亲密,平常总感觉有些隔阂。特别在女儿上大学后,柯力拾更感觉她不像一般女儿那样对父亲亲近。在吴有期做拉平衣服褶皱这个动作时,柯力拾忽然感觉自己的心像一件起褶的衣服,被吴有期这个动作熨平了,并且能感觉到内心里有种熨斗熨过带来的丝丝暖意。

柯力拾临走时,专门看了看吴有期简陋的书桌上堆着的考古学考博专业书,中间还夹着两本金庸的小说。他又一次笑起来,说:"看来你也喜欢金庸的武侠小说,这点倒是我们的共同点。你最喜欢书中的哪个人物?"

　　吴有期忽然有些不好意思起来,他嗫嚅道:"我就是看专业书累了,想调节一下。这两本武侠书都是以前买的,在金庸的十五部武侠书中,我最喜欢的人物是《雪山飞狐》中的令狐冲。"

　　柯力拾都快到门口了,听到这句话后却放慢了步子,吴有期忽觉有一丝让人不安的异样,至于有这种感觉到底是因为什么,直到多年后这个谜团才解开。

第十三章

进人风波

一

与柯力拾的关系,对吴有期来说既好又不好。这是一把双刃剑。吴有期性子比较直。在单位里有柯力拾照顾,这就相当于在必要的磨炼期中,他没有得到应有的磨炼,因此,他在该成熟的时候没有成熟。在单位里就是如此,你不早吃亏,就得晚吃亏。一个新人如果没经过磨炼,早晚都可能吃亏。考古研究院的那些老资格们至少是这么认为的。

虽然吴有期的学术研究水平高、业务好,但他的这些不圆滑就如同刺猬一样,一些被刺伤的人在和柯力拾一起的时候,会或明或暗地对柯力拾说一些闲话。这种话很微妙,你说是小报告吧,却也算不上。谁也不是傻子,都知道柯力拾是吴有期的导师。说不是小报告吧,可那些话又会让人往对吴有期不利的方向联想。柯力拾是何等人物,当然一下子就知道是什么意思了。

柯力拾知道问题出在哪里，却不好对吴有期明说，就暗含深意地对吴有期说："你别整天低着头做事情，也要跟着马贵都学一下，看人家是怎么做事的。人须在事上磨！你就是经历的事情太少了。"颇有点儿恨铁不成钢的味道。不过，柯力拾也知道，尺有所短，寸有所长，马贵都人际关系搞得好，年纪轻轻甚至比自己都老练，偏偏学术水平不行。

作为一个新人，应当做的姿态就是对考古研究院的领导和老教授们面带谦恭，对来自教研室和院里的任务来者不拒，高调做事，低调做人。这一点马贵都就做得很好。其实，处事圆滑是天生的。马贵都有次和吴有期聊天，聊到兴头上就对他说："老吴，我们要学会先做孙子，再做爷爷。"马贵都和吴有期是同学，年龄也差不多，但不知是天生的，还是后来跟他爸或者谁学的，他比吴有期成熟老练多了。

不过，马贵都的这种成熟老练，在柯力拾看来是优秀的素质，在朱明晨那里却成为令人作呕的丑态。一开始吴有期不知朱明晨为什么对马贵都有那么大的偏见。朱明晨经常在提到马贵都时对吴有期说："那就是个烂人，你最好不要和他交往太深。"

吴有期说："我感觉他就是做人圆滑了一些，也没有什么啊。"

朱明晨说："你看人的眼光太差了。这人品质特别差。其他人做事还有些底线，他最大的特点是没有底线。"

吴有期说："那为什么有的领导还挺喜欢他的，庸普一老师就是。"

朱明晨说："马贵都是庸的嫡系弟子。再说，有什么样的下属，就有什么样的领导。反之也是如此。他们是同类相惜。"

吴有期感觉朱明晨说得有些过了。看到吴有期的神态,朱明晨多聪明,马上知道了他是怎么想的。他说:"老吴,别的不说,就说最近的事情。这个马贵都当时仗着他爸在省城有点儿小关系,就拼命托关系把自己安排进那个文化部门。说不用再到野外考古,还嘲笑了我们两个留校的,说我们表面上被称为知识分子,实际上和盗墓的相比就多了一张合法盗墓执照。后来他在那个文化部门发展得不好,又哭着喊着要到考古研究院上班。他溜须拍马那两下子,到了那里就是小儿科,那是什么单位,随便找个人都不比他差多少,结果他吃瘪了,又厚着脸皮回来。当然,他那套在我们这种研究机构中可能就是无敌的了,这里面都是一些知识分子,哪里是他的对手!"

确实,在吴有期和朱明晨到考古研究院上班时,马贵都还真看不起他们。他经常不屑地对人说:"切,那个地方不是研究几千年前的死人,就是搞一些几千年前的盆盆罐罐,一点儿油水也没有,关键也没有一点儿权力,有啥意思。那个吴有期和朱明晨倒是跟捡到宝似的。"

马贵都后来到考古研究院上班,吴有期倒是帮了不少忙。至少,他在柯力拾面前帮忙说了不少好话。对于他做的这些事,朱明晨挖苦他说:"你这是引狼入室啊。你现在感觉不到,以后就知道他的厉害了。要说玩江湖,别说是你,我们两个绑在一起也不是他的对手,就是柯老师都可能玩不过他。"

二

硕士毕业后,吴有期辗转到了考古研究院上班。马贵都去了他感觉更好看、更好听的文化部门上班。除了他爸在背后支持外，他在实习时就和文化部门的领导拉好了关系，为以后去那里工作铺好了路。这就是一个人精。

几年后，吴有期第一次见到马贵都就是在那个文化部门。本来毕业后交集很少，但因为两个人在读硕士时都获得过盘古考古奖学金，举办方那一年为了搞一个庆祝活动，把以前的获奖者都邀请过去，所以两人又见面了。

当年申请这个盘古奖学金，吴有期本来是不想掺和的。他感觉这些形式主义的事情挺无聊的。当时他在学术上就已经初现峥嵘，显示出了不凡的天赋，也发表了十几篇比较有影响力的论文。以至于多年后，考古研究院后来的硕士学弟学妹都把他视为传奇，并且以讹传讹，把他的成果夸大了几倍，这导致他不想参加申请都不行。这不，辅导员专门来让他申请这个奖学金。辅导员是个年轻的女老师，比吴有期大不了几岁，戴着厚厚的六百度的眼镜，眼镜沉甸甸的，吴有期有时都会担心，这么重的镜片会不会把她瘦弱的鼻梁压坏、细细的脖子压歪。

辅导员留着短发，这增加了她的干练程度，她也确实挺会做人。她找到吴有期说："吴有期，你也知道，盘古奖学金在我们考古专业研究生中影响很大，是一个国外的考古机构提供的资金，也是为数不多的全国性的研究生考古奖学金。不看别的，就看奖学金金额吧，一等奖也有一万多呢，你一定要积极报名。"

吴有期说："我嫌麻烦，再说，如果申请不上，多难看啊。"

辅导员说："你也别谦虚了，我们考古研究院这届研究生中，如果你不参加，我们的竞争力就会小很多。别说你了，人家马贵都也参加了，也不知他从哪里找到的发论文的渠道，竟然临时弄了一些科研成果。再说，柯院长是你导师，如果你不参加，他还以为我压制你呢。"

马贵都看到吴有期提前来了，那个盘古奖学金的晚会还没有开始，就出了会场，进了外边不远处一家门面靠大街的咖啡厅，和吴有期在那里侃起了大山。看来他们这个文化单位也有好处，至少对上班时间管得不严。

吴有期说："你在这里不是挺好吗？不需要到考古现场，风吹日晒都与你无关。再说你现在也有一定的职务，这是如鱼得水啊。"

马贵都说："屁，我哪里能和老兄你比，当年你就有学术潜质，被柯老师看中了，让你留在考古研究院。虽然在人际关系方面我比你强多了，这点我也不用谦虚，不过，我那点儿学术水平，别人不知道，你还不知道吗？当时我在考古研究院留不下啊，能留下的话我现在至少也是副研究员了。"

吴有期说："我那工作你还不知道？写论文卷得要死，申报课题累得要命。弄个研究员感觉至少会少活十年。"

马贵都说："你就是评上研究员前辛苦一些，评上后就可以吃一辈子红利了。我这个芝麻大点儿的官，还算是会做人的，目前一眼就看到头了。你还能兼职给别人鉴定一下文物，一次给你五千可能都嫌少，如果给我五千元，那我就是受贿了，睡觉都睡不好。"

马贵都说着说着，想到反正这里没有他们单位的人，就恢复了轻浮的本色。他跷起二郎腿，热情地啜吸着咖啡，头好像和不大的咖啡杯粘在一起。下午，这家咖啡厅没有多少人，阳光温和地照进落地窗。沿着这一边的人行道,能够看到一位穿着超短裙的高挑女孩,高举着自己的胸前之物,颤巍巍地从男人们眼睛的探照灯下旁若无人地走过。别说是马贵都,就是吴有期也被吸引住了,看来男人的本性真是千年不变。

马贵都说:"别看这个长得漂亮,一看就是没有什么家底的,光漂亮有什么用。我找的老婆胖得就像一头猪,不过,猪肥了也值钱啊。我老丈人拆迁就有五套房,他又没有儿子,这些最后还不都是我的。这个省会城市管这个叫作吃绝户,话糙理不糙,关键是你别让吃啊。"说着他哈哈大笑起来,得意之情油腻地从脸上渗透出来,向着四周蔓延,吴有期感觉自己被他的得意淹没,有点儿窒息。"难道朱明晨说得没错,这真是一个人渣?"他暗自想道。

三

对于马贵都到底是不是人渣这件事,吴有期的认识也是逐渐深化的。马贵都一开始到考古研究院工作时,确实很拼,晚了他会在考古研究院为老师准备的临时宿舍里住一晚。这一点吴有期很佩服,至少马贵都表面上就是装,也能装得像。吴有期其实不常住研究院的宿舍。偶尔有事忙得太晚,也会过去凑合一晚。没有房间的时候,两个人就在一起挤一下。

后来吴有期发现,并不是马贵都敬业,而是住宿舍可以为他创造更多的偷情空间。他在晚上睡觉前,经常听到马贵都在那里眉飞色舞地和一个女生聊天,听两个人之间聊天的口气,这个女生就是考古研究院的研究生,好像还挺崇拜他的。感觉这时马贵都就是一个钓鱼的老手,他一步步地诱惑女生去桂林玩。不过,后来回过头看，也不知是谁在诱惑谁。谁是猎手谁是猎物还不好说呢。

马贵都在那里滔滔不绝地说："别整天和你闺密一起窝在考古研究院里，这段时间你们研究生课又不多，抽空跟我去桂林玩玩。"

由于离得近，又是晚上，因此声音显得更响，他隐约能够听到马贵都手机里娇滴滴的声音："谁敢和你一起去，孤男寡女的！再说，你怎么也算是个老师，和老师一起出去旅游不好吧。"

在相邻的床上，吴有期都可以感受到马贵都的肆意。他的笑努力地从牙缝里挤出来，把床震得一颤一颤的。同时，能看见他的鬓角上一些白色的头发，不安分地从黑发中探出身子。总体看起来，马贵都五官长得还算不错，可能心用得太费了，损害了头发的正常生命历程，鬓角都有些白了，不过他有白发的事情只有熟人才知道。他总能查漏补缺，尽量及时染头。"我们一起出去又不做什么，一起旅游没有问题吧。"

对面女生的声音好像在说："好啊，我再想一下啊。最近也挺没意思的，出去放松一下也好。"

聊到很晚，马贵都还有些意犹未尽的样子。他也不避讳吴有期，趁着刚才聊天的热度，挤眉弄眼地说："现在的女的啊，往往比我还主动。不过，我坚持'三不'原则，不主动，不拒绝，不负责，姜太公钓鱼愿者上钩。"

吴有期说："兄弟，你的胆量不小啊，这个女生知道你结婚了吗？"

马贵都说："你看你这个书呆子，多少年也没有变化，她早知道了，知道了又怎么样，现在女生也喜欢玩。"

吴有期倒不是一个圣人，就是没有这个胆量罢了。不过，他经常感叹的是，马贵都这么敢做，这么渣，竟然没出事情。

四

第一次在考古研究院试讲前,听说别的年轻老师面对试讲都心惊胆战,准备再准备,唯恐被院里的领导或者老教授批评,吴有期也很紧张。后来一个年轻同事对他说:"告诉你一个上公开课不紧张的方法,这也是其他老教授告诉我的,就是你讲课的时候,自顾自讲,把下面听讲的人看作一个个萝卜就可以了。"

吴有期确实把这位同事的话当作金玉之言,不过,上了讲台后,还是会紧张。你看柯力拾在那里正襟危坐,还有几个院里的老教师一脸严肃,如同阎王审案一般,有那么吓人的萝卜吗?就算是萝卜,这些萝卜也都是在考古领域浸染多年的,属于国内很有考古学问的萝卜。他们讲课都讲成精了,对于年轻教师的上课表现,但凡有一点儿毛病,一只指指点点的手就会透过那厚厚的眼镜片伸出来。那些平时看起来有些滑稽的近视镜,现在都变成了放大镜。不过,吴有期的担心显然是多余的。他只顾着紧张了,在试讲还没有完全进入状态,甚至还没有来得及看清下面各位有学问的萝卜的反应时,就看见柯力拾摆了摆手,似乎不耐烦地说:"好了,好了,不用讲了,下去吧。"其实,这话能听懂的自然懂,这哪里是不耐烦,其实就是举重若轻,是真正的关心。不过,后来柯力拾有点儿后悔,这种关心对吴有期可能并不全是好处。祸福相依,就是这个道理。

柯力拾对自己保护有加,吴有期记在心里。柯力拾有些世故,吴有期看在眼里。柯力拾如同一个泥塑手艺大师,吴有期如同他手中未成形的泥塑。当吴有期逆着他的手势变不成他心目中的形状时,他心里就有说不出的滋味。不知从哪一天开始,吴有期逐渐感觉出柯力拾对自己的态度有了变化。他因此还对柯力拾有看法。只有到了他在考古研究院被孤立,受到排挤的时候,他才知道,虽然柯力拾这棵大树并不是十分直,但是,树的枝叶还是能够在无形中给他很大的荫庇的。再说,自己有什么资格嘲笑柯力拾呢?自己无形中得到的照顾,可能是柯力拾在某种程度上用尊严换来的。

那么,柯力拾耗费那么多心力甚至尊严获得的东西,为何平白无故地给他吴有期呢?而马贵都和他不同,马贵都能够自然而然地对柯力拾弯下腰,这多少可以弥补一些柯力拾当年丧失的尊严。

而他吴有期凭什么呢?就他会写论文吗?就他会出学术成果吗?靠着这些学术成果,吴有期评上了研究员。如果没有柯力拾的帮助,他可能会是一副更加狼狈的样子。就算历经千辛万苦最终评上了研究员,也是猴年马月的事情了。这么想着,吴有期心里释然了很多,对柯力拾产生了更多的感激之情。这是在两个人慢慢疏远后,他受到很多挫折后才感受到的。

朱明晨曾对他说:"你这个人就是假清高,不如马贵都那样能降低身段。别看我们这里是研究机构,里面都是高级知识分子,但高级知识分子也是人,别以为都不食烟火。马贵都在读硕士的时候,就能做到出钱请他导师庸普一洗脚。"

吴有期露出十分诧异的眼神,如同听到了外星人做的事情。如果在工作后,马贵都请导师洗脚,他还可能相信,但是,在读硕士时就能这么做,确实出乎他的意料。他说:"真的假的啊,马贵都路子这么野吗?我现在都做不出来这种事情。"

朱明晨说："这就是你不如马贵都的地方。要说做学问,十个马贵都都不如你一个。但要说玩社会,十个你都不如他一个。"

对于马贵都读硕士时请导师洗脚的事情,吴有期确实不敢相信。不过,马贵都善于奉承倒是事实。他不仅热衷于围着庸普一转,更喜欢替柯力拾做些跑腿打杂的事情,就是家里打扫卫生也抢着帮着做。在柯力拾和仲素娟都没有时间的时候,马贵都还代替他们两个人去他们女儿班上开过家长会。难怪柯力拾女儿的班主任感到诧异,以为仲素娟离婚了,又找了一个小鲜肉呢。

五

吴有期有先入为主的优势,同时,还是和柯力拾关系特殊的老乡。柯力拾也真的愿意培养他,不过,后来吴有期感觉他对自己的态度逐渐发生了改变。对于聪明人而言,这不需明说,当事人之间最清楚。吴有期虽然比较直,却并不迟钝。如果柯力拾没有对自己好过,那也就无所谓了。这种得而复失的苦恼是真正的苦恼。这个事情找谁聊聊呢?在这个城市里,一般同事还不如陌生人,至少陌生人和自己没有利益冲突,不会害自己。他想了又想,还是朱明晨能看出问题的实质所在,两个人彼此都知根知底,能够聊得来。

吴有期拨通了电话,听到电话那头传来小朋友雀跃的声音,他说:"老朱啊,你小子今天有空吗?我得找你聊聊。我发现我们班留在这个城市工作的同学都成陌生人了。以前我们一个班的张同记,就住在和我家隔一个街道的小区,六年都没见过面了。"

朱明晨说:"张同记脑子灵活,毕业后就跟着别人学搞外贸,老婆还雇人开了一家翻译公司,才没有时间搭理我们呢。"

他缓了缓说:"现在生活节奏快,我们联系多点儿,估计是因为都在考古这个行业做,又是同一个单位的。如果不是这样,可能你也懒得搭理我。今天正好我爸看孩子,我说个地方,我们一起过去。还记得我们读研究生时经常去的莲花山吗?毕业后很长时间没去了。今天我舍命陪君子,陪着你一起去怀旧。我也不开车了,你把刚买的那辆五手名车开着,我体验一下坐豪车是什么感觉,哈哈。"

朱明晨就在自家小区门口的一棵法国梧桐树下等着,看到吴有期缓缓地把车停下,他好像被吓了一跳:"老吴,你这车有多少时间没洗了。"这辆车确实脏得够呛,不用看里面,光车的外面就像是京剧中的花脸一样,如果这辆车能长出来一张嘴,再打扮一下,可能就可以直接唱京剧了。

吴有期说:"我也不知道,你可以算一下今年下了几场雨。"

朱明晨哈哈大笑说:"难道不下雨你就不洗车?全靠下雨洗车?"

吴有期在那里不为所动,说:"我这也是遵从天意,天意不可违。天下雨,就是让我洗车。天不下雨,就是不想让我洗车。"

朱明晨坐上吴有期开的那辆老爷车。虽然这辆车有名气,不过,显然年岁已高,韶华已逝,发动机像个老头子似的不停抖动、咳嗽,不知是由于大街上车辆多,还是吴有期心情不佳,他在路上经常骂上两句。正行驶在四字库大街上,忽然听见一阵刺耳的警报声,一辆120急救车跌跌撞撞地在车流中前行。

吴有期连忙向左边道上躲闪让车,他后面的一辆车此时却想趁势挤到他的车前面,这会阻挡救护车。吴有期大怒,骂道:"妈的,这么能挤,急着到阎罗殿报到吗?"他紧紧地把车靠在插队小车的旁边,两车估计只相距一公分。他的愤怒如果可以发热,估计能把那辆车点燃。直到救护车过去,吴有期才把车的方向打过来。朱明晨说:"哟,老吴,你这易怒症还没有吃药治疗啊。"

吴有期感觉有些失态,解释道:"我最近整天心烦意乱,上课科研就够头大的了,关键时刻马贵都还在后面捣鬼。"

朱明晨说:"这还不是你自找的吗? 我说过多少次了,这个人就是个人渣。你对他有用,你就是他的神。没有用,你就是绊脚石,他会一脚把你踢开。你知道我为什么愿意和你深交吗? 你性格直,让你坏你也坏不起来,做人做事有底线。他就不好说了。"

到了莲花山山下,两个人找了家茶室。茶室主要做晚上的生意。在中午,由于这里相对比较偏僻,人并不多,能够听到汽车的声音远远地传来。阳光穿门越窗,细微的尘土附在上面,竟让阳光有了一种透明实体的质地。他们靠着窗子,两个人都不是特别讲究,就让服务员随便泡点儿茶。

朱明晨说:"最近忙什么呢? 怎么不见你的人影?"

吴有期说:"我最近有些空闲。这不,你那个朋友赵四,说在浙江那边发现了一个古墓,已经被人盗过了,墓葬品都没了。不过,墓主人可能是明清时期的高官,墓葬形制也比较有意思,最近要请我过去看看。"

朱明晨说:"没有想到赵四是自来熟,都和你混熟了。不过这个人,你也不要太相信他。但这个人腿勤嘴勤,当个跑腿的挺好。"

朱明晨又接着说:"不过,我们这种人就是脸皮薄,做事拉不下脸。赵四这方面的优势比我大太多了。我在东大街旧货市场上看上了一个鼻烟壶，是个老物件，卖家不肯卖，也是赵四费尽心机赖着买了下来，关键还便宜了不少。"

吴有期说："天生他材必有用。我今天请你吃饭，吃饭前先喝茶聊聊。"

朱明晨说："你还和我客气啥？饭店就有茶水，咱们多花这份钱干啥。趁着茶水还没有送上来，我们抓紧时间去饭店。"说着，也不管吴有期同不同意，在服务员的异样眼神中，把吴有期拖出了茶室。

正巧不远处有一家农家乐。外面的门面上装饰着谷物辣椒等农作物，门口有两座小小的石狮，并不显得威猛凶狠，却有些稚气可爱。两个人简单商议一下，进入这家农家乐后，让服务员找了一个水池边的边角单间。服务员泡好茶就出去了。朱明晨抹了一下逐渐变得稀少的前额头发说："这多好，经济实惠，又有田园风光，符合我们两个人的口味。说吧，老吴，今天找我又是请喝茶又是请吃饭的，咋风格变了呢？是不是去考古点留了一手，发财了？"

吴有期说："你看得真准，最近我盗了乾陵，皇帝龙袍上的明珠被我弄到了几颗。好了，不和你扯了。今天本来想请陈美娟一起过来吃饭的。估计你把我们三个是同班同学这件事都忘记了。不过，我们聊的事情涉及柯老师，怕有些不方便。你也知道，在我们第一届的几个研究生中，柯老师最喜欢陈美娟。"

一缕不易察觉的阴影掠过朱明晨的脸，吴有期以为是这个单间茅草屋檐遮挡的阴影，也没有多想。吴有期叹了口气说："老朱，你是闲云野鹤，不愿意和柯老师走得太近。我是没有办法，出力的命,一直跟在他身边。以前感觉我们两个人关系还算融洽,不过,自从马贵都进了考古研究院后,我怎么感觉柯老师对我的态度变了呢?"

朱明晨本身是一个比较通透的人,再说,旁观者清,当局者迷,看得就比较清楚一点儿。他说:"我本来不想多说,不过,我们两个人这种关系,我就不和你绕弯子了。我就问你一句,你知道为什么马贵都毕业都几年了,柯老师还让他进考古研究院吗?"

吴有期皱了一下眉头,回答道:"具体我也不知道。这几年马贵都在文化部门发展没有达到预期,最开始他找我探风声,我在柯老师面前说了他不少好话,也不知是我的话起了作用,还是柯老师另有安排,他就进来了。"

朱明晨轻叹了一下,说道:"老吴,说你愚吧,你学术做得比谁都好。至少柯老师带过的研究生中,做学问谁都没有你扎实。但是,说你聪明吧,帮马贵都这件事你还真有点儿犯傻。当时你为什么帮马贵都说话呢?谁愿意找一个对手来和自己竞争?你倒好,不仅不反对,还专门为马贵都说好话。"

吴有期说:"虽然我也看不上马贵都,看他那种溜须拍马的样子就不舒服,不过,毕竟同学一场,他可怜巴巴地来求我,我怎么也得给他说几句好话吧。"

朱明晨半晌不语,过了一会儿说:"这就是东郭先生和狼的故事的现实版,就发生在我们的面前。我实话实说,不知你生不生气?"

吴有期连忙说:"生啥气?生气我找你?有话快说,有屁快放!我们是什么关系!当年就差女朋友没有交换了。呵呵。"

朱明晨并不觉得这种似乎幽默的话好笑,他有些严肃地说:"让马贵都重新回到考古研究院,你是起到作用的,不过,这只是诱因,关键是柯老师感觉你挑不起担子,接不了他的班。大概在同意引进马贵都时,柯老师就有这个想法了,他内心想让马贵都代替你。从马贵都来考古研究院上班开始,我就有这个预感,不过没有明说,现在终于证实了。他一开始是准备培养你做接班人的,干吗还让马贵都进来? 一山不容二虎,他是老江湖了,会不知道吗?"

吴有期半信半疑,不知说什么才好:"不可能吧,我又没做对不起柯老师的事情。"

朱明晨感觉吴有期这段时间还是没什么进步,就说:"我干脆对你直说了吧。前段时间,马贵都专门请柯老师和考古研究院的其他领导吃饭,我一个发小是粤风发展公司的总裁,当时也在场。马贵都还专门带了两瓶茅台。在吃饭时,大家都对马贵都进入考古研究院后的表现很满意。当有人提到你时,柯老师还感叹连连,说吴有期不全面,性格太直了,办事不得力之类的话。"

一席话让吴有期如坠冰窖,他说:"我做事是有些过于直接,这是天生的毛病,不过,柯老师说他年轻时有时也这样啊。"

朱明晨好似自言自语地说:"除了父子母子亲情关系,人和人的关系最关键的是价值观的相同。现在柯老师是领导了,他的价值观也变了。你不能用他以前的观念来衡量现在。从根本上说,马贵都和柯老师现在的价值观是一致的,你和柯老师的价值观则是不同的。他的确考察了你很久,也给了你不少机会,但是,因为价值观不同,他最终可能会放弃你。这点和夫妻感情有相似之处。两个人价值观不同了,没有共同语言,如果没有孩子等世俗事情的牵扯,就很容易离婚。人生不如意事常八九,能为人言无二三。家家都有本难念的经,我现在面临的烦恼也不少。现在看来,别看你和柯老师是那么近的老乡,但和马贵都相比,你没有走进他的心。"

看吴有期好像不相信最后这句话,朱明晨忽然灵光一现,对吴有期说:"你不是有个社会上的朋友赵四吗?如果你选择手下,你是选择赵四呢,还是选择和你自己一样硬得像铁棍的人呢?"

吴有期一愣,以前还真没有考虑过这个问题,他沉思了一会儿说:"说实在的,别看赵四整天云里雾里的,其实还真挺有趣,至少他不会和你硬顶,也听话。同时,你让他干点儿事情,他也勤快。如果让我选择真正的朋友,我不会选择赵四。但是,如果选择手下,干个脏活之类的,赵四还真的管用。"

朱明晨哈哈一笑说:"还用我说得更明白一点儿吗?你现在知道柯老师准备考虑马贵都做接班人的原因了吧。虽然你们是真正的老乡,但是,你这个硬邦邦的性格,不好摆弄啊。柯老师现在不是年轻时的柯老师了,他找接班人的标准首先是好用,其次才是有本事。"

吴有期说:"难道柯老师这么成熟的一个人,一个马贵都就把他改变了吗?"

朱明晨还是带着那副淡淡讽刺的样子:"你自己想一下,除了上面的原因外,柯老师还因为什么疏远你呢?"

吴有期说:"我承认有我性格的原因,我就是这种直来直往的性格,有一说一,有二说二。看来,我真不是当领导的料。不过,看柯老师的意思,以前还真有把我往当领导这方面培养的想法。"

朱明晨说:"在我们考古界,不论你的学术水平有多高,没有职务，就没有资源，你现在就到天花板了。他这么做是对的。还有什么原因呢？你以前不是说柯老师有意愿把他女儿介绍给你吗？他自己没有直接说，怕尴尬，找了工会的乔老师试探你的想法，你找理由推掉了。你这是错过了一次最大的机会。否则，就算性格直一点，他也会耐下心打磨你。"

吴有期说："关键是柯老师的女儿既不随柯老师，也不随师母，是那种又粗又壮的类型，就是柯老师给我再多帮助，我也实在下不了嘴啊。要不让给你？"

朱明晨说："去你的吧，我孩子都多大了。你也是，自从和那个董小倩分手后，桃花运就过了，前度刘郎再也没有桃花了。对了，你当时怎么没有和董小倩继续发展下去呢？不然，现在孩子都打酱油了。"

吴有期说："其实，这也是我内心拒绝柯老师女儿的原因之一。刚才我没有想起来，你一提这事，我就有点触类旁通了。我和董小倩没有继续发展，是因为我们之间的城乡差距。这不只是物质上的，也是心理上的。别看她看上去挺娇弱听话的，但是，这种城乡差距引起的心理上的差距，是一道看不见的鸿沟。以我的出身和性格，我对城市女人是死了心了。你看，就是柯老师这种人物，也处理不好和师母的关系。其实，我估计这和两个人的出身差距有不小的关系。特别是柯老师当时娶师母的时候，还不是柯院长，因此，师母对他最初的心理优势还是很大的，后来沿着这种惯性下去，柯老师发达了，她却还是那样，夫妻关系就可能会崩盘。"

看到朱明晨有些沉默，吴有期忽然又说："你难道没有看出来吗？马贵都其实也是利用柯老师罢了。他当面对柯老师尊敬无比，柯老师长柯老师短的，奉承巴结无所不用其极。但他表现出来的驯服，不过是装装样子罢了。"

朱明晨说："哦？说来听听。"

吴有期说："马贵都和我在一起时，经常脱口而出，称呼柯老师为'老柯'，看不出一点儿敬意，从这点上，我断定他只是想利用柯老师。"

朱明晨脸上讥笑的意味更浓了，他说："当面人话，背后鬼话，多少人都是这个鬼样子。"

第十四章

赵四是个能人

一

赵四有好几个"老婆"。虽然大多数和他没有合法婚姻关系，他却和大多数"老婆"有了孩子。他和几个"老婆"都是以夫妻名义在一起的，亲戚朋友都见过。赵四如何与这几个"老婆"相处，是朱明晨最为困惑的事情。俗话说三个女人一台戏，这都超过一台戏了。他一个陈美娟都弄不明白，别说一对多了。到底这小子是怎么做好"老婆管理"的，这可是一门大学问，即使国内最好的学问家都不一定能做好。民国时期有一著名的学问家，学问做得那么好，却偏偏惧内，这说明术业有专攻。赵四就是专门研究"老婆管理"这门学问的顶级高手。如果真有这门学术研究的话，估计他就是国家协会会长这个级别的，至少也是省级的。

一提到有几个"老婆"，一般人第一判断就是这小子一定是个富翁。错、错、错……如果你这么认为，那是因为你还是见识少了。

关键是他还没多少钱，当然不是一点儿都没有，但比一般上班族强不了多少，甚至可能更差，因为他表面上的那些钱很多都是东借西挪来的，不了解内情的还真会被他唬住。相处一段时间后，他如同包水饺功夫不到家一样，就会露馅。这么说吧，他那点儿钱主要用于假装自己有钱。

不过，朱明晨真正学会开车应当感谢赵四，赵四可以说是他的学车实务师傅。当时，朱明晨的驾车理论水平估计是整个省城最好的，但是，他在省城那个驾校学了大半年也没有真正学会开车。这里的关键词是大半年，朱明晨从蝉鸣似雨的夏天开始学，到叶红如丹的秋天还在学，后来似乎要奔着大雪纷飞的冬天去了，他的学车生涯一直在路上。朱明晨在这点上也恨自己，自己就是和机械这方面的东西不来电，把那个尖嘴猴腮瘦猴一样的男教练气得不止一次说："你这种情况多少次了，我都有经验了。学车这东西，越是读书多的学得越慢，越是读书少的学得却越快，这倒是奇怪了！以后驾校再分你这种人给我，我真不敢收了。"对了，那年正值朱明晨博士毕业，也是他到考古研究院工作的第一年。

其实，朱明晨该做的都做了，私下给教练烟也买了。说到买烟的事情，这里还有个小插曲。在瘦猴教练多次暗示后，他到路边一个商店买了烟。本来他不会抽烟，也怕买到假烟。不过，那家店的店面虽说不大，门头外面却钉着一块白光闪闪的牌子，上面的几个蓝色大字"国家烟草专卖"在那里正义凛然地看着自己。有官方担保，还有什么值得怀疑？朱明晨就买了一条好烟送给了瘦猴。没有想到，练车后不多会儿，瘦猴教练意味深长地看着他说："朱老师，你买的烟是假的吧？"

朱明晨有些吃惊："怎么能是假的呢？这家店门上的牌子写着'国家烟草专卖'，有官方保证，还能有假？"

教练捏着自己鼻子里的几根长毛，说道："我都是老烟民了，烟草专卖局也没有我权威。别的不说，学员送给我那么多的烟，我搭嘴一尝，马上知道真假。"

旁边也有一个油头滑脑的中年学员插话说："听说有品酒师，没有听说有品烟师，如果有的话，我们教练这种品烟水平，就是大师级别的，不需要在驾校干了，可以直接到烟草专卖局上班了。"

没有办法，朱明晨还得专门回去。那家门店老板倒是没有抵赖，见朱明晨这么快就回去找，知道遇到高人了，就老老实实地换了一条香烟。

虽然学车时有人多车少的问题，另外教练还有重女轻男的偏好，但和他一起学的其他男学员都拿到驾照了，只有他还在学。幸亏他意志比较坚定，能考上并且读完博士的人性格大都这样，否则，他早就放弃了。

朱明晨考驾照至少有八次没过。这破了那个驾校的历史纪录，震惊了整个驾校，就连其他车的一个老教练也忍不住过来支招。他接受老教练的建议，在第二关考试时，在监考人员上车后偷偷送香烟。他问："听说车上有监控，怎么才能把烟送出去？"

老教练说："你听我的就行，你上车后把一盒好烟从方向盘下面递过去，监考的都是老司机，知道该怎么做。"

果然，如同黑手党接头，他的手像小偷一样溜过去，监考人员的手像警察一样把那盒烟逮个正着。俗话说，钱能通神，烟的效果也不差。驾车考试时，朱明晨的手在上面扶着方向盘，那个监考人员的手在方向盘下面暗中开车。在这里,朱明晨第一次直观了解到什么叫作暗箱操作。

不过,最后那关是大路考,是交警大队的人过去监考的,朱明晨的手脚和大脑不知闹了什么矛盾,他就是坚决不过。朱明晨考了七次,第八次时胆战心惊,好不容易快到终点了,不知哪里过来一个眼盲似的骑自行车的,一定要和他一较高低,紧挨着他驾驶的考试车骑,最后差点儿蹭到他的车上。他一紧张,刹车时一打方向盘,就刹到马路牙子上了。朱明晨一阵慌乱,嘴里强压着羊驼的中国昵称,没让它奔腾而出。"完了,还得再重来!"——这是他内心发出的狂呼。

监考的老交警倒是没有惊慌,他和朱明晨都快成老相识了。大路考都考七次,这人肯定不是一般人。老交警严厉地喊出了三部曲:"停车,刹车,下车。"

看这个样子,就是神仙也救不活了,朱明晨有些可怜巴巴地问:"我下次什么时候再考?"……

赵四天生对当官的人有种敬畏感。朱明晨不当官,但在考古研究院上班,属于吃公家饭的,因此赵四认为他和当官的差不多。朱明晨本身还有些强势,加上有点儿瞧不上赵四,因此,在二人的相处中,朱明晨就占据了明显的优势地位。

赵四喜欢装年龄小,第一次见面就管朱明晨叫大哥。其实,赵四认识朱明晨时都四十了,比朱明晨大好几岁,脸上的皱纹是叛徒,出卖了他的年龄。但是他不管,仍然管朱明晨叫大哥。直到有一次,赵四和他一个叫葛佳的"老婆"陪着朱明晨一起爬泰山,这种状况才得以扭转。

　　赵四的这个"老婆"是北方人,性格很直爽,爬了一段时间后,左看右看两个人,就是傻子也能分出谁年龄大谁年龄小,实在憋不住,她就笑着问赵四:"你管人家叫大哥,你们两个人到底谁是大哥啊?你看看人家的脸,再看看你脸上的褶子,抬头纹深得能夹死苍蝇,蚂蚁爬进去都跑不出来。他哪里比你大?是那个部位吗?"结果弄了赵四一个大红脸,看着就像是泥胎被染了一层红皮。到了这时,就是赵四的脸皮真的像泥胎一样厚,也挂不住了。以后他再也不管朱明晨叫大哥了,为此,朱明晨还经常促狭地问他为什么喊大哥了。

　　不过,在朱明晨用赵四的车练车时,赵四作为他的实践教练,才真正品尝到了教训朱明晨的滋味。赵四把朱明晨呵斥得跟条狗似的。赵四的角色转换和他的新身份有关,就是做朱明晨的练车教练,这让他有了更多的心理优势。朱明晨说:"我训了你那么多次,跟着你学车,被你连本带利训回来了,终于让你报仇了。"

　　赵四在朱明晨跟着自己学车时训他训得不轻,不过,能把车交给一个新手,并手把手教会,一来说明赵四是一个热心肠,二来说明朱明晨有价值。对于第二点,朱明晨后来体会得更为深刻。

　　朱明晨父亲那辈是当兵出来的,如果算老家的话,朱明晨和赵四的老家在同一个县,不过在不同的乡镇。朱明晨的老家在山区,赵四的老家在平原。在他们那个县,通常对人的评价就是山区的人淳朴,平原的人鬼点子多,或者说住在北部山区的人傻,住在南部平原的人精明。朱明晨后来也发现了这个规律。老家那个县,北部多山,中部多丘陵,南部多平原,人们的淳朴度是从北到南逐渐降低的。

那时朱明晨没有钱买车，也没有想到以后能买起车。他考驾照只是为了应付当时的女朋友陈美娟，即证明自己也有买车的可能。

那次开着赵四的车，长途跋涉几百里到了赵四的村子里。在这个村子里，朱明晨第一次见到了赵四的妻子。不过，赵四在村头就让朱明晨下车，他有些心不在焉地对朱明晨说："我们这里你以前没有来过吧，你就先下车，在我们村里逛逛，到家后我马上就出来。"

毕竟是平原的村子，朱明晨边走边看，感觉比山区老家的村子要好一些。他在人们惊异的目光中穿行在村里。这个村子到处流露出正在发展的细节。有好几家农民正在准备建房子，砖瓦、木梁、沙堆等建筑材料像是杀牛又分割完了一样，杂乱地躺在大街上。虽然是夏末，下午还有些暑气逼人，一个光着膀子文着上身的胖小伙儿，牵着一头和他成比例的高大狼青，贴着朱明晨经过。虽然文身青年和狼青没有表现出恶意，朱明晨还是如同躲避瘟神一样躲开。逛了一会儿也是无聊，就朝着赵四开车回家的那个巷子走去。

那辆开了十四年的日本二手车就是坐标，停在一扇低矮的大门旁边，不用说，赵四的家就在这附近。朱明晨本来以为赵四能说会道，在他那个阶层也算是一个人物，没想到这扇立在土坯墙中间的大门出卖了他。由于夏天雨水比较多，当然也可能是前些年的雨水造的孽，这扇大门上黑的白的一片斑驳。有些土不知什么时候爬上了木门横框，土里长出的几茎绿草在风中妖娆地摇摆。再看，赵四家的墙都是泥砖建的，三间小房同样低矮，与里面一个老妇女的身材很是搭配。朱明晨偷偷向门里看,发现那个长得有些枯萎的老妇女正在和赵四搭话。一开始他以为这是赵四的老娘,后来听她和赵四说话的内容和看她的表情,才明白过来她好像是他的老婆。朱明晨断断续续地听到屋里的声音,好像从一个大瓮里传来的,遥远而又压抑。

老妇人说:"你又这么长时间没有回家了,家里平常也不麻烦你。孩子这么大了,你也没有操过心。现在家里没有钱了你也不管。"

赵四有些不耐烦地说:"我一回来就找我要钱,我过年时给的钱你花到哪里去了?"

她说:"你爹平常谁照顾?今年的化肥种子钱怎么办?你给那五千块钱,村里这么多的人情往来,还能抵多大用处?我知道你在外面也有女人,我也管不了,家里这一窝你不能不管吧?两个孩子是你的吧?"

赵四无奈地说:"好了,好了,你别啰唆了。我再给你一些钱。两个孩子都不是读书的料,等过段时间,我把他们都带去省城学着做个生意。"

二

虽然是无心,不过,在门外偷听别人的谈话毕竟不好。朱明晨悄悄离开赵四家的大门,在远处房屋下的阴影里等着,炽热的阳光将他逼入靠墙的狭窄处。一只公鸡率领着几只母鸡在旁边旁若无人地找着吃的。这是人家的主场,这么做无可厚非。

不多会儿,赵四从家里带了一大包红薯之类的东西,塞进车里。他好似知道朱明晨听到了自己和妻子的谈话,过去找朱明晨时有些不好意思地说:"耽误的时间有些长了。我老婆就是一个农村妇女,年龄和我差不多。在农村都是风吹日晒的,哪有个好样,长得和我老娘一样老。"

朱明晨一时竟不知如何接话。赵四又接着说:"你是考古专家,到了这里不能让你白来,我等会儿带你去看一下我们村里的老建筑。明朝时这里出过一个大地主,家里的金银珠宝多了去了,这家财富传了多少代,一直到土改时才被革了命。估计他们后人那里还留着些好东西,我带你去看看。大地主的一个不知多少代的重重孙子就在家里。这个人特别能说,说不定对你考古有些用处。"

经过一座很有年代感的废弃炮楼,就来到一座野生攀爬植物占据优势的院子前。这个院子不是太大,中间用空心砖垛上,隔成了两个小院子。靠东边的小院子门口有棵高大的杨树,叶子随风而动,将下午的阳光筛下来,斑斑点点地落到院子里的植物和泥地上,满地都是晃动不停的银片。

正好一个头发花白、瘦骨嶙峋的老太婆推着一三轮车的青草过来,准备上院子的门槛。看她有些吃力,赵四和朱明晨过去搭了一把手,帮着把三轮车推进了杂草丛生的院子里。赵四问:"二大娘,董玉良在家吗?"

老太婆虽然瘦,身体却还不错,她歇口气说:"下午没见,好像是去赶集了吧。"

赵四没话找话说:"二大娘,你家这是董大地主隔壁配房的院子吧?这几年这里挖出了什么好东西没有?"

　　老太婆指着西边紧挨着的一座森然而立的大院子,说道:"你看董玉良祖宅门口的那个石狮子多好看,跟活的一样,本来狮子有头,前几年,狮子头在半夜里不知被谁给砸下搬走了。就在我们这个院子,去年冬天也出事了。"

　　老太婆倒是很健谈:"去年冬天快过年的时候,三九寒天的,水缸里的水冻得嘎嘣嘎嘣的。农历二十八那天,大白天的来了四五个像是你这么大年龄的青年。"她指了指朱明晨,接着说:"其中一个五大三粗的络腮胡子过来和我聊天。我问他们是干什么的,他说是市里派来调查摸底的。咱也不知道摸的什么底,他们只是说要过来扶贫,扶贫是好事情啊。不过,这些人不知为什么带着个仪器,鬼子进村一样,到处照,也不知照什么。特别是对西边老张头住的那半个院子,也就是紧挨着董玉良家祖宅的那边,他们一顿好照。老张头看家的那只小狗吓得没命似的向窝里钻。"

　　朱明晨和赵四会了一下眼神。朱明晨是考古专业的,当然知道这帮人手里拿的可能是地下金属探测仪,是探测地下宝藏时用的。赵四说:"二大娘,隔壁的老张头没有管吗?"

　　老太婆说:"他没在家,到儿子家去了。他儿子家就在那个碉堡旁边,那个碉堡是保护董玉良祖宅大院的,你知道的。再说,他那么大年龄,耳聋眼花的,在家也没有用。"

　　朱明晨知道这帮贼人白天探宝,晚上可能会行动,就问:"大娘,那几天晚上少什么东西了吗?"

　　老太婆兴致勃勃地说:"怎么没少? 速度可快了! 当晚就有人来盗宝了。你大爷在村东大路边的那家饭店做厨师,晚上得看店,也不回家住。我有点儿失眠,他回家晚了还影响我睡觉。我在半夜听见老张头家的那只小狗叫得邪乎，就穿上衣服，从墙缝里向老张头家那边看，是那几个青年来了。外面大门口站着两个，这是防止别人把外面堵住好抓他们。我家大门口站着一个，可能是怕我出来。还有两个穿着棉大衣，蹲在墙根那里挖什么东西。"

朱明晨问："挖出什么没有？"

老太婆说："那天晚上有月亮，雪也亮，他们盗宝的又打着手电，我看到他们挖出这么大的一个坛子，有这么粗，这么高。"她用手比画着坛子的形状。

朱明晨问："那个姓张的大爷没有听到吗？"

老太婆撇了一下嘴说："他那个年龄了，睡着了跟死了也差不多。他就是起来也没有什么用。那四五个青年正当年，虎狼一样，一个老头子怎么能拦住？我当时披着衣服，一点儿都不敢动弹。万一这帮人知道我看到了，报复我怎么办？"

朱明晨接着问："大娘，天亮后你报警了吗？"

老太婆自作聪明地说："报什么警？"她拉了一下朱明晨的衣服又说："他哥，如果你进来挖东西，我能报警吗？这些坛子里的宝贝又不是我的，也不是董玉良的，谁也不知是他多少代以前的祖宗留下的。这些宝贝反正我也得不着。如果我报警，这些年轻人得说我太不懂事了。我都这么大的年龄了，管那么多事干什么。我就只跟你们说了。隔壁老张头天明起来看见西墙角被人挖出一个大坑，问我晚上听到什么动静没有，我一点儿实话都没告诉他。"说着说着，她得意地在那里笑了起来。这让她脸上薄薄的皮扭曲交叠，有种胡乱贴上去的不真实的感觉。

赵四在旁边嘿嘿笑着，应和着说："二大娘，你这样做就对了，这种东西就算献给国家，也没有多少奖励的，报警更是得罪人。这帮贼人夜里一把火把你家给烧了，你都不知道谁烧的。"

朱明晨虽然也在旁边应和着说话，但内心却忽然沉重起来，好像自己的心爱之物被偷走了一样。不管这坛子里是金银珠宝，还是其他文物，连个报警的人都没有，这就是所谓的犯罪黑洞。犯罪黑洞这个词好像是他一个教法律的朋友说的，意思是犯罪发生了，却无人报警，有关机构也没有立案调查，就如同黑洞一样，里面什么都不存在，等于什么事情都没有发生。不行，他一定得找个时间去当地派出所报案。老太婆不报警，他一定要去报警。这也是考古人的职业操守吧，不报警心里就难受。

第十五章

小县城里的
大考古

一

朱明晨、吴有期和马贵都三个人是一起坐火车来的，下火车后，再坐长途汽车到这个小县城。不过，赵四看朱明晨是去找派出所的所长，就自告奋勇做了司机，开着自己的车耗着自己的油用着他自己，他也乐意。这倒不是因为他天生乐于助人，千万不要错怪他。赵四有个特点，特别喜欢和体制内的人混，现在一听是去见所长，更是喜出望外。这等于朱明晨给了他认识所长的机会。

派出所距离县城中心最繁华路段不远。派出所的门头倒是一般，有些陈旧，甚至有些黑，像是失火时被熏过一样。当然，也可能是那么多年来被那么多案件熏的。可能由于案件多，为方便出警，派出所的大铁门很少见到关过。说是大门，其实见到的永远是一个空荡荡的大门洞。这个门洞充满了威慑警告的意味，仿佛张着大嘴说：你最好别进来，别进来。不过，朱明晨是怀揣着一腔正义而来的,哪里管这些。

朱明晨几个人到了大门口,门口值班室的一个小青年从窗户里伸出头来。他看到几个人要进,就声音严厉地问他们找谁。赵四在那里一缩脖子,没敢应声。朱明晨说:"我找黄所长,他是我表弟,我从省城过来看看他。"

如同一盏油灯被重新加了油,小伙子马上热情高涨起来,毕竟年轻,感觉他冷热切换功能还是很强的。他指着二层楼说:"从这个楼梯上去,二楼最东边就是黄所长的办公室。他出警刚回来,就在里面。"

黄所长并不威猛,还有些斯文的模样,看到朱明晨领了几个人进来,稍微有些意外,招呼道:"表哥,我专门请你你都不来,今天哪阵神风把你吹来了? 怎么不提前打电话,我好安排人去接你?"他又冲着门外喊了一声:"小刘,给客人沏壶茶。"

黄所长和朱明晨在老家还有点儿亲戚关系,就是这个关系有些远。不过,黄所长也知道朱明晨现在成考古专家了,这样表哥也就显得近了一些,看到他过来就问:"表哥,无事不登三宝殿,有事才来凌霄宫,你来有事吧?"

朱明晨说:"你的辖区有个董家大院你知道吧?"

所长说:"知道啊,文物保护巡查时我还专门带干警去看过。"

朱明晨接着说:"去年冬天那里文物被盗了,盗的什么物件不好说,至少有一坛子银圆失窃了。"接着,朱明晨把上次去过的事情,一五一十地说了。

还没有等他说完,黄所长就哈哈大笑:"表哥,还得感谢你,省城那么远,还想着为老家的文保事业出力。你放心,那帮人抓到了，他们不仅偷了董家大院埋在地下的一坛金银元宝，在审理中，我们还发现这伙人牵扯到另外一起案件，就是他们在我们县城东郊挖了一个墓地，盗窃了里面的玉器。这种玉器不是一般的物件，和我们在电视鉴宝节目中看到的那种几百年前的玉器也不一样，是一件玉猪龙，这东西听说可太有历史了。后来北京来的专家论证，这里不只是一个坟墓，更是一个巨大的文化遗址，说不定我们整个县城的下面都属于这个文化遗址。国家电视台、报纸上都报道了，据说这个文化遗址是几千年以前的，价值不得了。我们把这两个案子并案了。这帮人胆子不小，不仅做了这两起案件，在其他地方也有盗掘文物的案底。"

朱明晨说："表弟，我不瞒你，我们几个人来这里是单位领导安排的，领导也看到电视里的相关报道了，考虑到这个文化遗址和他手里的一个国家项目有些关系，就让我们几个过来看一下这个文化遗址的情况，算是半公半私，这事你有办法吗？"

黄所长说："如果我说办不了，你可能会说我故意推脱，实际上，我真得推脱，因为这件事我确实办不了。我们县新发现的古文化遗址地位很高，县里领导发话了，只有县文化局局长才有权批准其他人进去。现在这个古文化遗址都被铁皮墙给封住了，钥匙也在他们那里。由于不在一个条线上，我确实和他们不熟悉。但我得说，你得现在进去看，等到以后国家正式进行考古挖掘了，县文化局也无权让你进去。这个遗址前段时间被试探性挖掘了一部分，由于积水过多，听说要等到明年春天才能再动工。"

朱明晨看了看吴有期，又看了看马贵都，大家都有些失望。这时赵四一拍大腿说："这有什么难的！找我啊！"看大家好像不相信,赵四又有些兴奋地说:"就这件事情来说,你们遇到我,也算是碰对了。虽说我当年是个学渣,调皮捣蛋,但谁让咱为人机灵呢!当年的班主任田老师就很喜欢我。谁说老师只喜欢学习好的? 这都不是关键,关键是这么多年来,能去看田老师的学生有几个人?我几乎过年过节都去看他,他也很是感慨,没有想到当年的差生反而对老师更尊敬。这也不是关键。"赵四看大家来了兴致,就来了个大喘气,让大家等着自己继续发挥,他说:"关键是当年的田老师现在成了文化局的田局长,你说巧不?"说完,没等众人说什么,他自己先得意地嘿嘿笑了起来。

二

田局长的司机小赵把蓝色铁皮围墙大门的锁咔嚓一声打开,如同打开了一段久远的历史。这段历史也没有想到,它本来长睡不醒那么长时间了,今天却有人来掀它的眼睑,如同掀开巨大的帘子。不管它有没有睡醒,朱明晨、吴有期、马贵都、赵四都急切地鱼贯而入。几个人进来后,小赵又把门从外面反锁,交代朱明晨出来时打电话给他,他就在外面等着开门。

一眼望去,这片遗址比想象中的更大,估计有县城三分之一的面积。幸亏是在县城边上,如果在县城中心位置,考古时可能会把县城相当一部分皮肤和骨骼掀起来。里面的一片村庄已经搬迁,残垣断壁上还残留着昔日的热闹痕迹,尽管这些痕迹有些凉了。有几件衣服不知是不是被风带到了屋脊上,在那里招摇着为昔日的热闹景象作证。这里是缓上坡的地势,一路上到处都是国家考古队用石灰做出的标记。

再向高处看去，是县城附近唯一的一座山，名为草山，七八十米高的样子。虽正值秋天，但山上依然草长林密，山风阵阵，四面一片寂寥，不见一人，只听到围墙外远处隐约的车声。在南边山脚下，可以看见一个三重的圆形石道。那个地方再向北不远，是一座堆石大坟冢，还没有挖掘完，不过仍能看出规模宏大。坟冢四边被挖开，露出四面石头矮墙，每条边都有二十几米长。在大坟冢的旁边，还分布有上百座考古挖掘出来的坟墓，都围绕着这座大坟冢，有众星捧月之状。虽然整座坟墓建筑数量众多，却多而不乱，有一条中心轴线，两边对称，布局合理。

朱明晨对赵四说："赵四哥，你上山也没用，爬山也累，就留在这边树下歇着吧。"赵四正好不愿意上去，就说："以前认为你们考古就是动动嘴皮子，到处指挥一下，现在看来也是体力活儿。我就不上山了。"马贵都说："要不我也不上去了。荒山野岭的，有什么好看的，还不如和老赵聊天有意思。我正考虑介绍一笔生意给他。"朱明晨说："老马，你不能不上去，这是柯老师开会专门安排的，否则他可能会说我们不带你，来都来了，就当锻炼身体吧。"

在上山的路上，吴有期悄悄问朱明晨："怎么不把赵四带上？好歹他也是本地人，熟悉这里的环境。"朱明晨说："我感觉这人太滑，怕他万一看到什么值钱物件，偷拿了，我们可承担不起这个责任。"

吴有期看着脚下的一片不知多少年前的彩陶片说："这种东西白给他他也不会要，不过，看这片陶片，估计也有一定价值，可能是时间太紧，国家考古队的人没有注意到。听说这个草山文化遗址发现了玉器，当时人们的随葬品以玉为重要之物。这种东西要是

被赵四这种人弄出去，弄不好我们陪着犯罪。还是你考虑得
周全。"

三人慢慢爬上山顶。在草山的脑门之处有座古塔，看样子经
历了一些朝代的风雨洗礼，不过后来又经过了修缮，因此能明显看
出古今结合的特征，现代仿制琉璃瓦覆盖在古塔顶上，如同古人戴
着一顶现代人的帽子。

大家向山下看去，在山南那里，那座堆石大坟冢仍然清晰可
见。在大坟冢向上几百米的地方，可以看见国家考古队挖掘清理
的痕迹，也就是那三层圆周，一圈围着一圈，如同小孩子套的多重
项圈一样。这时，吴有期好像头上猛地被人一击，他说："你们看这
草山遗址的规制是不是和杨树梁遗址的规制很像？"

马贵都在考古方面就是半桶水，他说："什么杨树梁、草山，我
认为都不重要。我不知道老柯为什么安排我们弄这些没有多少用
的东西，干点儿正事不好吗？"朱明晨没有理他，笑着说："果然是柯
老师的得意高徒，有名的论文吴，联想力丰富。这三重圆本来就是
古人认为的天有三重的意思，就算还没有看到这个三圆的全貌，也
差不多猜得出来。不过，杨树梁遗址都是'坛庙冢'的模式，这里有
祭坛，有冢了，庙在哪里呢？"

马贵都好像被勾起了一点儿兴趣，大大咧咧地说："上面不就
是塔吗？那就是庙。"朱明晨看了他一眼："果然有进步啊，都学会
抢答了。"马贵都不以为忤，这也是他的优点。他说："只准你们是
专家啊，我怎么说也和你们在一个宿舍同居过三年，熏都熏会一点
儿了。"三人赶到塔前，门没有锁，能看出来被翻修过，水泥地板上
除几摊鸟屎和几张碎报纸片外，就只剩空荡荡的风在里面徘徊。

吴有期说："这座塔翻修不久，估计塔基早动过了，有庙的话，应该早被发现了。"

中午的阳光从树叶中漏下来，在三个人脸上晃动，阴晴不定。三人一时陷入沉默。忽然，吴有期发现有几只燕子，本来在不远处的陡峭崖壁前翻飞，倏然如同石头落水，再也不见。他喊着另外两位："快些过去看看。"

那个崖壁距离塔也就几十米的样子，赶过去后，只见藤萝密布，如同粗壮的蜘蛛网一样缠绕在崖壁上，哪里看得到什么燕子。不过，崖壁下有一处突起，上面堆积了不少燕子屎，可以看出这里是它们经常活动的地点。

看来这里本来有条挂壁小路，不知经过多少年头，这条小路被风雨剥蚀，变得时断时续，有的地方只剩下石头凸起。在那个靠近崖壁的凸起处，虽然有藤萝遮盖，荆棘丛生，但隐约可见一个洞口。吴有期招呼两个人靠近观察，才看清楚果然有个不大的洞口。当然，如果不是燕子指引，他们无论如何都找不到。吴有期把随身携带的工具包打开，一共三把德国精工手电，他给自己留一把，把另外两把分给朱明晨和马贵都二人。他招呼二人准备进洞。进洞之前马贵都就开始抗议："里面不知有什么东西，这次来之前也没说要探险啊，我哪有准备？实在不行就下次吧。"

吴有期性格有些直，内心却并不强硬，看着马贵都这么说，就有些犹豫，寻思不让他进洞了。不料朱明晨暗地给他使了个眼色，好说歹说把马贵都弄进了山洞。吴有期为人实在，当时还不知道什么原因，后来朱明晨才告诉他："自古兄弟一起盗墓，先出来的那个若眼红盗窃的宝物，可能不会让另外一个出来。财帛动人心，面对亲兄弟都可能有性命之忧,何况外人。虽然当时我们还没有看到宝物,但你留马贵都在外面,心怎么那么大呢?万一他在外面使坏怎么办?"

朱明晨一边沿着山洞摸索着向前走,一边说:"杨树梁遗址的庙是可以看见的,是建在地面上的,没有听说建在山洞里不见天日的啊。"吴有期说:"杨树梁遗址的庙不是全部建在地面上的,一部分也是埋在地下的,你可能没有注意到。再说,我刚才仔细看了一下地形,在那个祭坛的建筑结构上方,地势很是陡峭,以几千年前古人的力量,可能根本无法建庙。这也是我大胆猜测洞中可能有庙的原因。"

这个山洞入口狭窄,三个人进洞口时,都是侧着身子低着头的,恨不得会缩骨功。马贵都身子更肥一些,他在那里骂骂咧咧,不知骂谁。不过,进去不远,感觉山洞忽然扩大,众人心里也有豁然开朗之感。走着走着,发现这山洞竟然是下行的,虽然这里多少年没人进来了,但山洞路面的石头却似乎有人工铺设的痕迹。看到这里,吴有期和朱明晨心里稍微定了一些。有人为痕迹,就说明里面可能有庙这种东西,否则,在这悬崖绝壁之上的洞里,古人没有必要花费那么大的力气做这个。

越向下走,山洞越大,头顶有燕子被脚步声和手电的亮光惊动,叽叽喳喳地飞起。果然那几只燕子飞进来了,可能它们世代安家落户于此。那几只燕子估计是进来喂食的,刚好被吴有期发现。再向下走,岩壁两边逐渐变得潮湿,在山洞高处凸起的地方,可以看见几只蝙蝠,它们的脚爪扒在上面,似乎还没有睡醒,被手电强光照到,有的只动了几下,好像打了个哈欠,又沉沉睡去。

再向下走，山洞越来越大，竟然能听到水声。开始声音不大，后来竟然逐渐成轰隆之声，这就可以解释为什么国家考古队在夏天考古时，挖出的大坟冢积水过多。实际上，三个人都有些紧张，马贵都更是神色不安。走到山洞一处高达二层楼高的地方，忽然发现上面还有一个不小的平台，像楼房的大阳台那样伸出。这个时候，朱明晨忽然喊了一声："看，上面什么东西在发光!"马贵都本来就紧张，朱明晨这么一喊，他一蹦，差点儿摔倒，就很不高兴地说："人吓人吓死人，你小点儿声好不好。"朱明晨也没有理会他，只是一动不动地用手电照着平台上的一个黑影。吴有期这时也注意到了，只见有个人形黑影好像站在平台之上，脸上发出两道有些阴森的光。当然，如果强光手电筒没照到那个黑影的脸上，两道光就不明显，照到时那光绿莹莹的，很是瘆人。

几个人围着看了一圈，本来，从他们站的地方，可以沿着一条小路上去，但是，小路上都是密密麻麻苔藓样的伏地植物。三个人就到底要不要爬上去开始商量。

马贵都说："这本来就不是我们自己的考古项目，掉下来摔断了手脚，连个工伤都算不上，摔死了连个喊冤的地方都没有。要爬你们爬，我不爬了。"朱明晨和吴有期认为有道理，就把三把手电的光束集中起来，向上面细看。

洞里黑得伸手不见五指，不过，在手电强光照射下，尽管有些模糊，仍然能看出上面站着的是一个女性，只见她挺身而立，额部隆起，面颊丰腴，下巴尖圆，虽说是女性，但是一副凛然生威的样子。再细看，这位女性嘴唇似张未张，如同对着下面的几个人说着什么。在这黑暗洞窟之中，风声拂面，水声作响，给人以无限神秘的感觉。至此,由于朱明晨和吴有期都是考古业内专家,很快就联想到杨树梁遗址的庙里接受祭祀的女神,不过,杨树梁遗址庙里的女神比这小了不少。这时,朱明晨说:"我们不能一直在这里待着,时间长了,万一发生事故就没法交代了。再说,赵四和文化局的小赵司机都在外面等着呢。"

回去是向上行走,虽然辛苦,不过大家的兴奋让这种辛苦化于无形。三个人走出山洞,仍在谈论。马贵都一直在关心女神眼睛里的碧玉。朱明晨警告他说:"老马,君子爱财,取之有道,这种东西你就别多想了。做我们这行的,会见到不少好东西。不过,不是说好东西就会是你的。我以前听我的朋友穆律师说过,凡是赚钱的行业都在刑法中写着呢。这种事情弄不好,下半辈子就有地方吃免费餐了。别说有非分之想,就是说都不要向外说。虽然你的工作以行政为主,但也在考古研究院工作,也算业内人士。"

马贵都说:"我们读研究生住一个宿舍那会儿,你就喜欢挑我的刺。怎么了,想想也犯法?我想了这么长时间,你问一下你的律师朋友要判多少年?"

眼看两个人要吵起来了,吴有期连忙把话岔开说:"我认为我们这属于重大发现。这个地方和杨树梁文化遗址相距几百公里,为什么两个地方那么像?在杨树梁文化遗址范围内,之前的国内研究从来没有提过这个地方。这里是杨树梁文化遗址的外溢,还是说这个地方比杨树梁文化遗址更早,这些都很值得研究。再说,这个地方的女神为何放在山洞中,是不是个秘密神庙,又或者确实受到地势影响,庙才建在山洞里,这些也都值得考虑。我把这个草山文化遗址和杨树梁文化遗址比较一下,先写篇论文,你们两个人有空也补充一下观点,然后我交给柯老师,看看他有什么意见。"

朱明晨一笑:"看来论文吴名不虚传啊,一下子就有灵感了。"

三

到铁皮围墙大门口,赵四早已经等得不耐烦了。朱明晨打电话让司机小赵打开大门,小赵围着吴有期的工具包看了又看,看见还是那几个手电筒,没有多余的东西,这才放心。此时,三个人才明白,这个司机不是负责开门那么简单,还附带着田局长安排的监视任务啊。

为了给朱明晨、吴有期和马贵都三人送行,田局长和赵四师徒二人安排了饯行宴,地点在县里一个以前的知青村。这里是本县的一个旅游景点。这个景点如同格律诗一样,吸引了怀旧的那一小批人,但就算不收门票,人也不多。没有办法,为吸引更多的游客,这里后来加了项目,其中就包括一家羊肉馆。这家羊肉馆做的菜倒是不错,号称御宴全羊,反正现在没有皇帝了,也没人过来打假。这桌宴主打一个全,就是在一只羊身上,做出八八六十四道菜,什么羊鼻、羊眼、羊肝、羊肺、羊肠、羊肚,应有尽有,并且每道菜都有一个充满诗情画意的名字,羊血叫作满江红,羊肠叫作曲径通幽。这桌宴做出了名堂,不少人来知青村,与其说是来旅游参观的,倒不如说是来吃羊的。

田局长坐在主位,赵四坐副陪位,加上朱明晨、吴有期和马贵都三个外来的,还有几个本地作陪的。这个地方有喝酒文化,喝酒用三两的酒盅,每个人都先喝两杯酒后,才算进入正题。

一看这阵仗,朱明晨知道事态严重,就推脱不喝,说晚上还要回老家看老人。吴有期本身就不能喝酒，两个人一商议，对马贵都说："老马，我们是同学，都知道你的功力，你喝酒最厉害，我们总得牺牲一个，我们考古研究院就看你的了。"这正中马贵都下怀，他就好这一口。结果全桌喝完两轮后，众人轮流给马贵都敬酒。这简直让马贵都融化在热情的炉火之中，不到晚上九点，他就喝得酩酊大醉。大家把马贵都送到宾馆，他在房间门口一头栽进里面，幸亏里面铺着地毯，否则还真不知会摔成什么样子。别看马贵都个子不是很高，身上的肉倒是不少，特别是醉倒之后，如同一根电线杆子被推倒，几个人扶起来真费了不少力气。都这样了，马贵都还嚷嚷着要去洗脚解酒。

朱明晨说："赵四哥，这个酒局是你安排的，你好人做到底，今天晚上你就辛苦一点儿看着老马，别让他晚上吃了夜草。"

赵四神秘一笑说："马无夜草不肥，看来老马也需要催肥啊。"

第二天一早，朱明晨出了房间，就看到赵四在外边的停车场里，好像一夜没睡，睡眼惺忪，他看到朱明晨后，脸上的不高兴就更明显了。

朱明晨以为赵四看护马贵都累了，就上前说："赵四哥，辛苦了，一夜看着老马都没有睡好吧。"

赵四斜着身子靠在车窗上说："没有想到你们知识分子坏起来，比我这个在社会上混了多少年的还坏。"

看到朱明晨脸色不好，他连忙说："朱教授，我没有说你啊，龙生九子，各有不同，哪个行业都有好有坏。我说的是那个马贵都，他昨晚酒醒后让我给他找洗脚店洗脚。洗脚还不够，还得找美女。这都没有问题，关键是昨晚洗脚回来后，本来前几天说给我介绍的远洋公司的业务，可能因为他喝了不少酒，说了实话，对我说这件事情黄了。"

几个月后,吴有期下课出来后偶然看到,在考古研究院门前那个公园里的小树林边上,赵四和马贵都正在争吵。好像是赵四嚷嚷着要进考古研究院找领导,马贵都说着好话不让。吴有期见两个人没有注意到自己,也不想多管这些闲事,就转身走回了考古研究院,正好碰到朱明晨也在办公室。朱明晨没事一般不会来办公室,这次可能是过来找一些材料。看到朱明晨后,吴有期说:"可能马贵都花了人家赵四的钱,却想空手套白狼,不给赵四办事,现在人家打上门来了。这个马贵都怎么感觉越来越不像话了。"

朱明晨冷笑着说:"你不喜欢,柯老师可是越来越觉得他有出息了。他还有更不像话的事情呢。"

吴有期听出他话里有话,就问:"他多有出息?到底怎么了?"

朱明晨把放在办公室桌子上的一本杂志摊开,推到吴有期面前说:"你那篇比较杨树梁文化遗址和草山文化遗址的大作在《考古文化研究》上发表了,这可是在顶级刊物上发的啊。不过,你先不要高兴,作者不是你,是谁呢?是柯老师和马贵都。"

吴有期仔细看了一下文章的题目及内容,内容都是他写的,当然,朱明晨也参与讨论了,马贵都就是陪着跑了一趟,最后说把论文拿过去学习,结果就学习成他自己的了,还顺便讨好了柯力拾。

朱明晨说:"这件事你准备怎么办?我以前说马贵都就是小人,并且是小人中的小人,你还嫌我说的话太重了,现在知道厉害了吧。"

吴有期半晌无语,一股气像是巨石压在胸口,让他难以呼吸,最后他长出一口气,无奈地说:"我还能怎么办?我还能把事情捅出去,让柯老师一起背锅?"

第十六章

父亲啊父亲

一

　　朱明晨那段时间有一个考古项目要结项，本来事情就千头万绪，让他头大如斗。项目组的两个成员因为一点儿报销问题还闹得不愉快，这更是火上浇油。听着父亲整天叫着头晕，朱明晨本来以为父亲故意闹情绪，好找个理由出去散心。父亲那半年都很少出去钓鱼，这可是他以前最喜欢的活动。家里人不喜欢吃河鱼，以前他总在钓鱼后，把鱼弄干净，送给熟悉的邻居。或者在不接送孩子的时候，抓紧时间到小区小树林那边的广场上看别人下棋。现在，父亲整天窝在家里，更加沉默寡言。朱明晨感觉父亲的脸如同暴风雨前的天色一样，整张都是黑而阴沉的，这让他的心情也不好。他赌气似的拿出两千元钱，说："爸，要不你去我大伯家里休息一段时间吧，反正我大伯母好几年前就不在了，你住在那里也方便，什么时候感觉舒服了，什么时候再回来。"

父亲在那里还是面无表情，问道："我走了以后孩子怎么办？谁接送他？晚上谁带着他睡觉？"

朱明晨说："我有课的时候，宝宝早上上学，让邻居家孩子的爸爸先帮着送。反正他儿子和我们家的宝宝是同学，两个小朋友一起上学顺路。那家的爸爸说过，他不麻烦。晚上我报个晚托班，让晚托班的老师帮着接孩子。听说那个晚托班不错，孩子放学接到后，会有人看着孩子做作业，晚上还管一顿饭。"

父亲忽然流下了眼泪："我走了，你妈怎么办？"

朱明晨有些不耐烦起来，说道："好了，好了，你这么大年龄了，别矫情了好不好？本来你说头晕，流眼泪就不好，你还哭。你又不是不回来了。我会照顾好妈妈的。"

母亲在那边有些得意地说："没事的，我感觉最近身体棒棒的，我要好好锻炼一下身体，再活个十年八年都没有问题。"

陈美娟正好在家里，也呵呵笑着说："爸，你就放心地出去吧。妈这种情况，化疗结束后，每三个月要检查一次。这样发现问题可以及时治疗，说不定比你活的时间还长呢。"

这时，母亲在父亲住的里屋那边有些惊讶地叫起来。原来父亲正在收拾行李，带了一个与行李格格不入的东西。母亲说："你不是出去玩几天吗？带着根绳子干什么？"

父亲慢吞吞地说："我出去也要锻炼一下，带着绳子跳绳。"

朱明晨眼光扫到了那根绳子，白白的一根如同蛇一样在父亲手里蜷曲着。绳头是黑色的，如同蛇的一只眼睛，不怀好意地冷冷注视着他。他心里一惊，不过也没有多想。

已经是吃晚饭的时候了，听母亲说父亲一天没有吃饭，朱明晨看家里烧了鸡汤，就让儿子喊爷爷喝鸡汤。儿子在那里努力地从游戏里抬起头，喊了一句"爷爷，爸爸喊你喝鸡汤！"，又迅速被游戏拽了回去。

父亲在里屋过了半天才回答："不用喝了，我不想喝。"

朱明晨有些着急地说："你这又是怎么了？我给你约了社区医院，明天下午就可以去住院。"

父亲还是一动不动，说道："我感觉等不及了。我整日整夜都睡不着觉，多少天了，我一点儿力气也没有了。"

几年后，朱明晨回忆那一夜，如同碎冰在河面上浮现一样，心里会不由自主地涌出可怕、悲惨这两个词语。那一夜，在一个年轻的警察急促地敲门后，朱明晨感觉自己好像顿时成了被猛烈炮火轰炸后的废墟，只剩下死一般的寂静。他感觉周围没有一个人，连一只猫狗都没有，一只鸟甚至一只蚂蚁都看不到，只是耳朵里面传来蝉鸣般的声音。也可能什么声音都没有，是他的大脑产生被重物击中的幻觉。

朱明晨多希望这只是父亲开的一个玩笑，几天后，父亲会忽然从街道拐角处闪现，仍然戴着那顶灰色的绒线帽子，笑着对他说："傻孩子，那么难过干什么？我现在不是回来了吗？"不过，这只是朱明晨幻想中的一个玩笑罢了，不是父亲和他开的玩笑，而是他自己给自己开的一个玩笑。

在之后好长一段时间里，朱明晨回家没人时，感觉空荡荡的房间，如同一笼曾经热气腾腾的馒头，如今却没有了热量，都冷却下来了。他感觉好像什么都没有发生，却什么都发生了。父亲在的时候，感觉不出什么。父亲走了，感觉他把这个家的魂都抽空了，只剩下冰冷的钢筋水泥房子孤零零地站在那里。

那段时间朱明晨睡觉总是不踏实，一夜能醒儿次。醒来后就在黑暗中睁大眼睛，好长时间不知和谁对视。有时他会打开灯，灯光无力地流淌在周围，他好像能够听到灯光发出的嘶嘶声音。好不容易睡着，就开始做梦。他经常梦到洪水铺天盖地，他不停地逃跑，洪水如同长着眼睛，向他涌来，距离脚下咫尺之遥，却总是不能淹没他。他就那么跑啊跑啊，一直跑到大叫一声醒来。

命运有时会给你一记耳光，让你晕头转向，却无法还手。因为你不知对手在哪里，而命运就在暗处不动声色地看着。

朱明晨那段时间好像被一只手掌抓住了——这是一种很特殊的手掌，看不见摸不着，却像如来佛的手掌一样，不论他多努力，跑得再远，尽量更远一些，这只大手都能轻松地把他抓回去。他和大手好像在进行一场拉力赛，他跑开，大手又把他拉回去。在这一来一回之间，他感觉自己风干了，好像挂在墙上的干丝瓜，没有一点儿水分，只是随着风在那里不由自主地摇荡。

朱明晨知道父亲还是比较怕死的，为什么他会这么做？父亲在日记中给出了最后的答案："我老了，没有用了，我不想再拖累你们了。"谁给出了那么一道大题呢？朱明晨不知为什么父亲会有这样的一个答案。这个世界上有那么多人，有谁会这么勇敢？或者说，有谁会这么傻？

二

一些事情，如果放在一个国家、一个省、一个县，甚至是一个乡镇里，都不算是什么事情，但是，如果把它们压在一家人的身上，就可能是灭顶之灾。

很多事情，如果发生在别人身上，可能就是故事，但如果发生在自己身上，就是事故。朱明晨这半年所经历的事情，可能许多人一生也很难遇到其中一件，更别说是几件凑到一起。他是学考古的，不常计算概率。但如果以概率来衡量，可能这属于极小概率事件。这些事情原本属于电视、电影中设计的情节，却真实地降临到他的头上。这些事情对邻居而言不过是尘埃一样的闲言碎语，但在他头上，让他感觉比泰山压顶还难承受。

一个一天前看似稳固的家庭，如同多米诺骨牌一样，倒下一块，就会发生连锁反应引起一片倒塌，稍不注意，就有全面倒塌的风险。

朱明晨家的骨牌是从看起来不起眼的一块开始倒塌的。这块骨牌就是母亲。母亲是一个脾气暴躁的人，至少从朱明晨有记忆开始就是这样。

他小时候很少感受到母爱。母亲年轻时长得还不错。在母亲和父亲离婚时，由于当时朱明晨只有几岁，法官根据有利于孩子抚养的原则，把他判给了母亲。他只是名义上由母亲抚养，实际上是由外婆抚养的。在上小学的时候，有一段时间，母亲为了折腾父亲，就让父亲在他读的小学附近专门租了一间房子，让父亲照看他。有次朱明晨父亲生病住院两周，她就让朱明晨一个人住在一套几个人合租的房子里，连学也不能上了。外婆想管，但被母亲厉声制止，说如果外婆要管，她就和外婆拼命。这母女俩经常战火连天。她就是要通过朱明晨来惩罚前夫。朱明晨父亲住院那段时间，朱明晨每天待在出租屋里看连环画，幸亏学校老师知道了，每天过来送盒饭，要不他真会饿死。

如同一座火山，母亲在年轻时候喷发光了岩浆，在年老的时候突然安静下来，脾气也开始好起来。可能是孙子的出生让她的内心变得柔软起来，也可能是某种莫名的力量让她发生了质变。她在某一时刻突然醒悟过来，变成一个正常的老太太。

朱明晨感觉自己就没有过真正的童年，好像一不小心就跌到了成年人的门槛里。即使算有童年，也是因为后来自己加上了不少想象的成分。朱明晨感觉自己的童年是从中年开始的。母亲主动和父亲和好后，两个人都跟朱明晨住在了一起，帮着朱明晨照顾孩子。当然，不仅照顾孩子，也照顾他们一家人。

朱明晨也像是儿童那样，开始享受起母亲的温情。他也会由于一些家庭的事情，对老人吼上几句。当然，工作上的压力，他也会在家里释放一下。

母亲表现出惊人的好脾气，她是在为年轻时做的事还债吗？在朱明晨一家和父母一起生活时，本来母亲应当处于这个家庭食物链的顶端，以她以前的脾气和性格绝对会如此，不过，事实上她成了食物链的最底端。

其实，孙子可能不知道奶奶以前的厉害，他只以现在的眼光看奶奶。孩子还小，还不懂事，他只看到家里人谁都可以对奶奶说上两句，就以为奶奶是家里最弱小的。因此，不高兴时也会对奶奶粗声粗气。

三

如果你认为现在的生活不快乐，那么，明天可能会更不快乐。

在母亲没有生病，父亲还在的时候，朱明晨有时感觉生活就是周而复始，人如同驴子围着生活的石磨转一样，没有多少乐趣。但是，当时以为是平常的单调生活，自从母亲患上癌症以后，也成了难以再找到的快乐。

这年的一天，母亲忽然对父亲说自己便血，然后再和朱明晨商量。朱明晨本来以为没有什么大事。正好他那段时间有些忙，就对母亲说："哪有什么大事，可能这两天你吃了鱼刺，伤着肠胃了。对了，前几天你不是吃烧饼了吗？这东西硬，你年龄大了，估计刮伤肠壁了。让我爸先给你去药店买消炎药，我这两天忙，有空再陪你去医院。"

母亲还是有些紧张不安，也没有多说什么。父母人老了，和成年子女之间的关系都逆转了，角色也改变了。孩子小的时候听自己的话，自己当年是家里的主人，等老了以后，子女就成了新的统治者。

过了一周，母亲的病症还是没有减轻。朱明晨没有办法，就陪着母亲去了区人民医院，父亲也跟着去了。母亲拍片的结果让朱明晨和父亲都很意外，肠壁那里有一片不祥的阴影，如凶猛的兀鹰张开翅膀形成的阴影那样，瞬间笼罩了家里人的心空。

朱明晨明显感觉父亲有心理地震的征兆，就安慰父亲说："没什么大问题，估计就是肠息肉。"看病的医生看着快六十岁了，长得有些女相。朱明晨心里嘀咕："怎么长得和阿姨似的。"医生倒是见惯不惊，整天见得多了，面前的病人都是工作对象而已。他安慰母亲说："你这个病目前看问题不大，我下周给你安排手术，现在这种病很常见，也不用住院，做完手术就可以回家养着。现在床位特别紧张,比你更严重的住院三天后也必须得出院。"

朱明晨在旁边连忙说:"那就好,做完手术让我爸看护着,我下周还有一个研讨会要参加。会议举办方海报都贴出去了,我要做专题发言,正愁怎么安排时间呢。"

本来朱明晨尽量乐观地看待母亲生病这件事情。在他看来,这不过是老年人器官逐渐老化的一种正常现象。老人谁不是如此,快七十岁的人了,就是车辆也快到报废期了。不过,事态的发展出乎那位手术医生的意料,手术刀刚开始在那个肠息肉的地方切,就切不动了。老医生毕竟有经验,就对朱明晨和父亲说:"这个问题看来有些严重,你们还是转院吧。我告诉你们,这种病在省立医院治疗效果最好,找那个肿瘤科的葛医生,他是这方面手术做得最好的。"如同正常行走时,突然被冲出来的歹徒打劫了一样,朱明晨显然被震惊到了。

在省立医院,父亲在现场看到从母亲肠壁中切出来的那块巨大丑陋恶毒的东西时,不仅感到震惊,还认为这是他人生中最恐怖的一幕。他没有想到自己老了竟然遇到这种事情。朱明晨不知道父亲当时大脑中显示的是什么场景,但他估计这个场景一定是黑色的,是父亲一生中最浓厚的黑色。这是一种致命的黑。这种黑能够打败其他任何的黑色。别看父亲身材魁梧,心却很小,这对他造成的精神上的冲击大大超过了对母亲的。好像这种肿瘤不是长在母亲的身上,而是长在他的身上。从这一刻起,另外一种可怕的恶疾开始逐渐侵蚀他的精神,逐渐发展,后来,这种黑色的大潮扭动着巨大的漩涡,控制了他的整个身心,直到最后淹没了他的生命。

母亲生病后，朱明晨知道父亲心理压力很大，不过，却不知道压力大到他难以承受的程度。朱明晨有时甚至认为父亲有三分是装的，是怕承担带母亲去治疗的责任，想过自己以前自由自在的日子。后来他才明白，他虽然想了很多，却忘记了这是他的父亲。如果有一点儿余力，父亲都会尽最大的努力。

还是女人细心，那件可怕的事情发生后，对门邻居老赵的妻子董阿姨对他说："我很长时间都没见你爸笑过了。偶然有一次我们不知道说到什么，他终于勉强地笑了一下。我老公也是这种抑郁症，一直吃药，控制住了，那时我就知道你爸抑郁症的病情已经很重了。"朱明晨忽然有种想骂人的冲动，既然这样，为什么不早说呢？

当然，并不只是母亲患有恶疾这一惊天巨雷震得父亲惊慌失措，当时还有一个更大的雷，就是世界上正在大范围流行一种传染病。对他的父亲来说，这个病魔遮天蔽日，无所不能。即使躲在家里，四周封闭得密不透风，它也会找到你。即使你终日隔绝与其他人的来往，它也会主动上门和你亲密接触。如同棋手下完棋后复盘一样，朱明晨后来不知复盘过多少次，他都认为父亲的抑郁症和这场流行病有关。

父亲已经遭受到那么重的疾病的攻击了，为什么还是一声不响地坚持着，直到生命的最后一天都还在帮着朱明晨接送孩子？这就是父亲的爱，他终于相信，如果滔天洪水来了，甘愿不惜生命救他的，就是父亲。

朱明晨小时候认为自己足够聪明。不过，那时他一直不明白，他在乡下农村看到的牛，都被一根细细的牛绳拴着，供人驱使，一辈子不能摆脱。这些牛到底在怕什么呢？后来把这和父亲做对比，他终于明白了。牛绳拴在牛的鼻子上，那里是牛最吃痛的部位，勒住这里，就等于控制了牛的命脉。这么多年，父亲可能不知不觉间被自己困住了，父亲的柔软之处就是对他的爱。朱明晨从小就是这样，一生气就对父亲说："你看看别人的爸爸多有本事，小时候要什么给什么。你给了我什么？在我小时候就和妈妈闹离婚。"一提到这些，父亲马上就好像被勒住了牛鼻子，一声不吭起来。他可能不是真的一声不吭，而是在心里和自己对话，自己谴责自己，自己承受自己的重锤。

四

父亲走了以后，朱明晨忽然感觉自己并没有那么聪明，以前自夸的睿智更不知所终。参加工作后，一般都是吴有期有什么工作上的麻烦或者生活上的问题向他请教，现在却相反，两个人角色发生了调换，变成他主动打电话谈自己受到的心理折磨。

吴有期有个习惯，就是一直要等朱明晨拨出电话快要挂断时，才接通。以前朱明晨感觉无所谓，不过，这次却等得有些不耐烦。终于，那边一个有些大大咧咧的声音问："今天怎么了？主动给我打电话？是不是要请我吃饭？"

朱明晨没有心情和吴有期开玩笑，玩笑这个词可能要离开他很久。朱明晨感觉这句话不是自己说的，而是主动跑出去的，"我父亲去世了"。不知为什么，他一提到去世这个词，心就猛地一跳。这是他很多年后最厌恶的词语。

吴有期听起来也吃了一惊，说："怎么了？上次我见到伯父的时候，还一起聊钓鱼的事情，不是身体蛮好的吗？"

朱明晨感觉自己成了懦夫，连父亲的真正死因都不敢说出来。他自顾自地说："以前我很羡慕对孩子特别好的父母。现在我发现，有时候父母对孩子不好，也有两面性，也有好的一面。那就是父母去世后，孩子不会那么伤心，也更加容易忘记。"

吴有期感觉朱明晨在精神上受到了很大的打击，不再像以前那样，无论什么时候都镇定自若，对什么事情都能说出个道理来，如今看来是因为这些事情没有到他头上，落到他头上时，他也会张皇失措。

吴有期感觉他现在承担了安慰者和问题解决者的角色。"唉，人生老病死是自然规律，谁都要走这一步，何况你爸也接近七十岁了，就是再过十年去世，结果也是一样。你看我姑父，那么年轻的一个人，才五十多岁，脾气那么好，喝了一点儿酒，距离家还有一二百米，一头摔倒就没了。"

朱明晨自顾自地说着："最后那天，我看到我爸不停地擦头上的汗，腿也抖得厉害，这是不是在向我发出求救的信号？如果我当时多注意点儿就好了。我对别人的事情看得那么明白，看自己的事情却糊涂了。"

吴有期心里隐隐有种不安的感觉，朱明晨这些言语和他以往的表现明显有些不相符合。他还是耐心地说："这和你关系不大，得了这种病后，如果自我调解能力不是很强，特别是不注意吃药的话，是很难控制的。早晚都会走这一步。你可能不知道，以前准备和我们课题组合作的冯老板，在当地是那么大的房地产开发商，还开着当地最大的连锁超市，前段时间由于欠债压力大，吃药也不见效。他们家住在十八楼，中午吃饭的时候，家人还在旁边看着，他趁着家人上厕所的工夫，一跃从楼上跳下去了。"

朱明晨一时半刻不想说话，就在电话里静静地听着。电话那边吴有期的声音好像从一个不知多遥远的地方传来。他知道，以他们的关系，不说话也不要紧。他不想说话，也不愿意挂断，他就是想听一个知心朋友说话。吴有期的普通话并不好，还有点儿他们老家的口音。不过，这种声音好像能够拥抱他一样，让他天崩地裂的心暂时得到一些抚慰。

虽然是就读硕士期间一个宿舍的同学，是一个教研室的同事，还是能够交心的朋友，但在工作以后，在生活旋转不停的轨道上，两个人都忙忙碌碌，在一起的时间也比以前少了很多。不过，在出差去郭里村文化遗址考古的那段时间，两个人住在同一个宾馆房间，吴有期发现朱明晨真的好像出现了一些精神方面的问题。

以前住在一个宿舍的时候，朱明晨是有名的"睡不醒"。吴有期经常开玩笑说："兄弟，你的早晨是从中午开始的。"通常的情况是，吴有期上完课后，回宿舍带东西准备到食堂吃午饭时，才看见朱明晨睡眼惺忪地拿着洗漱用具到卫生间洗漱。

在给考古系的学生上课时，看到有的学生酣然入睡，吴有期经常半真半假地说："你们现在年轻就是好啊，我在课堂上讲得口吐白沫，你们却睡得鼾声如雷，羡慕啊。我现在哪怕在安静的地方都休息不好，在这么吵的教室里，你们的睡眠质量竟然还这么高。"其他学生一阵哄笑。吴有期接着说："你们这种做法也无可厚非，很有我们系朱明晨老师的'遗风'。他在和我一起读书的时候，就是这个样子。现在人家不也成了副教授，这还是在他不愿意评职称的情况下。看来，睡觉的同学应该搞学术，和朱老师相比，至少能评个教授。"下面的同学又是一阵大笑。

不过，这次和朱明晨一起住宾馆，肉眼可见他的一些习惯改变了。那些习惯好像被谁拦腰砍了几刀，变得面目全非，全然没有以前的样子。吴有期怀疑朱明晨整夜里睡不了多长时间。因为他在夜里一直能听到朱明晨在翻弄东西，或者在低沉地叹息，这种深深的叹息好像是被压在一块巨石下的，也好像来自地下深不见底的地方。当然，朱明晨也有轻叹的时候。当他们谈话时，朱明晨的叹息就如同呼吸的空气一样，自然地流淌出来。

朱明晨读书时睡觉一定要关灯，不然睡不着。现在他让灯整夜亮着。在千家万户都睡在沉沉的黑暗中时，好像只有他醒着。他们住的宾馆房间是套间，朱明晨住在外间，吴有期住在里间。朱明晨说："老吴，晚上不要关门，我们聊天方便。"吴有期说："好啊，很难相信，我们毕业了以后，竟然还有住一个房间的时候。"不过，朱明晨聊天一直拐弯，聊着聊着就拐到他父亲那里去了。他说："当时如果我多做些就好了。我为什么这么自私呢？我爸可以为我做任何事情，我给他做一点点事情却都要考虑一下。其实，我爸到区人民医院那次，本来是上午抽血的，结果去医院之前我让他吃了一点儿东西，怕他住院撑不住。结果吃饭后不给抽血。如果我不让他吃饭就好了。第二天去看病，本来应该住院的，却没有床位。我当时没觉得他有那么严重，就没有厚着脸皮找区医院的医生朋友。你知道，我这个人最不喜欢欠人情。但如果知道我爸病得这么严重，我无论如何也会求人。我和这个医生一起吃过两次饭，和他也不是特别熟悉，不过他人还不错。我如果一定要请他找人安排我爸住院,估计他也会帮忙。"

吴有期说:"这种抑郁的病,不是一次两次就能解决的问题。你爸当时可能已经没法控制自己的精神了。这也是没有办法的事情。"

朱明晨说:"还是我自私,我没有想到他会那么做。如果是我儿子的话,我可能就会求人,让那个医生帮着住院。"

吴有期一开始尽量劝解他,渐渐地也有些敷衍起来。在这个社会,人的压力都很大,以前都是朱明晨劝解吴有期,现在吴有期一直听这些话,感觉这些负面情绪都要把他也淹没了。

可能听多了朱明晨说他爸的事情,吴有期夜里做起了梦,竟然梦到朱明晨的爸爸到了他的房间,还是吴有期当年第一次见的模样,高个,红脸膛,身材健壮。忽然,一阵霹雳过后,朱明晨爸爸的脸好像慢慢变成一张纸,是灰色的纸,没有一丝神采,他喃喃地说着什么,向床前走来。吴有期忽然被吓醒,还懵懂时就看见床前站着一个黑影,吴有期吓得差点儿从床上跳下来。这时他听见一个声音缓缓地说:"老吴,是我。"吴有期听到的声音正来自朱明晨。他有些生气地说:"朱明晨,你在搞什么,吓死人了。"

朱明晨的声音湿漉漉的,好像浸透了露水一样,忧郁而缥缈:"老吴,你感觉到没有,我发现我们这个房间被装了监视器,我们一言一行都被监视了。你看见对面那个房间没有熄灯吧,这么晚还不睡觉,一定有人在偷看,一定是在监视我们。"

吴有期感觉头昏脑涨,好像脑袋被谁猛拍了一下,他有些恼火地说:"你在那里不睡觉想什么呢? 谁会监视你? 你有什么监视价值? 再说,你又不是美女,谁会偷看你? 哪有这么变态的?"

毕竟是那么多年的朋友,吴有期感觉自己的声音有些大了,意识到朱明晨的精神方面可能出了一些问题,急需一些安慰,就把语气缓和下来,劝道:"哥们儿,快去睡吧,你可能最近操心多了,要不找我一个中医朋友给你开些中药吧。他是多年的老中医了,在六里桥那一带很有名气。"

自从那次朱明晨黑灯瞎火地半夜站在吴有期的床前,吴有期再也不敢开着门睡觉了。一起出差住宾馆的那段时间,几乎每天晚上朱明晨都会敲门。当然,就是敲门也比夜里他睡着了后朱明晨站在他床前好,那太吓人了。朱明晨的这些举动让他有些厌烦,但他又不敢表示出来,怕刺激到这位多年的好朋友。

由于在夜里睡不好,加上夏天日头又是毒辣辣的,吴有期白天在考古现场就没有多少精神。更不要说朱明晨了,他就像是没有了灵魂一样,只是肉体拖着步子,按照以往的惯性运行。接下来的几天,吴有期几乎没见他笑过。以前,虽然朱明晨也有情绪不好的时候,但只要说几个笑话,他就会笑一下。不过,那几天他的脸上只剩一潭死水,无论多大的动静,都难以溅起一丝笑的波纹。

五

朱明晨从小就认为父亲是一个没有用的人。在这个省城,父亲转业到了机械厂上班,不料半途就下岗了。后来没有办法,父亲开了一个小棋牌室,却因母亲报警关停了。父亲到底有没有用?直到父亲这次出事后,朱明晨才真正明白,父亲就是一个让自己内心安定的人。自从父亲不在了,他的心就难以再安定下来。

人生如果可以重来该多好。如果可以反悔,他认为可以舍弃自己最重要的东西来换回父亲。他既没有想到父亲性格这么刚烈，也没有想到抑郁症这种疾病这么邪恶。

在无奈的时候，父亲是不是也这么想过：人这一生，从蹒跚学步开始，一步步走来，到老了又开始蹒跚走路。在小的时候，还有父母可以照顾自己，但是，等到老了，又回到小时候那种无能为力的状态，却不再会有爸爸妈妈来耐心地照顾自己。他想自己的父母了，他要重新回到已经故去的父母的怀抱，他走了，他来了……他走的时候，面前会不会是一片霞光，他要在霞光中奔向父母？

朱明晨不止一次想过，如果自己最后能多帮父亲做一件事，可能就不会是这个结果。其实，父亲最后那次接孙子时已经表现得很吃力了，他的精气神都已经被熬干了。朱明晨还是像以往那样，在床上多赖了一会儿。他还是像小时候那样依赖父亲，却不知父亲虚弱得如同他小时候一样，成了孩子。父亲只是凭着惯性在帮他。

父亲就是一个让自己可以随便发脾气的人。在小的时候，父亲可以让自己随意撒娇。而母亲却整日大吵大叫，对自己的儿子也是如此，她会因为儿子和同学之间的小矛盾，去学校大吵大闹。后来朱明晨想，母亲这么做可能更多的是为了她自己的面子，而不是为了儿子的成长。她这种不顾后果的行为，实际上恶化了朱明晨在学校的生存环境。

每年死去那么多的父亲，其他人是怎么把这种悲伤忘记的呢？朱明晨见过其他同事在父亲去世之后，很快就恢复了常态，好像风吹过一样，在他们身上没有留下什么痕迹。他为什么难以释怀呢？不说别人，就说大伯，好像对父亲的去世感觉很轻松。不知是他本

人的天性如此,还是因为他的信仰。父亲追悼会的那天他乐呵呵
的。真的是乐呵呵的。

大伯对他的两个参加葬礼的外甥说:"我年龄也大了,省城来
一次就少一次,你们两个今天一定要开车带我去夫子塔逛逛,要不
然我以后可能就没有机会了。"

一个外甥是当地一家小工厂的老板,在那里和朱明晨的大伯
开玩笑,说:"大舅,就你这身板,早着呢。不是我们不答应,是怕带
你去,折你老人家的寿啊。"

朱明晨在旁边说:"大伯年龄大了,今天也累了,不行就明天再
去玩吧。"

大伯在那里如同小孩,脸上带着与这种悲伤的场面不相称的
笑容,还是缠着外甥说:"不行,我不累,今天一定要去玩。如果不
去,当心我揍你小子。"这是对着他的大外甥说的。

当时朱明晨有些诧异,心里也有些不舒服,毕竟他是和父亲一
起长大的亲兄弟啊。后来,他感觉大伯那种笑容太有治愈力了,如
同一盆火,可以把他冰冷湿透的伤心烤干。那段时间,他只要被悲
伤的情绪攫取了,就会努力奔向大伯的笑容。他感觉这种笑容有
健壮的牛一样的力气,能够把自己从悲伤的泥潭里拽出来。

第十七章

儿子啊儿子

一

　　儿子这段时间好像突然长大了不少。以前他被爷爷惯得不成样子。二年级的时候，还得喂饭。朱明晨有时就吼父亲："你能把他喂到多大，这样子下去，他大了后会一点儿自理能力也没有的。"父亲还是笑眯眯地耐心喂完饭，说："长大了就不让我喂了。"朱明晨又转过来对儿子说："儿子，等你以后上初中、高中、大学时，把爷爷也带去，给你们安排一个宿舍，到时候让爷爷喂你饭，好不好？"儿子听出这话是什么意思，说："不好。"

　　儿子现在能够自己独立吃饭了，不过是一边看童书，一边吃饭。看得入迷了，他仍像是爷爷在的时候那样，伸着嘴等着喂，过了半天才发觉爷爷没了，他眼里好像噙着泪一样，连忙自己扒几口饭。朱明晨看到时急忙转过身子，也心酸起来。

　　十一月的一天，儿子的肺炎好了不少，家里的欢声笑语多了起来。他也有精神摆弄自己的玩具。不知怎的，当年儿子出生时买的一件玩具响起了音乐。这是一件自带音乐的玩具，音乐声就来自能够旋转的金鱼。记得上面以前还有不少点缀，现在只剩下能够发出声音的塑料鱼了。不过，旋律还是那么熟悉。朱明晨正在房间里准备上课的材料，猛然就被这音乐声击中了。他像是又回到儿子还躺在婴儿床上的时候。当时，父亲还不太老，身体还比较健壮。那时他的天还是蓝色的，水还是绿色的。父亲就像一头勤奋的老牛一样在婴儿床前忙碌着。朱明晨在那里出神地听着，好像当年的声音还没有消失。

感觉要陷进去了，朱明晨连忙缓和了一下自己的情绪，他问陈美娟："这个玩具叫什么名字呢？"

陈美娟回答："我也忘记了，只剩下音乐盒了。你是不是很熟悉这旋律？"

朱明晨回答："嗯。旋律是一样的……"他感觉有些压不住自己的情绪了。正巧儿子在那里说话："爸爸，这个小时候的玩具上面都是灰了，我擦一下。"

朱明晨没有回答，因为他看到孩子很快就沉浸在音乐中了。孩子平时还是比较好动的，现在好像被什么定住了，一动不动地坐在沙发上，两眼直勾勾地盯着面前的桌子，或者什么也没有盯着，只是在那里走神，眼睛里好像还充满亮晶晶的泪光。这么小的孩子，他能想起什么呢？他到底是在回忆自己更小的时候，还是在回忆爷爷呢？

为了让孩子能从过去的悲伤中走出来，忘记那可怕的一幕，距离圣诞节还有一个多月时，朱明晨就提前给儿子买了圣诞帽。儿子最喜欢这些东西。这时，朱明晨拿出帽子来逗儿子："宝宝戴上给爸爸看看。"儿子听话地戴上，脸上泛出儿童特有的天真笑容。"到底还是个孩子，一会儿就高兴起来了。"朱明晨心想。

"儿子戴上后不是圣诞老人，而是圣诞小人。不对，应当是圣诞小孩。"朱明晨故意口误，让气氛变得热闹一些。孩子也在笑。"那么，爸爸如果戴上了会变成谁呢？会变成圣诞大人。"

儿子又冷不丁地说了一句："如果爷爷在就好了，就是圣诞老人。"

朱明晨心里咯噔一下，好像又被铁锤狠狠地重击了一下。他的眼光悄悄地透过窗户溜出去，他看着院子里父亲以前种植的小树，感觉那些小树也忽然开始颤抖，摇动起来。他连忙找了个借口，离开了儿子的房间。

儿子玩着游戏，好像还是满腹心事，他从最爱的游戏中拔出身子说："爸爸，我好想爷爷啊，我刚才玩游戏硬压住了。"

母亲面色苍白。多年前回老家时，在初冬的大早晨，那条山间小路上的满地霜花就是这种冰冷的颜色。朱明晨想说什么，却忽然如同第一次到考古研究院试讲时一样，犯了语言缺乏症，无论如何都组织不起一句话来。

朱明晨怕儿子没有安全感，本来儿子晚上都是跟他爷爷睡的，现在跟自己睡。小孩子睡觉时身体火力旺盛，根本盖不好被子，他好像和被子有仇一样，在夜里老是蹬个不停。朱明晨一夜都好像处于警觉状态之中，起码给儿子盖了十几次被子。天明起床后，发现枕头上多了几十根自己的头发，如同头顶上被暴风席卷过一样。他心里更是难过，父亲陪着他的孙子睡了接近九年，不知为孩子盖了多少次被子，掉了多少头发。只有自己亲身体验过，才能真正感受其中的辛苦。

前段时间朱明晨还看了父亲以前的照片，是他和孩子的合影。九年前父亲的头发大部分还是黑色的，走之前大部分都白了。每根白发都藏着陪孩子睡觉的艰辛。

以前父亲在的时候，做饭、喂饭这些家务事从来和朱明晨没有关系。父亲走了，留下了很大的一片空缺，他必须得弥补起来。在照顾儿子吃饭时，他惊奇地发现，现在的孩子真的是不好对付，饭菜味道差一点儿都不行。没有办法，不行就再加一点儿盐，再不行就忍着火气重新做。忽然，他听见陈美娟说："你现在成为儿子奴了，你就是对待你们领导都没有这种态度，对待我就更不要说了。从来没见过你这么有耐心。人啊，对待老人要是像对待自己的孩子那样有耐心就好了。"陈美娟在那里感叹起来。

以前朱明晨是一个很讨厌做饭和洗碗的人。父亲走了以后，他如同赎罪一样，开始做饭和洗碗，不仅在自己家里如此，就是到了朋友家里吃饭，也会顺手把碗筷给洗了。这不是因为他忽然多了做饭和洗碗的爱好，而是因为他感觉这样做心里会好受一些。

这一年真的是朱明晨铭记一生的一段时间。家里好像是天塌了一样，所有的坏事都集中发生在这段时间里。人到中年以后，朱明晨从来没有如此盼望时间快些过去。他经常默念这一年快些过去吧。他在网上查了一下皇历，他今年犯太岁，心想这一年过去就好了。

二

朱明晨的姑姑也是抑郁症。这种病姑姑不知是怎么得的。其实，她是一个从年轻时就开始用中医养生的人，她对这种病的重视程度要比父亲强多了，不过她的病也没有根治。几年前，朱明晨在修行时认识了穆律师，他说自己的夫人在本市一家精神病医院做副主任医师。本来朱明晨并不想特意去认识穆律师，他总感觉认识律师会不吉利，好像等着官司似的。不过这次他转变想法了。他说："穆律师，我以前考大学时就想过学法律，像你一样做律师。不过成绩不够，没有办法才学了考古学。"

穆律师本来就是一个滔滔不绝、高谈阔论的人，这可能是律师这个职业的通病，几乎很少看到哪个律师不这样。如果律师不是这样，只能说明有两种可能，一种可能是，他是律师中的绝顶高手，很多年前已经把自己宣传得很充分了，再宣传就是一种负担了。另外一种可能就是，这个律师本身不善于宣传，不是一个成功的律师。不过，是否是好律师和朱明晨关系不大，他只是想为姑姑找一个治病的渠道。毕竟小时候父母闹离婚，他还在姑姑家里住了很长一段时间。

穆律师可能处于绝顶高手律师和不成功律师之间，见有些傲气的朱明晨都捧他，也顺坡下驴说："朱教授，你们这个专业可真不错啊，我对考古还挺有兴趣呢，有什么事情还要请教你。"

朱明晨连忙说："大律师客气，见面就是缘分，能在修行中认识就更是缘分，互相留个联系方式吧。"就这样他和穆律师认识了。当然，朱明晨醉翁之意不在酒，而在穆律师的老婆。更为准确地说,在于他老婆的职业是精神病医生。通过这个穆律师,朱明晨带姑姑找到了他的夫人。这是一个有些丰腴的女人,为人很严厉。好像是被律师丈夫的职业病传染了,她也喜欢辩论。只要姑姑提出不同的看法,她就像机关枪一样嘟嘟嘟地辩驳回去。朱明晨和姑姑赔着小心,如同接受审判一样拿到了药。好在这个女医生开的药如同她的辩才一样,对姑姑有效果。不过,得这种病药不能停,一停药病就会发作。姑姑这些年一直吃药,坚持了下来。

这一年儿童间流行支原体肺炎这种病。儿子的病反反复复,一直好不利索,发烧和咳嗽如影随形。朱明晨和陈美娟要上班,不能整天陪着儿子挂水。没有办法,朱明晨这时想到了姑姑。他知道姑姑还要照顾她的两个只有几岁大的孙子,关键是她的儿媳现在又怀孕了,准备生三胎。姑姑有些老思想,相信多子多福。当然,姑姑的福到底是什么,可能就她自己知道,朱明晨看到的就是她积年累月地替儿子看孩子。这不,儿媳怀孕的月份大了,还有两三个月就要生了。不过,没有办法,姑姑从朱明晨的声音中就知道他遇到了难处,稍微犹豫了一下,就答应来朱明晨家帮他顶几天。他想:"到底是亲人。什么是亲人?关键的时候顶得上的就是亲人。"朱明晨从此以后更加强化了自己的这个认知。是啊,在这个时候,一个可靠的亲人就是救星。看病可以找陪护,多花一些钱不是问题,但关键是没有亲人陪在儿子旁边,这种事情怎么都让人放不下心。

姑姑看到朱明晨,第一眼就感觉这段时间不见,侄子仿佛一棵枝繁叶茂的绿色树木突然进入了冬天,变得枝叶干枯。朱明晨才三十多岁,以前只是一边鬓角有几根白发,若有若无地隐藏在发丛中。但现在他的一边鬓角几乎全白了,另外一边鬓角也是星星点点的,如同原野上开满了白色的小花。他的脸如同霜打的茄子,嘴角的法令纹也变得更深很长,整个人看上去萎靡了不少。姑姑心疼地说道:"孩子,老辈说书人说伍子胥过昭关一夜愁白头,我还不相信,看你这样子,还真差不多。你也要注意身体,有什么事情,姑姑就算年龄大点儿,也能为你顶一阵子。"

朱明晨送父亲的骨灰盒回老家埋葬,但第一天并没有下葬。于是朱明晨当天晚上就在宾馆住下,但几乎一夜没睡,各种梦境如同雪花一样纷纷而来。快天亮的时候他才眯了一会儿,拖着重石一般的身子起床后,发现洗手池上有一只巨大的蜘蛛。这只蜘蛛有八只脚,沾了洗手台上的水,脚上挂着的水珠如同泪水一样,蜘蛛趴在洗手台上久久不去。朱明晨忽然想到是不是父亲还没有走远,化作了蜘蛛来这里看他一眼。他忽然又有抑制不住泪水的感觉,连忙用凉水冲了一下脸,强行把情绪控制住。然后用一个托盘,小心翼翼地把这只蜘蛛移走,如同移走一个沉重的、有思想会说话的生命。

姑姑到家里帮着照顾孩子时,早晨,在家里打印机的纸上,她也发现了一只巨大的蜘蛛。她连忙把这件事告诉朱明晨,朱明晨过去一看,果然是一只蜘蛛,它如同一朵墨菊,寂静地开在一张白纸上。这个时候距离父亲去世已经快一个月了,朱明晨忽然又回忆起那个可怕、悲惨的夜晚。儿子喜欢小动物,如果在以前,他一定会把儿子叫来一起看看。不过,叫来儿子可能会让自己又陷入那件往事。他考虑了一下还是放弃了叫儿子。他只是把之前在宾馆里看到蜘蛛的事情告诉了姑姑。姑姑听后叹了口气说:"唉,这有什么办法呢。你爸走了就是走了，人死不能复生。"

三

距离儿童医院还有几百米远，过来看病的人就乌泱乌泱塞满了大街，好像全国生病的孩子都到这里来了，有的是爸妈抱着，有的是爷爷奶奶外公外婆用童车推着。来看病的人和蚂蚁一般到处都是，远远的就让人望而生畏。还没有给孩子看病，朱明晨就差点儿犯了密集恐惧症。这简直不是来看病，而像是来经历一场大逃难。

在这个巨大的儿童医院里面，到处都像在大海的浪花中翻卷一样，从院子翻卷到大厅一楼，从一楼翻卷到顶楼。到处都是人，到处都是咳嗽声，如同除夕夜的爆竹声一样此起彼伏。在这里，被冠以儿童之名的小病人接受着看病的考验。

在这座巨大的医院熔炉里，接受考验的不仅是这些孩子，还有这些孩子的爸爸妈妈、爷爷奶奶、外公外婆，以及各种亲属，甚至连医院的陪护也在受考验。有人由于工作忙，花钱请这些陪护陪着孩子看病，因此他们需要每天在这滚滚人潮中翻卷。孩子病了，钱又花了，大多数雇主的脾气往往比平时大了不少，这份钱陪护挣得也不容易。

医生和护士也是儿童医院这座熔炉的受害者。有的医生一天需要看几百甚至上千个病号。医生不像是肉体的人，好像成了钢铁制成的机器，他们需要在最短的时间内判断来自本市和附近省市的小病号们的病情。

护士和蜜蜂一样来回穿梭，她们拿着医院最低的工资，却出着医院里最大的力气,至少在体力方面是如此。护士们的嗓子都是嘶哑的,不知她们喊了多少声,不知她们对病人家属一天内要苦口婆心地解释多少次,也不知她们经历了多少次和病人家属的争吵。

陪姑姑给儿子看病的第二天,朱明晨感觉自己如同被卷入了无边的巨浪中,他头晕眼花,简直快要窒息了。他本来肠胃就不好,一着急症状就会加重,他只能强压着恶心,没有呕吐。当然,他要吐的可能是血。现在他知道了身体的重要性,因为一个好的身体不仅是为父母准备的,也要给孩子预留。"这个世界还有救吗?"不知为什么,朱明晨竟然从胸腔里蹦出这句话。

他现在知道了父亲的难处。当时,父亲已经油尽灯枯,已经对医院感到十分厌倦,甚至是达到了恐惧的程度。在他因为要上课而没法带孩子去医院看病时,父亲挣扎着带着孩子去了一个人少的医院,而不是这家更加专业的儿童医院。对此,他当时心里还有一些埋怨。

姑姑身体也不好。她这个时候还是把朱明晨看作孩子,看到朱明晨脸色不对,就对他说:"明天我带孩子进医院看病,你就别进医院了,开车在医院门口找个地方等我们,有什么事情我打电话找你。"

朱明晨说:"姑,这个医院看病的人这么多,流程这么复杂,很多操作都只有电子流程,你自己带孩子看病能行吗?"

姑姑说:"我整年看病看习惯了,虽然对省城大医院的流程不太懂,但摸索着来估计也行。实在不行,我就问别人。你放心好了,不要管了。"

四

父亲去世后，朱明晨的生活习惯改变了很多，连陈美娟都感觉很奇怪。她说："以前你不是习惯整天把书房门关着吗？一个人在里面好像炼丹似的，我们没事都不让进。现在怎么总是敞着门呢？"

朱明晨说："最近写东西没有灵感，我想吸收一下儿子的灵气，找一下灵感。"

陈美娟说："呵呵，怎么变了？不是宝宝一进你的书房你就嫌吵闹吗？"

以前，朱明晨不大喜欢陈美娟带着闺密朋友之类的到家里来。不过，现在他知道以他自己的能量，可能没法把这座房子的人气升起来。他就主动对陈美娟说："你以前不是说带那个闺密到我们家来玩，让我给介绍个男朋友吗？问问她这个周末有空吗，有空的话请她到我们家做客。"

陈美娟诧异地看了他一会儿说："不知最近你怎么了，和以前相比变化有些大啊。好吧，我闺密要才有才，要貌有貌，可惜现在的男人瞎眼的太多，没有人看到。你一定要给她介绍一个好的啊，看看你朋友中有没有合适的。那些狐朋狗友就算了，别浪费时间了，免得我以后不好交代。我闺密也该找个男朋友了，我们孩子都这么大了，她还跟没有睡醒一样。"

朱明晨最近和陈美娟说的话好像比以前多了一些。当然，有些话他是勉强说的，以前他感觉说这些话就是浪费时间。他说："你应当让你那个闺密有情趣一些，多拍一些美颜自拍照发到朋友圈里。我看她整天在朋友圈发一些她拍的大桥的照片,大桥有什么好拍的,男人一看这个,根本不会对她有兴趣。"

陈美娟不满地瞪了他一眼:"拍大桥怎么了?说明有艺术细胞,说明摄影水平高。不是男人看不上她,是她看不上那些无趣的男人,说明她没有遇到有趣的灵魂。"

朱明晨说:"有有趣灵魂的男人还有多少呢?男人喜欢的都是女生的颜值。实在不行的话,你闺密在朋友圈展示一下做饭的才艺也可以,这样也有吸引力。"

以前中午朱明晨只要在家里,就会睡个午觉,有时有人敲门都听不见。但是,现在只要家里没有其他人,他就不敢在家里睡午觉,阴天时更不敢。以前可不是这样的,阴天是他最喜欢睡午觉的时候。那天陈美娟出门没有带钥匙,回家时怎么敲门都没人开门,她没有办法,只能打朱明晨的电话。过了好一阵,朱明晨才睡眼惺忪地从停车场过来了。

陈美娟有些生气:"我以为你在屋里睡死了,怎么这么长时间没有人回应!"

朱明晨火气一下子上来了,以前陈美娟也说过这种话,他也没有这么敏感,不知为什么,他现在就是不能听别人提"死"字。

但是,现在家如同一座摇摇欲坠的大楼,不是发火的时候,他强忍着把火山一样的怒气压了下去,过了好久还能感觉到内心仿佛被火焰灼烧过一样。

他说:"我在车上看书,看着看着就在车上睡着了。"

陈美娟有些狐疑地看着他,她感觉到在朱明晨身上发生了什么,却不知道到底发生了什么。

第十八章

叔叔啊叔叔

一

朱明晨正心烦意乱的时候，手机响了，他看了一下号码，是老家的村委会主任打来的。他皱了一下眉头，口里不知是骂谁，最后还是接了。真要论起来，打电话的人还是一个与他有点儿血缘关系的堂叔。

村委会主任好像有些不好意思，赔着笑说："不好意思，侄子，又打电话打扰你。本来是打给你姑的，她不接。没有办法，我还得找你。"

其实，村委会主任说到这里，朱明晨已经大约猜出他打电话的原因了。他父亲当兵转业到省城当工人，又在这里安家落户以后，在老家农村的亲人就剩他小叔了。这一定是因为小叔又出事了。果不其然，村委会主任说："侄子，你小叔现在的问题，你看怎么办？"

朱明晨有些恼火："他又怎么了？又作什么妖了？"

村委会主任说："你小叔不是被送进养老院了吗？还别说，这件事情只有你能办成。他本身是不符合进养老院的条件。他不是有个女儿吗？女儿虽然跟着你改嫁的婶子走了，但只要他女儿没有把户口迁走，就算他有儿女。这不，村里这两年不断研究上报，但他的五保户，因为还有低保，一直批不下来，最后还是你出马才解决的。"

朱明晨强压着心里的不耐烦，有些敷衍地说："这也没有办法，他和我爸是一个爹娘，有血缘关系，她女儿不愿意帮，我这个做侄子的再不帮，其他人谁会帮？总不能看着他病死饿死吧？"

感觉村委会主任在电话那头点头如捣蒜，回应道："是，是，还得说侄子是大城市的人、大教授，做事有肚量。不过，你小叔最近出了些问题。他被送到养老中心后，一开始倒是挺好，但可能因为一直没人看望他，他心里不舒服，开始找养老中心的麻烦。他经常不是骂同住一个房间的其他老人，就是骂护士，这可咋整？另外，他的低保还没有办下来，养老中心的领导问我什么时候能办下来，这是有想法呢！虽说你小叔的低保办下来后，钱也不多，不过，也可以勉强折抵一些他在养老中心的开销。这个养老中心是整个县最好的，但私人投资占了大头。如果你小叔家里人每月不交一部分钱，养老中心就挺为难的。当然，这是看着你的面子县里给安排的。否则，别说进不去，就是进去了也早给赶出来了。"

村委会主任停顿了一下，有些自作聪明地说："侄子，我不知你听明白没有，其实，我觉得养老中心领导向你小叔要钱，还是和他最近在养老中心闹事有关，人家就是想借着这个机会把他赶走。"

朱明晨听着村委会主任的絮叨，内心的火焰忽然腾腾地燃烧起来。他深深吸了一口气后，把这股怒气吐了出来。这是他从一本书中看到的经验。这个小叔，真是好了伤疤忘了疼。就在几个月前，他听说小叔病情严重，关键是没有吃的，也没人给他做饭。当时是夏天，按照这个村委会主任的说法，估计再这样下去，小叔恐怕要听不到来年春节的爆竹声了。朱明晨无奈，只得想尽办法，把小叔安排进养老中心。

二

小叔曾经是家族里的骄傲，至少他在儿童和少年的时候在祖父眼里就是如此。弟兄三个，他是祖父最娇惯的一个。本来他有不错的前程，但他好像和自己有仇，专门跟自己过不去。小叔人很聪明，读书读到高中，正好那些年不重视文化水平，高考也停了，他就没有读大学，祖父就让他去当兵。那时高中学历的军人不多，本来小叔在部队里很受领导重视，当时都准备提干了，但他却嫌在部队里苦，在那里只坚持了一年多，就强烈要求退役。回到老家后，小叔也受到重视，因为他当过兵，又有高中学历，大队就让他做民兵连长，让他用在部队里学到的东西来保卫村里的财产。他却趁人不注意，把村里的鲜玉米掰下来喂自己的猪，结果被公社里的干部发现，民兵连长也就干到头了。

小叔人长得帅，这是上天白白送给他的礼物。他就是到了六十多岁，在没有生病前，也是腰杆挺直，一头黑发，打着发蜡，头发向后梳着，穿着大衣迎风招展，远远一看，好像老了的电影明星一样。小叔年轻时更是一表人才。他在农村的一众男青年中，好像被谁凭空拔擢了，显得比其他人更加耀眼，这让他在当地的婚姻市场具有更大的竞争优势。小叔找的老婆也是附近十里八村里最漂亮的。小婶子是公社里演节目的姑娘中最好看的那一个。

本来小叔强壮、聪明，如果在农村好好劳动，或者做做小生意，就可以过上不错的日子。不过，祖父当年溺爱和纵容他，让他和劳动成了死对头。小叔整天想一些歪门邪道，靠着赌博过日子。小婶子如同猪肉熬油一样，和他一起，坚持了快二十年。一开始小婶子怀不上孩子，还认为是因为没有孩子，小叔才不收心，不好好干。等到她生了孩子，小叔还是如此。在女儿七八岁的时候，小婶子终于忍无可忍，义无反顾地用担子把女儿挑上，改嫁到远处的一个村子。

父亲年轻的时候就离开了老家。朱明晨也没有在老家的村子里生活过，本来和老家也没有多少感情。他有感情的就只有祖父，这是他的根。如果根动了，上面的枝条就会动。他对祖父有感情，祖父又对小叔付出了全部感情，就是因为这种间接传递的情感关系，他有时也会接济一下小叔。

祖父活到了九十六岁，在去世前的几年里，他其实是知道自己时日不多了的，于是在朱明晨去看他的时候，专门叮嘱："孩子，你不要操心我了，我都这个岁数了，马上到一百岁了，还不知足吗？如果你操心爷爷的话，就在我走了以后，多关照一下你的小叔。"朱明晨点头答应了，说："爷爷，小叔这么大的一个人，有手有脚，饿不死的，再说，我也会帮他。"

小叔确实饿不死，却可能病死。如果没有病，他一个人手脚灵活，做什么都不成问题。不过，他生了病，还不止一种。小叔的病历本朱明晨看过，一共五种病。这么多的病如同锋利的斧头，每种病砍他一斧头，他也受不了。过了几年，他挺拔的身体就成了摇摇欲坠的大树。

在没有生病之前，小叔说话很狂，没事还喜欢喝两盅。没有喝醉之前，他是世界的；喝醉后，世界是他的。他家就他一个人，他就住在一个一千多人的大村子里，还住在村子里最热闹的大路边上。他的口头禅是："看着你们都很能，你们出力出了一辈子，我一天力都没有出过。你们出力做牛做马都给谁做的？给你们儿女。我从来就没有想过这些，过一天算一天，哪里死了喂哪里的狗，死了后我就不相信这个社会里没人埋我。"

持续几年的疾病让小叔的力气和口气都小了很多。在病最重的时候，他在家里整日整夜地叫喊，嚎得四邻不安。不仅邻居没法安宁，就是他们养的鸡，听说那段时间里下蛋的数量都下降了不少。他家大门外就是大街，那里人来人往，不少人的耳膜都因此受了伤。有人就打电话给小叔的女儿。她已经结婚，日子过得还算可以。她说爸爸小时候没有照顾过自己，等到病了要养老了才想到女儿了。众人好说歹说，她才勉强来过几次。

这朱明晨能理解。种什么种子，就结什么果实。关键是小叔种的种子和他没有关系，没有结出果实却要他来埋单。村里的干部特别是那个村委会主任，只要小叔有事情，就给朱明晨打电话。时间久了，就连陈美娟都生气了，她说："朱明晨，嫁给你的时候，以为你就是在省城长大的，从来没有听说过你在农村还有这个亲戚。现在你这个小叔，简直不是小叔，你这是找了一个爹啊。你有什么本事再照顾他？你顾得了那么多吗？我看你连照顾我们家都吃力。"

　　是的,朱明晨认为陈美娟说得有道理,他确实没有义务照顾小叔。不过,他就是一个心软的人,村委会主任一打电话过来说小叔的惨状,他心里就受不了。这就是命,一切都提前安排好了,否则,命为什么被称为命呢?

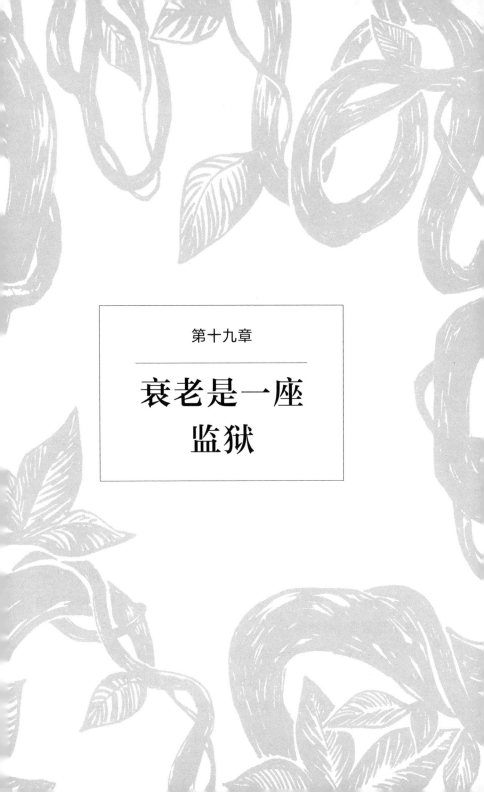

第十九章

衰老是一座
监狱

一

儿子是个好儿子，八九岁就能看出朱明晨情绪不好。在朱明晨做饭时，儿子就感觉到了，他在客厅喊朱明晨："爸爸，爸爸，我给你跳个机器人舞。"

朱明晨围着围裙出来，看到儿子如同机器人一样，手脚一伸一缩，动作夸张而滑稽。这是儿子自创的，没有被干预过的痕迹，如同被河水推动的鹅卵石一般可笑地滚动，有一种天真自然的好笑。加上他也想逗儿子，朱明晨就哈哈大笑起来："儿子，我要是像你这么甜就好了……"这句话他连着说了两遍，差点儿又把心酸事勾出来。他勉强压住哽咽。

是的，如果自己能对父亲说这么暖心的话，有没有可能那件可怕的事情就不会发生呢？如果说最后一根稻草可以压垮骆驼的话，那拿掉那根最后的稻草的话，骆驼是不是就能坚持下去了？

儿子说:"爸爸,这是你最近笑得最开心的一次,每次你想爷爷了我就给你跳舞哈。"他在屋里走动,儿子围着他转,像一朵向日葵对着太阳似的。现在,朱明晨感觉儿子和自己到底谁是太阳,谁更能温暖谁,还真的不好说。

朱明晨心里一颤,他没有敢顺着说下去,而是把话岔开:"儿子,这个周末我带你去海边玩,我早就答应夏天带你去海边玩沙子,现在都冬天了,沙子都不能玩了。不过天气好,我带你去看沙滩和海吧。"

孩子的机器人舞像是一根火柴,在没有边际的黑暗中一闪,点亮了朱明晨的内心片刻,可是,这个火焰太小了,很快朱明晨又陷入黑暗之中。

朱明晨问儿子:"儿子,你爱我吗?"

他不知为什么问这句话。当然,儿子也经常问自己这句话。那时朱明晨想:是不是儿子感觉不安全了,要朱明晨保证对他的爱?而此刻朱明晨却想:那么,自己在儿子身上能获得安全感吗?这也不好说。

儿子说:"爱,你是我爸爸,我不爱你爱谁?"

朱明晨说:"如果你长大结婚了,还爱我吗?"

儿子迟疑了一下说:"我当着我老婆的面说爱她。她不在的时候,我就爱你。"

朱明晨被孩子的话逗得笑了一下。现在的孩子比自己小的时候聪明太多了,这个回答基本上是满分。

他接着问:"儿子,我现在这么爱你,等我老了后你会孝顺我吗?"

"那时候我如果有钱就孝顺你，没钱怎么孝顺呢，对吧?"没有想到现在八九岁的孩子这么理性。

朱明晨看着儿子，恍惚间好像看到了自己几十年前的模样。不过，那时他没有儿子这种思考能力，现在孩子的成熟程度让他很是吃惊。但有一点他对儿子有信心，就是儿子以后至少在精神上要比他富足。

童年是一生的家园。童年时，儿子沐浴过那么多爱的阳光。这里有爸妈的爱、爷爷奶奶的爱，让他浑身充满热量，可以温暖他自己，也希望他可以用余光温暖别人。

二

陈美娟这天难得早点儿回家，这个时候她洗过澡，吹完头发，浑身还冒着混合着香皂气味的温暖湿气。这让家里的气氛温馨了不少。朱明晨看看妻子修长健壮的大腿，再看一下她的脸，漂亮还是漂亮的，不过，到底还是老了。妻子初中时进过校体育队，身材明显比同龄人更好。不过，到底是三十多岁的女人了，她的皮肤又有些黑，化妆后看着还算洁白秀气，在家里洗完澡后，就可以清楚地看到她的眼角纹向着四周悄悄爬行，如同一个美丽瓷器的细细裂纹，盘踞在眼角。如果在灯光下仔细看，还能看到她脸上逐渐粗大的毛孔，这些都是人逐渐变老的小符号，只有距离最近的人才看得清楚。不化妆让女人真实的面容暴露出来。看来，对于一个女人而言，化妆前是一个人，化妆后是另一个人，尽管陈美娟没有那么明显。

不知为什么，朱明晨忽然想起那个熟人穆律师。这个人是个纯粹的北方人，却北人南相，男生女相。他有些南方人小巧的模样，眼睛不完全睁开时，看着有些斯文秀气，眼睛一睁开，一眼就能看出浑身透着精明。

穆律师是朱明晨修行时认识的朋友，不是考古界的。一次闲谈时，穆律师讲过他以前代理过的一个案子，朱明晨一下子就想到了妻子。

穆律师说："以前我代理过一个有关组织卖淫罪的案子。男老板是某省的，这个省的人是全国最喜欢做这种生意的。女老板是他同乡，人长得漂亮，细长腿，翘乳房，妆也化得精细，反正是男人一看就会产生冲动的那种。"

朱明晨有些好奇："难道老板娘也从事这个行业？"

穆律师说："你不要多想，女老板并没有亲自下海。她只是在那个会所负责现场管理和财务之类的东西。"

朱明晨问："那怎么查到她的呢？"

穆律师说："警察调查这种事情还不容易？估计是有人先进去假装干这种事情，发现问题就通知外面埋伏的警察。这种事情没得跑，警察当场就把女老板抓住了，另外还有十几个女技师。也算是一网打尽，无一漏网。这个女老板也算对得起老公，一个人把案子全部担了下来。本来这个会所是她老公开的，老公是真正的幕后老板，一个女人家，她懂得什么？"

朱明晨说："确实，没有供出老公还算不错了。夫妻本是同林鸟，大难来时各自飞。她单独飞不了，不过，没有牵连老公，也算是百里挑一了。"

穆律师说："她老公对她也不错。这个女老板被抓到看守所后，男老板心疼啊，老婆和他才结婚没几年，很快就委托我代理这个案件。当我到看守所会见这个女老板时，差点儿不敢认。我以前和她吃过饭，这个穿着黄马甲，头发和茅草一样的中年妇女真是那个风姿绰约的性感女人吗？我就问她：'进来这段时间，怎么成这个样子了？'她说：'生病了，发低烧。'"

朱明晨问："这个女老板后来怎么出去的？判了多长时间？"

穆律师有些得意地说："我看到这个女人这么可怜，就发了一下力，三个月就让她出看守所了。法院正好不多不少判了她三个月。等到女老板出看守所两周后，两口子感激我，就请我吃饭。当时我再见到女老板，又大吃一惊。为啥？女老板出看守所后，又是理疗，又是护肤，又是微整容，结果恢复了原状，又是以前的模样了。"

听穆律师讲得有趣，朱明晨笑起来："看来女人的脸不抗风险啊。"

穆律师说："确实如此，我从这个案子中悟出了一句话：检验女人是否漂亮的机构是看守所或者监狱。这句话谁也不要抄啊，我是有著作权的。谁抄我起诉谁，反正我们做律师闲着也是闲着。呵呵。"

三

看到朱明晨正在和儿子聊什么孝顺不孝顺的事情，陈美娟就插嘴说："你又在和孩子灌输什么封建思想呢？现在什么年代了，还孝顺？孩子到我们家里，让我们抚养，就是我们的福气，什么'我养你小，你养我老'，这都是市场买卖关系，我们没有理由因此道德绑架孩子。"

朱明晨和儿子聊着聊着,感觉心头的雾气消散了不少,心里的窗户也慢慢打开了,突然陈美娟不由分说,用力把这扇窗户一掼,又重新让他回到了黑暗的屋内世界。他暗暗叹息,一个漂亮女人,作为朋友一起闲聊可以,但作为妻子,如果和丈夫三观不一致,那无论这个女人多漂亮,这段婚姻都是悲哀的。他有些不高兴地说:"没有谁是欠谁的。父母并不天生亏欠子女。我这是培养孩子的感恩心,怎么就不对了? 父母也不容易,辛苦把孩子养大,子女难道就没有赡养义务,不需要孝顺?"

陈美娟有些不屑:"你这些都是封建糟粕,谁知道你这么多年都研究什么了,考古把自己考到封建社会出不来了是吧。"

要是按照往常,朱明晨也就算了,这天,不知为何,怒气不受控制,争先恐后地冲出来。他的声音有些生硬,好像不是在和妻子说话,而是在和对方一辩辩论。"并不是所有的传统伦理都是糟粕。传统伦理在于孝,子女以孝为要义,学生以敬师为要义。孝顺本来就是天经地义的事情,现在都成了批判对象了?"

陈美娟说:"这样吧,养儿防老根本就是伪命题,还不如搂好自己的钱袋子,就算儿子背叛你,钱也不会背叛你。你不是喜欢一些古语吗,听说过这一句没有,'亲生子不如近身钱'。"

朱明晨听得心里暗淡无光,说:"父母和孩子的关系那是血脉联系,是人世间最近的关系,真的变得这么赤裸裸了吗? 父母救孩子可以倾家荡产,难道孩子不能倾家荡产救父母吗?"他忽然感觉自己的问句好像就是肯定句,心里嘀咕着:"这还真不好说。"

朱明晨怕母亲在另外一个房间听到,惹母亲多想。母亲现在化疗的效果还可以,就让她心里舒服一点儿吧。他连忙打个掩护说:"别人是别人,我们是我们,对我妈和你父母我们都应当尽孝吧。"

陈美娟说:"我们七八十年代的人,就算再向后推一点儿,八十年代前半段的人,可能是孝顺父母的最后一代人了。以后'孝顺'这个词恐怕只能在汉语词典中待着了。人越老不是越德高望重,而是越来越不值钱,我们还是坦然接受这个现实吧。"

尽管朱明晨有些被妻子说服了,但还是有些愤愤不平地反驳:"难道世道真的全变了吗?现在只是听到有宣传未成年人保护的,根本听不到有关老年人保护的,难道这些专家就不老了吗?"

陈美娟说:"你还整天自吹懂人的心理,这一点还看不明白?儿童为什么要保护?因为越长大越能看到希望。老年人为什么没人说保护?就是因为哪怕被赡养得再好,也是越来越看不到希望的。"

朱明晨说:"谁老了都是一场腥风血雨,都是一场灾难。这里的一个原因就是伦理倒挂。主张父母对子女好,也就是所谓的倒孝,意思是父母要倒过来孝顺子女,子女孝顺父母却被称为老思想。不过,正是这些老思想才能救老人。这么多人想推翻孝道,这些人老了也不是无辜者。雪崩时没有一片雪花是无辜的。我发现现在做父母真的太难了。孩子的孝顺程度远不如从前,自己却要比以前承担更多的责任。可能子女有子女的难处,老年人有老年人的苦处。人生于天地间,本身就是在这种矛盾中一步步走向自己的归宿的。年老是一场残酷的战争。衰老是人生最大的一座监狱,任何人都无法逃脱。"

朱明晨忽然想起一件事情，他对陈美娟说："你那天不应该说我爸年龄大了，过段时间可以考虑送社区养老中心的事情。我爸听到了，这也可能是他出事的导火索之一。"

陈美娟突然有些怒气，斥道："你整天说这个事情，还有完吗?!"屋子里一片沉默。这时已经进入了初冬，能听到窗外梧桐树的叶子很响亮地落在了窗台上。

这一天晚上，朱明晨忽然感觉自己有些老了，老了的标志就是开始为年老这件事情做准备了。其实，他以前认为老还是一件很遥远的事情。尽管和陈美娟的夫妻生活少了一些，不过，他在很年轻的时候就对这方面不是特别热衷。他摸了摸自己的肱二头肌，里面还有跃跃欲试的力量。虽然结婚不少年了，但他身体还没有发福，头上既没有成为不毛之地，也没有成为地中海，只不过前面的毛少了一些而已。

那么，父亲是什么时候真正感觉到老的呢？在去年，全家一起出去游泳时，虽然父亲有些发福，但他身上皮肤的光泽还算是正常的。

父亲怎么就忽然老了呢？其实在父亲生命的最后那段时间，朱明晨才发现父亲经常跌坐在沙发上，本来他们家的房间透光度就不好，这时整个房间就更加显得暗淡无光。朱明晨有时甚至有些不高兴，感觉父亲怎么给家里带来这么多的暮气。

父亲在某天夜里忽然摔倒，巨大的声音不仅震醒了地板，而且把朱明晨从一种相信父亲还是他的依靠的梦中惊醒了。他开始张罗给父亲买轮椅，父亲说不要。再说买拐杖，父亲并没有明确反对，不过，他感觉父亲对这个是有抵触的。不仅是父亲抵触，朱明晨自己内心也有些抵触。他没有想到父亲在这么短的时间内以一颗彗星滑落的速度衰老，以他无能为力、无法挽回的速度衰老。

前段时间父亲出事后，姑姑到家里帮着朱明晨照顾孩子。以往朱明晨心里把姑姑看作一个没有多少见识的长辈，可如今，当几乎无人可以倾诉时，姑姑却成了他倾诉的对象。他会想起父亲在三个月内迅速衰老的事情，对姑姑喃喃地说："姑，人千万别老，人老了难过啊。"姑姑说："以往老辈人就说过，只过年轻别过老，谁想变老啊。"

第二十章

自救与他救

一

人有时候真的是无奈的产物。家庭也是，如同一台机器，想要运转良好，那么，机器上的各个零件都需要配合。如果只有一个零件运行，那么无论这个零件再怎么努力，也是不行的。

在父亲出事之后，朱明晨反复问自己，如果自己做得再好一些，说话再温和一些，是不是就不会发生那件可怕的事情。但是，所有的因素凑在一起，确实没有办法。妻子整天在外边忙着，也不知忙什么，那么多的事情压在自己的身上。父母没有生病之前，能够给自己搭一把手，自己还感觉不到什么。不过，在父母都生病之后，就感觉家里的天空都是暗沉沉的。特别是孩子现在身体不好，自己简直就像被推向一片看不到尽头的大海。以前他还觉得只有一个孩子太孤单了，等自己和妻子老了，儿子却没有伴。父母以前也有再要一个孙子或者孙女的想法。现在，他感觉自己这种想法太不自量力了。如果父母不帮忙，一个孩子就会让他手忙脚乱。他终于明白现在大城市的年轻人为什么不想要孩子了。爸妈是双职工，孩子生病时，如果没有老人帮忙，就真的会难以招架。如果有两个或者两个以上孩子，那简直就是灾难。

特别是现在的孩子都养得精细，也不好管。朱明晨小时候算是自控能力不行的，尽管儿子比自己聪明了很多，但在这方面儿子却连他小时候都不如。现在很多孩子都是游戏的奴隶，和游戏的感情超过父母。有次他看见儿子的身子埋入电脑游戏中，就问儿子："儿子，你和谁最亲？"

儿子回答："第一，游戏。第二，爷爷。第三，你。第四，妈妈。第五，奶奶。"

朱明晨不知为什么忽然有些生气，说道："那以后你管游戏叫爹就可以了，让游戏陪你吃饭、睡觉，管你上学和放学。"

现在的孩子情商都高，看到朱明晨脸色不好，儿子马上转过话头说："老爸，我开玩笑的了，当然和你最亲。"

现在去医院，都是电子化操作流程，让父母两个六十多岁的老人在医院里看病，无疑是让他们太空漫步，他们根本摸不清方向。结果，朱明晨就得抽出更多的时间去陪老人看病。本来在单位里就积累了不少怨气，这样一来，就不免把怨气撒在父母的身上。是的，这是能够控制的，不过，换位思考一下，时间长了，怨气也是难以避免的。毕竟他是人，不是机器。

朱明晨看到了问题所在，不过，以他的力量却很难改变，如同一个人从悬崖上坠落，明明知道掉到下面就是灭顶之灾，却无法改变下坠的趋势。

二

父亲走后，朱明晨感觉自己的身体开始脱离大脑，或者说思维走得太快，肉体的脚步跟不上思维的步伐了。

他开始寻求其他方式解救自己。在这方面，他认为修行更容易解决思想问题。他感觉只有修行才能让他从这种处于死亡边缘的心境里超脱出来。否则，他可能就会窒息而亡。

朱明晨不知从什么时候开始，感觉自己心中埋伏着一头野兽。到底这头野兽是后天生成的还是遗传来的，他不好确定。他考虑到父亲性格比较温和，觉得不可能是从他那里遗传来的。如果一定要说是遗传来的话，他觉得是来自母亲。她的嫌疑最大。

在心情好的时候，他感觉自己和其他人没有什么两样，甚至比一般人还要文质彬彬，更有同情心。不过，在特别不顺利的时候，朱明晨就感觉那头野兽正不受控制地从心头蹿到口腔那里，好像要一跃而出。

朱明晨是在寺庙里做义工时认识穆律师的。朱明晨修行的事情，在他的熟人圈子中，是很难向人说的，他不想表现得太像异类。就算对吴有期说，吴有期也可能会觉得他有些不正常。那么，这么多的内心困苦，能找谁聊呢？在他的脑海里，这个念头转了无数圈，突然，他灵光一闪，想到了穆律师。之所以如此，是因为穆律师对他来说算是圈外人。他不想自己的这种私事被包括同事、朋友在内的熟人知道太多，他们属于圈子内的人。而穆律师毕竟和他的同事、朋友几乎没有交集。

听说，穆律师早年接过一个破产的大案件，赚了一笔钱。后来，他工作后考博，竟然考上了省城的博士。那时房价还不太高，他就用那个大案件赚来的律师费买了两套房子，直接门对门，以后两个儿子一人一套。

他家的这两套房子装修得很上档次，地板、家具都是红木的。他说过，这些都是能够传给子孙后代的，现在看着贵，如果把眼光放远到一百年，就会认为一点儿都不贵，再远就更不贵了。

可以说，人在时上，鳖在泥里。那几年穆律师运气好得惊人。这些运气的结果包括接案子的收入、买的房子、获得的博士学位，以及毕业以后能留省城的待遇——穆律师把别人一生都实现不了的目标在几年内全都实现了。这是好事，但可能也是坏事。用穆律师夫人的话说，自从那以后，穆律师就不求上进，开始不务正业，没有奋斗目标，而是开始修行。

穆律师平时对案子想接就接，有一点儿不高兴就不接了，这得看他的心情。本来律师是乙方，都被他玩成了甲方。只能说这个人有格局，至少对钱没有太大的追求。按照他的话说，反正钱再多，也成不了富豪，再少，也穷不了，够吃够用，吃喝不愁就行了。用一句流行的话说，他这叫实现了财务自由。

穆律师留着一个光头。这个光头有讲究：他头的一半败了顶，于是他顺带把另外一半的头发给刮掉了。他的光头不知为何弄得那么干净，估计连苍蝇都不敢爬上去，上去都会打滑，会失足跌倒。他还没有到五十岁，脸上的肉已经不紧绷了，而是有些软绵绵的，有点儿未老先衰的状态。他整天都待在家里顶楼改造的茶室里喝茶，他家那闪闪发亮、光可鉴人的红木地板，能映出他怡然自得的笑意。一般人都认为他已经无欲无求了。他整天戴着佛珠，口中的话却是道家的清静无为,怪不得有朋友开他玩笑说:"老穆,看你这状态,早不和嫂子一起睡了吧?"他呵呵一笑说:"那玩意儿,早就不想了,那是低档追求。"

朱明晨是通过穆律师认识吉师兄的。本来朱明晨想在修行方面请教穆律师,特别是想请教一下如何摆脱最近的困境,怎么找到出路。这个穆律师果然是修行中人,很是坦诚,他说:"朱老师,你想修行,我这点儿水平教你还是差一些火候,我给你推荐我的师兄,他姓吉,吉利的吉,这才是高人。"

朱明晨说:"穆律师,吉师兄怎么个高法,你能不能说说?"

穆律师说:"吉师兄和我拜了同一位师父,我入门比他还早一些。不过,人家的道行比我高深。说来也很惭愧,老师都是一样地教,也没有看到专门给他开小灶,但人家的领悟能力就是不一样。我们都还懵懵懂懂的,人家吉师兄就能单独到处去讲课了。这就是人的悟性的差别吧。"

穆律师把朋友圈中吉师兄在全国到处讲课的照片转给朱明晨看。在这些照片中,吉师兄真是神采飞扬、气度不凡,他穿着白色的中式长外套,在讲课时,下面的听众最多时看着有几百人,众星捧月一般围聚在他的周围。穆律师对朱明晨说:"你不要看这么多徒弟,真正学到东西的却不多。这些徒弟都非富即贵,当然,现在赚的都是辛苦钱。这些有钱人钱多,精神压力也大,听他讲道,很多人只不过是想寻找一个心理安慰。"

朱明晨问:"听吉师兄一节课要多少钱?"

穆律师说了一个让朱明晨有些瞠目结舌的价格:"一节课五万,当然,如果听一周,还会适当优惠一些。"

自己一节课才四十元,朱明晨以为自己没有听清楚,又问了一句:"多少钱一节课?"

穆律师又重复了一次,看到朱明晨有些吃惊,他笑着说:"朱老师,你放心,吉师兄是我师兄,又没有外人,不会收你费用的。我找一个会所,到时你请喝茶就可以了。"

三

三天后,按照穆律师提供的地址,朱明晨开着自己二手的小车,提前半小时到了那个会所。朱明晨从前任主人那里把这辆车买过来好多年了。车的后座两边都有些破损,皮革绽开,好像是时髦青年穿的牛仔裤的裤脚,在那里招摇,显示自己的与众不同。不过,毕竟开这辆车的时间不短了,也开出感情来了,朱明晨就没有打算把它换掉,为此陈美娟说了他不少次。当然,他有个特点就是怕麻烦,这也是他不换车的原因。有时候,他想,之所以还和陈美娟在一起,除了因为孩子,主要原因和他不换车的原因相似。

这家会所并没有想象中的灯红酒绿。可能是因为中午,路上看不到什么人,长长的砂石道路开到尽头,两边都是种植了多年的树木。停车的地方有辆车豪华一点儿,另外一辆小车则是很普通的大路货。朱明晨停车后进到院子里面。院子的中心有一个水池,这时是秋末,水池里面有半池子水被遗留下来,几条金鱼在里面缓缓地游动,好像在梦游。四周有爬山虎稀疏地挂在墙上,叶子将落未落,像人在迷茫之中,有些许绝望,又好似没有完全绝望。这个院子如此安静,如果不是从院子东南角的一个房屋里传来洗碗的碰撞声音,朱明晨还以为自己找错了地方。

到预订的房间时,朱明晨险些和一张柔和的脸碰了个对头,这人正是穆律师。看到朱明晨过来,穆律师满脸笑意地向着屋内打招呼:"吉师兄,朱老师来了。"

吉师兄已经在屋里坐着了,看他的样子,好像比做报告的照片里瘦了一些。他个头不低,从面目上看,感觉年龄并不大,至少没有想象中的修行讲师那么大年龄,好像比朱明晨还小。不过,从两鬓到头顶都白了,如同雪花过早地落满了山丘。这样也好,如果没有白发,又显小,还真容易压不住场子。这种面目年轻而头发花白的外貌,也符合很多人心目中修行讲师的形象。看来人家不仅悟性高,就连长相也适合吃这碗饭。

朱明晨随身带着一个包,这个包是他上课时用的,上面可能在哪里粘了胶之类的东西,其他东西也顺势而为,跟着粘了上去。可以看到包的上面有一些粉笔末形成的斑点,把一个包整得和花斑豹似的。

朱明晨从包里拿出一盒茶叶,这是他的一个研究生送的,他自己不喝茶,就带过来送给吉师兄。看到朱明晨的包,穆律师半真半假地说:"朱老师,你们考古研究院没有那么缺钱吧,带这么个包也太朴素了一点儿,这是砸你们研究院的场子啊,有空我送个包给你。"

朱明晨本来就有些不修边幅,特别是最近那么多事情,让他焦头烂额,连头上的头发都是竖着的,哪有心情关注这些。吉师兄看上去也不太关注这些。看着朱明晨拿出茶叶,他连忙说:"不用,不用,我们在这个会所里还存着茶叶呢。"说着拿过来一盒几种有些名气的红茶混在一起的茶叶礼盒,看来他们是这里的老顾客了。

大家简单地寒暄后,朱明晨把自己这一年里遇到的可怕、悲惨的事情简单地对吉师兄和穆律师说了几句。都是聪明人,也都知道朱明晨内心不愿意揭开自己血淋淋的伤疤。大家也都不刻意,只是一边闲谈,一边由着朱明晨随意说一点儿。

朱明晨说:"我知道修行人都重因果。前段时间,我和考古研究院的一个领导吵架,还对他说,人如果坏事做多了,就会有因果报应。不过,这位领导涵养还可以,似笑非笑地对我说:'因果?现在谁还信这玩意儿?'我也发现,我们考古研究院里不信因果的人反而过得挺好。我看过一本书,印象比较深刻,书中说范缜曾与竟陵王萧子良辩论,内容就是驳斥因果报应。萧子良问道:'你不信因果,世间为什么会有富贵和贫贱的分别呢?'范缜答道:'人生在世,就像同一棵树上的花,有些落在厅堂,有些落在粪坑,虽贵贱不同,却无因果报应。'这看似也有道理啊。"

吉师兄微微一笑说:"不信因果则无敬畏。因果存在于世间万事万物万理之中,这是毋庸置疑的。信因果的人,至少能够保住底线,能够做到善意待人。就拿你自己为例,你现在可能处在一生中最艰难的时期。如果仔细想想,就会发现可能有因果蕴含其中。即使草蛇灰线,线索不明,不明不是代表没有。你小时候的遭遇可能就和现在的遭遇相连,你的性格可能就和小时候的遭遇有关,而你的性格也可能是导致你目前状况的原因之一。如果你的性格再温和一些,可能就会有不同的结果。"

朱明晨停下来想了想。最近经历的事情,千头万绪,如同夏天傍晚的飞蛾乱飞,根本没法找到线索。他感觉吉师兄说得有道理,也依稀能看到其中一些端倪,但是一时无法抓住。

　　一些话他不想说，这源于他发自内心的抵触。这一年里他经历的事情太多了，想得太多了，好像吃多了厌食一样，想起就有些恐惧。但是，他还得勉强把心里的事情说出来，否则，他专门约吉师兄见面就没什么意义了。

　　如同在险滩激流中拖着缓缓向上游移动的船只，朱明晨说："我曾经有很长一段时间恐惧黑暗，在独自一人的时候，关上门、拉上窗帘就受不了，这可能是小时候的经历造成的后果。本来我结婚生了孩子，父母又和我生活在一起，我感觉安全感回来了。我感觉自己的童年好像是从中年开始的。父母宠我儿子，沾儿子的光，我甚至感觉父母都有点儿宠我了。我感觉那种害怕独自一人待在黑暗地方的毛病好了。没有想到我父亲出事后，这种恐惧像巨大的阴影一样又来了。我怎么才能从这件事情里走出来呢？"

　　吉师兄说："谁都是肉骨凡胎，谁都有七情六欲。人生有八苦：生老病死，爱别离，怨憎会，求不得，五阴炽盛。谁又能免俗呢？我的父亲也刚刚去世，对我来说是一个打击。不过，人活着就是痛苦，就得学会向死求生，苦中求乐。从我父亲的去世，我悟出了一段话，现在也送给你：即境起转境境灭境又生，境境相连念念相续不歇，任安本然自明本亦知幻，知幻离自不动四大解脱，性本空触境缘起妙用明！"

　　朱明晨一时不理解他说的到底是什么意思，旁边的穆律师也有些茫然地眨眼。朱明晨说："我最近对自己进行了心理疏导，说自救也行。我看到别人的父亲去世，人家感觉也没有什么，就好像是秋天到了，果子熟了，熟了落下就可以了。我看到他们最多就伤心几天，很快就像世上没有过他们父亲这个人一样。我也努力想和他们这些人一样，不过，我感觉自己好像是钻进深海中的大渔网里了，怎么也没法钻出来。别人可以，我怎么就不行呢？"

吉师兄说："我们才刚认识，我看你有修行之心。我认为，你根本的问题就是太聪明了。聪明的代价就是太清醒，会看到一般人无法看到的东西，也会承担一般人无法感知的痛苦。"

穆律师在旁边插嘴说："我觉得吉师兄说得有道理，朱老师有时候看事情太认真了，容易把小的事情放大，结果就会陷入这些事情中无法自拔。"

吉师兄说："肉眼看世界，全是名利；天眼看世界，无尽轮回；法眼看世界，皆是因果；慧眼看世界，俱是心幻；佛眼看世界，满是慈悲。你本来并非是非人，却不幸陷入是非事。你站得越高，就看得越远。能否跳出这个圈子，就看你自己的修为。当然，也有天意的成分在里面。"

朱明晨说："这又回到吉师兄刚才说的问题了，性格决定人的命运。这可能有些绝对。不过，忧郁的性格是人的暗伤，这点我感觉绝对没错。我的性格是有些过于忧郁了。在以前，伤口虽然表面上好了，其实，只是没有发炎而已。同样的事情，我大伯在我父亲葬礼上就没有多么伤心。难道他们不是一母所生的？难道他忘记了以前那么多年和我父亲一起的时光？听我父亲说，他和大伯从小到大一直感情很好。怎么大伯行，我就不行？我们家的血缘难道到我这里就分叉了吗？乐观的基因到我这里就变异了吗？"说到这里，朱明晨忽然心里一动，仔细一想，现在儿子的性格还是属于乐观一点儿的，至少没有像他这么悲观。

吉师兄说："我再补充几句。凡有所见，皆是幻象。凡有所闻，皆是幻听。凡有所触,皆是幻物。心生则有,心灭则无。执着和偏执是邻居,一念成佛,一念成魔。朱老师,你要善待自己,却也不要放纵自己。我这句话,你那么聪明的人,应该不会不明白。"

朱明晨说:"我尽量吧,我还是难以理解。我对我爸还是有一定了解的,他是一个很惜命的人,为什么他会走到这一步,难道有什么东西力量这么大,让他连平时最怕的死都不怕了?这到底因为什么?"

四十岁以后,特别是父亲出事之后,朱明晨对自己的人生总结出了一些规律。那就是,尽管从小到大生活都磕磕绊绊,但是还算过得去,生活既不让他完全充满希望,也不让他完全绝望。朱明晨还发现,每当他想在循规蹈矩的日常生活中做出一些不合常规的尝试,往往会发生一个很大的变故,好像是警示,让他及时停止。那么,这个无形的警示者到底是谁?谁在那里不动声色地看着他?

他在十四五岁时,不想读书了,就准备了一些砖头,放在自己的房间内,这是练习劈砖用的。同时,他趁父亲不注意,在床底下准备了一个小缸,里面装满了沙子,每晚用手插沙,这是为了练铁砂掌。

他小时候总受欺负,于是准备练武术保卫自己。不过,还没有练几天,他就遭遇了车祸,伤了手,再也没法练了。父亲那段时间来过他的房间,发现了他准备练习武林绝招的东西,就给没收了,这等于彻底断绝了他练武的念头,可能因此世上就少了一个绝世武术高手。没有办法,他还得接着读书。不过,当时他并不知道这是上天给他的无形警告。

在父亲出事前一段时间，他感觉生活就是日出日落，看到满街的车辆如同蟑螂一样到处乱跑，见到考古研究院的同事为了一点儿利益争得头破血流，说一套做一套，完全没有了知识分子的形象。

那段时间的夜晚，他都会沿着河边那条平时没人的灌木道路行走，保持身体的中正，身体的中轴线保持稳定，让地气贯通自己的经络，这样连续走八千一百步。月光融融，幽深的河水如同无边的玄冥，他想通过河水连通东海。他感觉东海的波浪在体内翻滚，日月星辰在自己体内回旋。

雾气蒙蒙的河对岸，有人影模糊移动，一点儿也不真实，仿佛不是人间。岸边的路灯光跌落到水里，他好似听见这些灯光在求救。不过，这不是他关心的问题。现在需要求救的是他自己。

他双手合掌，如同对天私语。头顶上有一颗孤寒的星，晴天的夜里每次都会出现。他认为这颗星就是他的本命星。他对着这颗星低呼："星啊，星啊，我们分别那么久了，你还会想我吗？"

他头顶上有一棵巨大的柳树，巨伞一样罩着他。这棵树晚上会在风中说话，他却总是失语。在白天，这棵树上经常会站着几只水鸟，有黑有白。如同战士伏击的地点一样，这棵树是附近河里水鸟捕鱼的最佳地点。这些水鸟站在树梢之上，如同老僧入定，风吹也不动，忽然就如同铅锤般掉入水里，眨眼间就叼出一条不小的鱼。这些水鸟之间还会竞争，如同他教研室的同事们，都想占据好的位置。水鸟和人一样，都是为一口吃的在竞争。他惊奇地发现，白鸟只驱赶另外的一只白鸟，黑鸟也只驱赶另外一只黑鸟，白鸟和黑鸟之间从不互相驱逐。难道和人一样，对和自己差不多的有更大的嫉妒心？他开始明白同事们的嫉妒心烧得发烫，展开激烈竞争的原因了。乞丐会嫉妒同样的乞丐，王侯嫉妒同样的王侯，而乞丐和王侯是不会互相嫉妒的。

第二十一章

精神病院
里的恋爱

一

　　一个陌生的电话打进来，朱明晨本来不想接，以为是推销电话或者是诈骗电话，现在这些已经成为他日常电话的主流。不过打电话的人很执着，连续打了三次，估计是真有事情，朱明晨没有办法，最终接了。出乎意料，电话那头说是公安局的。一个浑厚的男声说："你是陈美娟的家人吧？"朱明晨心脏剧烈一跳，心想："这段时间运气不好，难道妻子出差时出什么事情了？"电话里的男人声音倒是挺温和："陈美娟家属，我们通知你一下，陈美娟在宾馆与一个男子非法居住，被公安机关查房发现，你过来把她领回去。"

　　朱明晨眼前一黑，脑子里无数金色的飞虫在飞舞旋转，电话那边的人好像感觉到朱明晨的情绪不对，半天都没有说话，然后带着歉意安慰他："这种事情我们会注意，让影响压到最小范围。你也不要太在意。"这时朱明晨再也拿不住那个小小的手机，他感觉手机至少有上百斤重，手机咣的一声砸在地上，如同一口巨大的铜钟被谁推倒了。电话那边的警察好像还在大声说着什么，他已经不想听了，他大吼着："爸爸，爸爸，你在哪里？有你在，我什么也不怕。现在我该怎么办！"

母亲一脸惊恐地跑过来说："孩子，你爸不在了。"朱明晨不管她，自顾自地说道："我爸没走，我就是爸爸，哈哈，我就是爸爸！"儿子吓坏了，紧紧地抱着他有些僵硬的身子，大声哭喊着："爸爸，你是怎么了？你不要这样，我害怕，我以后听话，不挑食了。我会给你跳舞，你等着，我跳舞了。"说着，儿子开始跳起滑稽的机器人舞。朱明晨却仍在那里吼着："我不是爸爸，我是爷爷。"儿子还在那里机械地跳着机器人舞，他希望他的舞蹈如同一根火柴，可以点燃爸爸这把潮湿的柴草，他还希望朱明晨能像以前那样哈哈大笑起来。不过，天气太潮湿了，火太小了，难以温暖朱明晨逐渐变得僵硬、冰冷的身体。

朱明晨模糊地记得，他是在去年冬天下第一场雪时被送进精神病院的。当时，雪花是盐粒状的，砸在他的头上时发出小小的声音。他当时想，这是下盐了吧。如果加上一点儿油，再放上一些调料，就可以把自己炒着给家里人吃了。

门被推开，两位穿着白大褂、医生模样的男人进来问："这里是朱明晨的家吗？"姑姑暗示般地点了一下头，说："是的。"后来朱明晨想想，这明显就是一个陷阱，是自己的亲人和精神病院合谋设下的陷阱。再回忆时，他感觉当时精神病院的人和姑姑倒是很像地下党接头。

朱明晨的两脚被悬空架起，在他不小心时，儿子的一个塑料玩具被踢得踉踉跄跄地跑出去好几米远。这个时候,他抬头在慌乱中看了母亲一眼,她在厨房那里更是一脸慌乱,眼神如同狂风中不断摇晃的芦苇。看到朱明晨的眼光摇摇晃晃地向她撞过来,她好像想伸出一只手臂,但是,被姑姑拦住了。相比较而言,姑姑更为瘦小,以前真的没有看出来,在关键的时候她竟然这么冷静。不过,这更加深了朱明晨的怀疑,姑姑就是精神病院的卧底,他们合谋来害自己。

恍惚中他听到了抓他胳膊的一个白大褂的身上钥匙相撞的声音,这种声音和手铐的声音有一些像。不知为什么他会产生这种联想。这两个膀大腰圆的男人穿着医生的衣服,却绝对和印象中的医生不一样。这哪里是医生,这是两个相扑运动员。朱明晨好像回到了小时候因为调皮被一个杀猪匠抓起来的那刻。之前他用手指甲划伤了一个女同学的眼睛,这个杀猪匠是那个女同学的爸爸。他整天杀猪,那是什么手劲,何况还有怒气在肺里大力为他提供支援。朱明晨在他的手里,远远不如一头猪,就像一只小鸡,无论怎么挣扎,都难逃被捉住的命运。其实,当时杀猪匠根本没用杀猪刀,只用他那恶狠狠的眼神就把他刺得魂飞魄散了。现在这种感觉又来了。

不过,朱明晨还是有些不服气,两个杀猪匠似的白大褂可以杀他,却不能侮辱他,说他是精神病。朱明晨认为最可笑的是,他的母亲和姑姑也都认为他是精神病。他想:"如果我是精神病,还有谁是正常的呢?"因此,当他被送往省里一个有些名气的精神病院治病时,对那个瘦猴一样的医生,他从内心到表情都是鄙夷不屑的。这个家伙可能是年轻时荷尔蒙分泌过于旺盛,脸上布满了粉刺肆虐的痕迹——一个个小坑。虽然戴着口罩,但他的额头出卖了他,那些小坑如同月球上的陨石坑一样,密密麻麻,一直蔓延到他的额头上。

瘦猴医生对他高深莫测、意味深长地表示:你有精神分裂的典型表现,不过现在还是初期,如果按时吃药,有可能治好。

朱明晨忽然感觉一股气流窜到了脑子的某个部位,这股气让他的话语感觉更加硬挺,更有力度,他的话语如果挥动起来,估计都可以当作棍棒打人。他嘶吼着说:"你才是精神病,你儿子孙子才是精神病,你祖宗十八代都是精神病!"

朱明晨在这以后的任务是,无时无刻不在证明自己不是精神病。你们不是正常人吗? 让我们看看谁骗了谁。朱明晨在这个精神病院住院期间,他家里给请了一个中年妇女做护工。这个护工一看就属于农村中比较聪明的那种人,给他拿药的时候还称呼"先生",不知从哪部电视剧或者电影里学来的。不过,不论喊什么,就是喊"爸爸",朱明晨也坚决不吃药。他采取的是软抵制而不是硬抵抗的方式,就是吃药时把药藏在舌头底下。那些药在朱明晨擦嘴用的纸巾的掩护下,趁着大家不注意,神不知鬼不觉地移动到纸巾里。等护士出去以后,他就以一个优美的弧线把那团纸巾扔进医院那个很大的垃圾桶里。朱明晨甚至能够听到治疗精神病的药物在桶里发出的调皮笑声,以及互相之间的打闹碰撞声。

二

精神病院被四面高墙围住。这四面墙把整个天空整齐地切出一个长方形。虽然只是隔着四面高墙,但里面的天好像比外面的阴暗了不少。高墙上的铁丝网是暗色的,它们失去了以前银白色的外衣,被风雨侵蚀成外表锈迹斑斑的模样。墙上的爬山虎是暗色的。这里的爬山虎明明很茂盛,可能是长久地处于阴影中的原因,并不是绿得发亮的那种。在爬山虎的下面种植的是茑萝,这些植物和四周的高墙连接起来,好似搭了一架架梯子。这种柔软而虚幻的梯子对一些精神病人有不小的诱惑力,听说有几个精神病人想借着这种柔软的植物梯子爬过高墙,结果这种虚幻给他们造成了更大的精神创伤。

院子里几棵白杨树也是灰暗的。可能是这座城市比较干燥的原因,那几棵树的叶子上面总是沾满了灰尘,使叶子更加难以承担其重量,在那里睡不醒似的下垂着。朱明晨住的那座三层小楼是暗灰色的,窗户上手腕粗的钢筋让室内就算开着灯也呈现出让人压抑的灰暗。当然,那座精神病院的病友们更是灰暗一片。如果是阴天,当病人们排着队出来活动时,他们简直像是幽灵。不知是什么控制了这些人的意志,这些人如同提线木偶,像是纯粹的肉体一样在行走。

自从有个姑娘在一楼小草坪翩翩起舞后,整个精神病院的院子开始变得明亮起来。高大的围墙如同强壮的男人臂膀一样变得有了人情味,附近有棵有些枯黄的小树开始变得有了生命力。这个跳舞的姑娘好像变成了整个世界的中心,整个世界围着她而旋转。这个姑娘穿着精神病院里常见的有些宽大的灰色衣服,当她伸展手臂时,上身的衣服就如同仙鹤的翅膀一样优雅地舞动起来。这个姑娘赤着脚,纤细的脚踝在草地上灵巧地移动,就算没有专业的舞台,也没有聚光灯的照耀,她也自带光芒。她把整个院子都当成了舞台，这些精神病人都是她忠实的观众。当然，她的头发稍微有些凌乱，这有什么关系呢？这个跳舞的姑娘头上扎着两根辫子，随着舞蹈，俏皮的辫子也不停改变方向，让她多了几分可爱。

这座精神病院的病人好像都从精神迷乱中清醒过来。当然，也像陷入更深的迷乱中，大家都在近处或者远处看着，停下了手中的动作，如同被催眠了一样。

几个穿着工作服经过的男女医护也停下了脚步，面带微笑，低声交谈着。可能这些医护也认为这个姑娘的舞蹈可以活跃一下这里的气氛，让这个疯狂的地方变得正常一些。可能他们感觉这样会对精神病人的恢复有好处，所以没有进行干涉。这不仅有利于病人的恢复，对于这些医护而言，也会让他们感到更加愉悦一些。这位姑娘完全不像精神病人，她有一个独立的世界。她用舞姿来向世界表达自己的内心。舞姿是她的语言，她用舞姿来表达对自由的向往、对命运的抗争。这真是不沾染尘土的舞蹈，因为这位姑娘是用灵魂在跳舞，她的灵魂是不会沾染上尘土的。这是朱明晨一生中第一次真正感觉到舞蹈的美妙之处。以前，他认为跳舞就是可有可无的东西，甚至还有些轻蔑地说："那是什么玩意儿，蹦过来跳过去的。"如果是男女双人舞，他则更加讨厌："两个人在一起跳舞，都没安什么好心，跳着跳着就跳到床上去了。"

三

在精神病院过了四五个月，现在已经是春天了。由于朱明晨和那个跳舞的姑娘李槿恢复得比较好，因此，他们在不需要家人、护工陪同的情况下也可以独自到精神病院的院子里放风。两个人就坐在这个四面透风的亭子里,完全感觉不到众人的眼光,倒是能感受到四周的春光铺天盖地而来。在高墙内,也可以感受到无边的春天真的来了。

在亭子里,能够感受到高墙外的一株高大的杨树正在抽芽,抽芽的力量让朱明晨感到自己身体内也在生长着什么。如果风向对,向着朱明晨这边吹,他还能闻到杨树嫩芽的味道,和乳汁的味道有些相似,不过多一些苦味,可能是添加了咖啡的乳汁吧。

看不见更远的地方,却可以想象啊。朱明晨知道,外面是一大片田地,去年种的是玉米,今年种的可能还是玉米。日子就是这样,日子后面跟着的还是日子。精神病院建在一片庄稼地的旁边,和一个村庄遥遥相望。朱明晨想到,外面田地的上空一定有几只燕子在一高一低地飞,和他的心情一样一高一低地飞。如果这些燕子归巢了,那就是朱明晨的心到了心安之处。

朱明晨打从第一眼就认为那个跳舞的姑娘不是真正的精神病人,因为他从那么多人中一眼就认出了她。

在精神病院中,朱明晨感觉恋爱也是一件很有意思的事情。反正大家都是精神病,谁看到都没有关系。这里不需要考虑其他人的目光,其他人的目光和没有目光差不多。当然,精神病院的医生和护士都是正常的。不过,这些人也认为,如果不造成什么问题,病人之间谈恋爱是可以的,至少这可以舒缓病人的情绪。他们都知道朱明晨和李槿恋爱的事情。

四

李槿对朱明晨说:"我妈妈是一个生意人,虽然做的是小生意,不过，在我们那里的小镇上，我家的生活还是要比邻居强不少的。我妈在镇子的沿街有两间挨着的店面，一间卖床上用品，一间卖花圈。一边的东西是给活人用的，一边的是给死人用的。床上用品的毛毯在扎花圈时可以作为底座用，死人用的毛毯还要比活人用的贵一些。为什么？因为死人没有机会再用了啊。在进货的时候，两家店面的物品可以一起进货，连运费都节省了一半，你看我妈聪明吧。

"我有一个大家庭。那时候，妈妈做生意，白天忙着赚钱。虽然小钱不断，到底也是心烦。怕孩子晚上起来喝水麻烦自己，就让四个不大的孩子每人晚上睡觉前喝上一大杯水。大弟弟只比我小一岁，从小就很聪明，却有个毛病，就是爱尿床，从小一直尿到十几岁。我和最小的弟弟是在姨家长大的。小的时候，只有放暑假、寒假了，才回爸妈家里和弟弟姐姐一起过一段时间。我在那段时间里，也像大弟弟那样每天尿床。

"你可能知道，在我们那里，女孩子和男孩子天生不属于一个阶级，就是亲兄妹也不行。妈妈重男轻女，大弟弟尿床从来没事，我尿床就被打。没有办法，我只好晚上不喝水。结果晚上渴了做梦都要喝水。妈妈说，她有一天晚上起来上厕所，拉开电灯，发现我躺在那里睡着了，却张着嘴喊'我渴，我要喝水'。"

李槿又说："我是一个'扶弟魔'。"

朱明晨一下子糊涂了，难道自己错了，这个女生的精神病还没有好？怎么冒出这么一个名头来呢？

朱明晨说："你是伏地魔，我就是哈利·波特，我是专门来降伏你的。"

　　李槿微微一笑说："别闹,你少给我来这一套啊。我可是认真的,现在很清醒,没有精神病。我的意思是到目前为止,我很大一部分精力都用于帮助弟弟了,不是大弟弟,而是最小的弟弟。对于我这种姐姐,我弟弟是很喜欢的,但和我谈恋爱的男人可能要避之不及了。谁也不想自己婚后的生活被小舅子绑架。现在人都自私,对不对?"

　　朱明晨说："毕竟是亲兄妹,适当帮一下也是可以的。"

　　李槿有些无奈地说："适当? 远远超过了适当。我从舞蹈学院毕业后,就陷入小弟弟家的泥潭。一生皆由命,半点不由人啊。"

　　朱明晨这时才知道李槿是舞蹈学院毕业的。"怪不得舞跳得这么好呢!"他说。

　　"这有什么用? 如果我不到舞蹈学院学习,就不会认识后来的那个男朋友,也不会在这个城市落脚,就没有后来这么多的事情了。当然,大概率也不会遇到你。"

　　他问："你弟弟是做什么的? 一个大男人难道不能支撑起家庭吗?"

　　她说："我大弟弟一家都跟着爸妈。我大弟弟生了三个孩子,特别是最小的孩子,五岁长得比十五岁的孩子还重,是我爸妈的心头肉。只是我们姐弟俩倒霉,从小都是跟着二姨生活的。因为计划生育,我们那边查得紧,而我二姨家那边计划生育查得松一些。我小弟弟长大后,初中没有毕业就不上学了,在老家也没有发展前途,我爸妈就安排他到省城找我。我后来和那个男朋友分手了,分手的原因之一就是我把生活的重心放在了弟弟身上。你刚才说我弟弟是做什么的,就是做点儿小生意。不过人家在外面吹的牛可大了,到处呼朋引伴、吆五喝六的,好像这个市的首富都不如他。后来,弟弟因为结交了坏朋友,被抓了,法院以诈骗罪判了十年。现在只有我弟媳一个人照顾孩子。”

他说:“一个女的照顾一个孩子是挺辛苦的。”

她忽然声音大了起来:“一个? 你太小瞧我弟弟了,人家生了四个!”

他说:“怎么生这么多? 现在大城市的人不是都不愿意生孩子了吗?”

她说:“那是一些有文化的人不愿意多生,我弟弟文化水平不高,造人的积极性倒是挺高。他们家生了第二个孩子后,我妈说让生三胎,生了后她给带。谁知道我妈放了空炮,就是偶尔给买点儿奶粉,怎么也不帮着看孩子了。这样,养育这三个孩子的很大一部分压力就压在了我的身上。我妈的意思是:你是当姐姐的,这是你亲弟弟,又在省城,你不管谁管? 不管的话,老家你都没脸回去,我老脸也没地方放。”

他说:“生这么多孩子,能养好吗?”

她说:“我弟弟就是在郊区马路旁边租了一间小房子,做点儿小生意。不要说别的,就是路边车来车往的也危险,孩子也难养好。你没有见过那种惨状:夏天我弟弟的门前就是灌木丛,蚊子的嘴比刺刀还厉害,我大侄女十多岁了,还好一点儿,两个小的给咬得浑身像是烂梨一样,谁看了都心疼。到了冬天,十二月份了,我去看几个孩子,他们都还穿着很单薄的衣服,鼻涕流得跟瀑布似的。我没有办法,给每人买了两身棉衣换着穿。”

他说:“你爸妈为什么不过来帮忙照看一下?”

她说："我小弟弟和我长时间住在我姨家,父母只提供生活费,时间长了,感觉父母和我们也没有多少感情。只有我大弟弟才是他们的亲儿子,只有大弟弟的孩子才是他们的亲孙子亲孙女。没有办法,都是同样的父母,但有人命好,就得有人命坏。"

他叹息说："生这么多孩子,确实够你弟弟、弟媳和你受的。"

她说："本来生了三个我就受不了了。没有想到我弟弟和弟媳还生了第四个。当时我看到弟媳肚子大了,就问她怎么回事,她说那段时间营养好,吃胖了。没有想到最后变出一个老四来,简直要把我气死。"

他说："你弟弟、弟媳为什么这么喜欢生呢?"

她说："主要不是因为我弟媳,而是我弟弟喜欢生。他说就是喜欢孩子多,说多子多福,孩子多了,长大后有伴。"

朱明晨听着,虽然这事和自己没有关系,但他已经替这家发起愁来:这么能生,简直是要累死人的节奏。看来不同的人有不同的想法,当你认为这种人有些糊涂时,他对你的看法可能也是一样的。

他说："如果就只是这四个孩子的事,还勉强能过,关键是你小弟弟还进了监狱,这下子你弟媳的担子更重了。"

她说："不仅是她的担子重,我也不轻松,这担子最后也得分到我头上。我弟媳本来想找一个男人,如果能找到,我倒是赞成,考虑到我弟弟的那个性格也改造不好。如果我弟媳能找到一个男人,他至少可以帮忙养那四个孩子。"

朱明晨说："据我所知,现在的男人也不傻,谁愿意找一个四个孩子的妈妈呢?"

李槿说："是的，现在男人都精明得很。我爸妈不管，弟媳一个人管四个孩子，经济来源就是自家门口开的一个小商店。我如果再不管，四个孩子就算不饿死，也会过得很惨。"

朱明晨说："人啊，都是如此，表面上看起来很光鲜，里子到底是什么东西，外人很难体会。"

李槿说："很长一段时间，我全部的精力都在弟媳家的四个孩子身上，没有感情，也没有自己的生活。我感觉自己就像一棵植物，根慢慢烂了，尽管枝干和叶子好像还很光鲜。"

好长时间后，朱明晨才问出那个敏感的问题。他尽量不触碰那个敏感点，这对一个精神病人来说至关重要。他尽量迂回地问了一下："你为什么被送到这个地方呢？"

李槿倒是没有太顾忌，说："我急疯了，就是我这种性格的人都会急疯，一般人怎么能忍受？就是去年儿童大流感期间，我弟弟四个孩子中的三个被传染了。我没日没夜，刚伺候完一个，就得伺候下一个，关键是老三和老四还一起得病。老四整日整夜咳嗽，我弟媳一开始没当回事，结果病重了就来找我。当时，那个孩子一咳嗽就吐，不仅吐水，鼻子嘴巴甚至眼睛竟然还出血，血都止不住。没有办法，我就在孩子的脖子上挂个垃圾袋接血。对弟弟家的老四，我特别有感情，他出生的日子，他妈可能都忘记了，我还记得特别清楚。"

朱明晨说："你怎么记得那么清楚？"

李槿说："那年我小弟弟被抓，他被抓六年了，孩子现在正好六岁。当时那个孩子吃一个核桃仁，核桃仁不小心卡在气管里，一开始送到区医院，医生说我们这条件这病治不了，你们抓紧时间送大医院吧。在我陪着弟媳去大医院的路上，我弟媳给我弟弟打电话，听见那边正在喝酒。我弟弟舌头都不当家了，还在那里喝。我就打电话骂我弟弟，说现在医生都给孩子下病危通知书了，你还在喝，你还是人吗。这样，我弟弟才赶到医院。他到医院时，孩子刚被推进手术室，警察就来了，说要把我弟弟带走。我当时就哭了，说孩子还在急救呢，能不能先不抓，等孩子出手术室后，随便你们抓。警察说，这是局里统一安排的任务，我们也做不了主。我说，如果我弟弟被抓走了，孩子出了事，你们得负责。不过，最后我弟弟还是被抓走了。这我也能理解，法律就是这么规定的，我弟弟胡作非为也该受惩罚了。那个孩子抢救了一夜，警察倒是还不错，一直给我打电话，问孩子怎么样了，一直到孩子从手术室里推出来脱离危险后，才不打了。"

朱明晨连连叹息说："这个孩子算是受苦了。"他忽然想起了自己的儿子。相比较而言，儿子比这个老四要幸福多了，他从小就是在幸福水里泡大的，至少直到他爷爷出事前都是如此。儿子都上大班了，还一定要让爷爷把自己放在童车里推着，他自己可以在路上睡觉。爷爷就在炎热的夏天那么努力地推着，看着自己的孙子快睡着了，刚要送回家，他的孙子就像梦中带了监控器一样，喊着："不回家，不回家。"爷爷只好继续在夏天的路上推着童车，如同河水在推着一朵睡莲。

李槿一开始不愿多说，后来说着说着，嘴巴好像被安装了助力器一样，有时会自顾自地说起来，好像话不是从她的嘴里说出来的，而是惯性让它们滑出来的。她的话太多了，谁又能够耐心地倾听呢？这么多积压着的话，如同洪水一样，难怪会冲垮她内心的堤坝。

她说："我弟弟家的老四这次病得太惨了，跑了几个医院都住不上院。我没有办法，不得不厚着脸皮找到前男友，他有同学在大医院做外科主任，他让同学在医院安排了一个床位。当时我头发几天都没洗了，根根站着，如同钢针一样。爸妈也不管不问，我感觉我当时真要疯了。"

他说："有什么样的子女靠运气，有什么样的父母也靠运气，不知是谁安排的，这也是命啊。你弟弟这几个孩子没有外公、外婆吗？他们也可以帮助一下啊。"

她说："孩子的外公外婆是势利眼，我弟弟没有进监狱以前，经常打电话到弟弟家说想孩子了，有事没事问孩子怎么样。自从我弟弟进去后，他们和我们就再也不来往了。他们说自己也有孙子，要照看自己的孙子。"

他说："真是难为你了，看病这种事情，特别是给孩子看病，人山人海，如果没有经历过，这种苦真的难以想象。"

她说："是的，现在儿科医生少，但孩子的抵抗力比我小时候差不少，比你小时候可能差得更多。有人说给孩子看病能急疯人，绝对不是瞎话。"

她用手撩了一下垂下的头发，好像要把这些可怕的事情撩到一边去。幸亏现在是春天，这个季节如同温水一样，可以慢慢地融化她内心的坚冰。

她变得有些难为情起来，说："我确实是那一个多月给孩子们看病给逼疯的。别说我了，我弟媳也差点儿自杀。她的眼睛都呆住了，一点儿神都没有。如果我不帮她，她就得跳楼。我也在医院里被传染了，一丝力气都没有。那时我无论看到什么平坦点儿的东西都想躺下去。不过，我不能躺，后面还有弟弟的一堆孩子在看着我呢。"

他说："帮助自己的弟弟也是应该的。不过，人也要稍微自私一点儿，不能把自己搭进去。"

她继续说："如果我不帮助弟媳，她就一个帮忙的人都没有了。我弟媳为人不行，逢年过节从来不和亲戚来往。平时她认为自己在省城，还感觉挺了不起的。那次，孩子打针打不进去，她必须用手窝着老四的大拇指，药水才能进去。如果我不喂她饭，她一天都没法吃一口饭。"

他说："你应该劝劝你弟媳，平常多和亲戚走动一下，免得遇到困难没人帮。"

她说："我劝了有用吗？她不听的。"

他说："这就是命，命运的齿轮就是这么转的，谁也没有办法。"

她说："是啊，是啊，这也是我的命，谁都不理我弟媳家，她只能靠着我。当然，我不帮也行。不过，我这个性格能不帮吗？这就是逼着我往陷阱里跳。关键是我爸妈还净说大话使小钱，听说我弟弟几个孩子病成这个样子，还把我大骂了一顿。我一气之下就疯了，对着我爸妈大骂，对着我弟媳大骂，对着医生大骂，遇到谁骂谁，最后，就骂到这里来了。"说着，她竟然笑了起来："幸亏把我送进来了，我至少不用再受那么多折磨了。现在好了，听说我弟媳又在老家找了一个。这个男的还是未婚，人也老实，家里父母也能帮着照顾孩子。现在就是这样，大城市里女多男少，小地方男多女少。我弟媳这样的在老家还是很吃香的。本来我病就不重，就是一时气糊涂了，听到这个消息，加上这里医生的治疗，我慢慢也就好了，就等着爸妈把我接出去了。"

忽然，李槿调皮地笑了起来，问道："你知道了我这么多，我也想问你一下，你是怎么进来的呢？"

朱明晨有些惨然地说："我有些不愿意再提。不过，问你那么多了，也不能让你吃亏。我父亲那时走了，以我很不情愿回想的方式。我母亲得了癌症。妻子背叛了我，找我导师偷情。我儿子那段时间一直生病。甚至我叔病重，生活无着落的事情，都压在我的身上。好像有无数把枪都瞄准了我，我就是一个猎物。如果是中了一枪，我还能勉强支撑下去，结果中了这么多枪，我终于被放倒了。"

李槿有些不忍心，她站起来，轻轻地抚摸着朱明晨的头发，眼神温柔，如同一个妈妈对着自己年幼的孩子，她说："其实我们两个人都差不多，都是被家里这么多的事情压垮了。"

第二十二章

离婚记

一

在这次会议上，不出意外，他见到了在本市某所大学考古系工作的陈美娟。这个自己当年的学生本来有点儿花瓶的意思，就是柯力拾自己，也认为她和考古学术研究搭不上边，不过，陈美娟走上了考古研究这条路后，反而对这行热爱起来，也多少有些成就，至少能评上副研究员，这已经出乎柯力拾的意料了。

更出乎他意料的是，两个人那种秘密的关系能一直保持下去。在一起的时候，他有精神方面的欢畅，也有激情过后的悔恨。不过，他最后悔的是，如果当时自己能坚决一些和仲素娟离婚就好了，不至于弄成现在这种不胜不败之局，当然，很可能是距离胜利更为遥远，距离失败更近一些。他有时感觉自己就像在老家那个辘轳井口边打水，必须十分小心谨慎。在一百多米深的井下，水面能够映出自己的模糊身影，彷徨而警觉，这是他本人，又像是另外一个他。这个身影好像在井下诱惑他，让两个他合二为一，他必须定住心神，才不会失足坠下深井。

可能因为长时间没见了，这次开会见到陈美娟的时候，柯力拾还是感觉到一些爱情的滋味的。爱情是什么感觉呢？是潮湿的，如同水岸边的草丛；是隐秘的，如同夏天的青纱帐；是青春鲜活的，如同公园水池里活蹦乱跳的鲤鱼。后来，他又反复想过，这到底是爱情还是一种血液的冲动。他知道，爱情并没有国家标准，连省、市、县、乡、村标准都没有，甚至连个人标准都不统一。

这个时候夏天快要结束了，能够看到夏的背影越走越远，深沉而阔大的秋天正在缓缓而来。炎热即将过去，凉爽的日子快要赶来，脚步正在向着他一点点挪移。可能是长久的伏案工作让他厌烦了，和陈美娟在一起的时候，他感觉夏天炎热的湿气还在体内翻腾不已。这到底是什么，难道就是一种被压制的欲望吗？这时柯力拾已经过了中年，这是他渴望的夏天般年轻的欲望吗？

如同谈工作一样自然，他走过去对陈美娟说："最近有空吗？我们一起去内蒙古一趟？我知道你一直想去，我一直忙，没有带你去。"

陈美娟有两抹很好看的蛾眉，虽然她在她的学生面前显得很严肃，但在柯力拾的面前却恢复了一点儿小女孩的模样。她浅笑道："怎么？现在有时间了？还是说发生了什么事情？你不是一惊一乍的人啊。"

他说："在内蒙古有个会议，主办方说我可以邀请一个人一起去，这不是一个机会嘛。你知道，我从来不专门去哪里旅游，就算风景再好也不去。再说，内蒙古的朋友告诉我，别看我们这里还有些热,他们那里已经凉快了。这个时候去最好,草原最绿,天空最蓝。"

她说:"好啊,最近我事情少了一些。儿子有他爷爷看着,感觉现在都不要我了,整天就喜欢黏着爷爷,我出去几天没有问题。特别是能和柯院长一起出去,这种机会难得啊。"说着,她有些娇羞地笑起来。

她又接着问道:"我们怎么过去,飞机还是火车?"

柯力拾说:"这次我们就来个不一样的,来一场说走就走的旅行。我们自己开车去,这样更自由。你不是整天说开车水平高么,我们轮换着开,十几个小时两个人开也不累。"

陈美娟又多说了几句:"听说你这两年早上长跑,别把膝盖跑坏了。我家楼上邻居社科院的老王就是一个长跑爱好者,现在上楼梯都困难。"

柯力拾忽然开起了玩笑:"但凡有一条腿压着,那些晨跑的人都不可能起那么早,我们分床睡了。"

陈美娟扑哧一声笑了出来,头顶不太高的柏树枝上有只精灵一般的灰黑色小鸟,好像被谁用气枪击中了一样,受惊展翅向远处飞去。"分床睡了,好事啊。怪不得现在有空闲时间找我出去了。以前可不是这样的。"

这次开车去内蒙古,柯力拾感觉一生能遇到的雨都集中到一起来了。雨抱着团,劈头盖脸地冲刷着车窗。这次他开的是一辆比较新的商务车,是临时从一个当老板的老乡那里借来的,估计车的雨刷从来没有经历过这么严峻的考验,就算开到最大档,也如同老旧电扇那样有气无力地摇摆着。他努力调整着眼睛,如同一只小动物在调整自己跑动的姿势，尽力和这无边的雨夜协调一致。

往日繁忙的高速公路，这时难得获得喘息的时间，它们一马平川、无拘无束、空空荡荡地展开，往往是连着几十公里才有一两辆车。因为预报这几天有台风和大暴雨，很多本来该出门的车辆，都没有上路。或者已经在路上的，开车的看风雨太大，就到服务区休息了。

柯力拾有些庆幸换了辆商务车，要是小轿车的话，估计他在这狂风暴雨中都把握不住方向盘。偶尔，他的车会跟着前面一辆孤独的大车，前面的车辆昏暗而模糊的灯光，如同鬼火一样，不知要把他引到哪里去。

在窗外，平原、丘陵和山川已分不清，到处都是黑压压一片。不过，经过很高大的山时，模模糊糊地还是能感觉巨大的压迫感扑面奔来。就算经过城市边缘，由于是深夜，暴雨如注，也只能看到零星的灯光在风雨飘摇中努力地挣扎。

对这如同天河决堤一般的大雨，陈美娟开始有一些害怕，这是女人的天性。不过，她转念一想，虽然是在大雨中开车，但能够这样和柯力拾在一起的机会又有多少呢？另外，她也很喜欢他开车的那种专注劲。他早已不是青年，在高速路边微弱的灯光里，能看到他的鬓边有不少白发，在那里倔强地闪着光。不过，在开车的时候，他的那种精神头根本不亚于年轻人。两个人有一段时间没有一起在床上了。"不知那方面和年轻人相比有没有下降？"陈美娟想到这里，内心猛地跳了几下。她是一个知识分子，有这种暧昧的心思，不知应不应该害臊。

一道闪电在黢黑的远方划亮夜空，照耀着艰难运动的车窗玻璃,照耀着他们有些兴奋的脸,也让他们的脑子忽然灵机一动般闪烁起来。他们几乎同时有了同样的想法,柯力拾在一个出入口猛打了一下方向盘下了高速,在路边停了下来。

如同柯力拾和陈美娟在合写一本书时忽然来了灵感,他们的车停在应急车道上,外边是铺天盖地的大雨,雷声如同身体的节奏一样,两个人不断换着姿势,这些姿势也不知是从哪里学来的。两个人如同经常一起跳舞的舞伴,知道彼此的节拍,不需要提示,也不需要灯光。伴随着车窗外的闪电偶尔划过,这种刺激的感觉好像和壮观的自然现象融合在了一起。两个人在合唱一首纯粹的自然之歌,有雷声助威,有雨声融合,有闪电照耀,没有想到这两个平时在公开场合那么严肃的人,会在这么一个地方,如同久旱的庄稼一样恢复了青春的活力。不,不只是恢复了青春活力,而是超越了青春活力。车窗外的暴雨痛快淋漓地下着。暴雨是什么的产物呢?是谁和谁在配合而流淌下来的汗水呢!在车内两个人的汗水在痛快淋漓地流淌着。

如同一首歌曲的尾音,陈美娟光着身子,如一只白山羊般从他赤裸的腹部一跃而过。"你先歇一会儿,我给你拿瓶水。"她体贴地说。

他感觉有些意犹未尽。两个人刚才的激情把体内的山火点燃了,尽管消耗了不少精力,不知为什么,他却并不感觉累。

他问:"困吗?不困的话,老夫聊发少年狂,我再开车,一口气开到内蒙古算了。"他像是回到了年少轻狂的时候,或许是精力没有用完,内心的油让他可以继续燃烧。

她说:"没有想到你的第二春又来了,应该感谢我吧。"她吃吃地笑起来，得意无比。"你开吧。别说你开到内蒙古，就是开到俄罗斯，开到天边，我也跟着你。"

清晨到来的时候，暴雨也停了。这是内蒙古夏秋交接的清晨。没有想到这里的道路这么平直，十几公里几乎没有一点儿曲折。笔直的道路两边是无边的草原，一直延伸到天边。在薄薄的晨雾中，在远处，有几群羊在那里静静地吃草。它们吃草的动作幅度小，仿佛没有移动。过了一段时间，这些羊开始较为明显地走动起来，不过，感觉这些羊不是在草原上移动，而是在薄雾和浅浅的朝阳里飘浮。这些羊好像不是羊，而是鱼，沉睡一般地在水中漂浮。

二

按说以柯力拾这种身份和年龄，一般不会离婚。从经济学上来说，这也是收益远小于损失的行为。人都是趋利避害的动物。当然，在感情这方面，有时还真不能用经济收益来衡量。

柯力拾结婚多年就是靠惯性过着的，不是因为他没有想过离婚，而是因为女儿没有长大，怕影响女儿成长。再说，就算离婚了，和其他女人在一起，是不是时间长了也会这样，他实在没有把握。

柯力拾离婚这件事情，如同长着翅膀，在那年昏黄的冬天疾飞，自我加速，很快，至少在考古研究院里成了一则重量级的新闻。研究院的考古专家、行政人员、工勤人员——绝大多数人都知道了这个消息。

尽管柯力拾学识渊博，待人有旧时的老派学者之风，对待院里的人无论是考古专家还是行政工勤人员都还算不错，不过，他仍然成为同事窃窃私语的对象。也是，谁人背后不说人，谁人背后无人说。何况柯力拾是考古研究院最大的人物呢。特别是办公室的一些女行政人员,对此更是热衷,不仅自己偷偷说,还发挥丰富的想象力,并且到处找更多的信息来源。

办公室的张静就是这方面的专家,她在办公室很多年了,就是一个处理资料的角色,也升不上去,这让她更加口无遮拦。她的闺密是她在院里的死党,是一个嘴巴很大的女研究员,叫李梦秋。特别是在两个人待在一间办公室里,又没有其他人的时候,她们简直能凑够一台戏。

张静说:"听说柯院长要离婚了,也不知要换哪一个?"

李梦秋说:"咱也不知道,总是找到下家了吧。"

张静说:"你这算说对了,别看柯院长老了,不过职务不老啊。你来考古研究院时间晚,很多事情不知道。很多年前,那时候他还是副院长,就和一个女研究生不清不楚了。多少年的事情了,知道这八卦的都老了。"她似乎有些感慨。

李梦秋颇感兴趣地说:"这我倒是不知道,看来真人不露相,露相非真人,柯院长就是柯院长,什么事情都能走到别人前面去。"

张静有些恶毒地说:"在这个年头,做领导的男人有'三大喜',升官发财死老婆,柯院长也不能免俗啊。"

李梦秋说:"可不是吗?如果老婆不配合这'第三喜',那就离婚换掉。"

张静说:"昨天晚上吃饭的时候,小姐妹告诉我,柯院长的老婆差点儿跳楼,柯院长怕出事情,眼疾手快地抱着老婆的大腿,把她给薅下来了。不过,他老婆的头撞到玻璃,撞出了一个鸡蛋那么大的包。别看柯院长年龄不小了,动作还挺麻利的。估计是怕老婆跳楼后,院长也做到头了吧。呵呵。"她如同努力压着兴奋一样努力压着笑声。

李梦秋说:"看你说得这么活灵活现的,好像你亲眼见到一样,我大脑里都有画面了。我怎么没有听到他老婆跳楼的事情?感觉他老婆挺冷静的一个人,不可能跳楼吧?"

三

柯力拾的家就在一个小菜市场附近,这里熙熙攘攘,是退休老头老太买菜的乐园。这也是柯力拾妻子仲素娟喜欢这里的原因,说别看有些乱,但闹中取静,有烟火气。

在外人看来,柯力拾的妻子仲素娟绝对是贤妻良母型的,不过,妻子到底是什么类型的,丈夫最有发言权。外人不知道的是,仲素娟采取的是外松内紧的管理策略。

仲素娟是高中学历,还是那个时代的高中,含水量多大,大家都知道。那些年听说她上了三年学,在学校安排下,义务种了两年半的树。不过,在婚姻方面,女人的战斗力可能和学历成反比。学历越低,战斗力越强。这不,柯力拾就尝到了她铁拳的滋味。当然,这个过程是逐步推进的。

柯力拾在学识和职务上是碾压仲素娟的,不过要注意的是,这里是家,不是你讲学术和显摆官职的地方。柯力拾最开始在家庭方面和仲素娟处于明显不对等的状态,一个人的父亲是修理地球的农民,另外一个人的父亲是知名的考古专家,这让仲素娟一直处于心理上的强势状态。

多少年来,柯力拾一直感觉妻子就是一个庸碌的、没有多少心

眼的女人,不过有一份还算体面的工作罢了。工作是借助仲南坤
的声望找的,在市里一个大学做图书管理员,有正式编制。

本来柯力拾还不知道妻子的心机之深,直到他接到同一个课
题组的一位副教授袁翠翠的电话。袁翠翠是考古学界的后起之
秀,也是柯力拾主持的国家社科项目的主要参与人之一。由于项
目,有段时间两个人联系比较频繁,也算是比较熟悉了。不过,那
次袁翠翠打电话给柯力拾,他明显感觉对方有些不对劲。这是一
个对柯力拾比较尊敬的女人,平时只谈工作,一脸严肃,典型的女
知识分子的样子。有时,柯力拾心想,这位袁翠翠老师都让学术给
搞傻了,都没有女人味了。

袁翠翠在电话那头说:"柯院长,昨天晚上有个女的给我打电
话了。"

柯力拾恍惚间产生了错觉,这袁翠翠怎么有了陈美娟的感觉?
他又把手机放下来看了看号码和标注的名字,没错啊,就是袁
翠翠。

一刹那他竟然有些慌乱,连忙控制了一下自己的心神,说:"什
么女人啊,是不是你打错电话了,我是柯老师。"

她说:"我没有打错,柯院长,一个女人问我和你有什么关系,
一下子把我问蒙了。我说,你是我们课题组的主持人,我是课题组
成员。我们的关系就是主持人和参与者的关系。那个女的说,他
到底主持你什么了,在哪里主持的。真是有点儿莫名其妙,还能在
哪里主持,不都是在那个小会议室吗?"

他说:"要不就是这位女士打错电话了。"

电话那头的袁翠翠有些似笑非笑地说:"柯院长,好像没有打

错,她说是您夫人。"

柯力拾感觉血一下子冲到了头顶,几股气把这股血簇拥着、搅拌着,里面的原料有气,有恼,有羞,幸亏袁翠翠没有看到。不过,办公室的小王可能发现了异常,尴尬地坐在那里,出去不是,不出去也不是。

他问:"那位女士还和你说了什么?"

袁翠翠说:"我问她有什么事,她说没有什么事,就是担心你回家晚了。她说课题组没事也别工作太晚,说你不比年轻人,身体吃不消。"

这件事情发生后,柯力拾对仲素娟开始另眼相看,没有想到她还真有一些歪才,以前倒是没有发现。不过,就算他没有就这件事直接问过妻子,毕竟心里有了结,如同长了一个小疮一样,不至于有什么严重后果,却在那里影影绰绰的,让他感到不舒服。他对仲素娟慢慢有了厌恶之情。

不过,直到离婚,他仍比较纳闷,既然那个时候已经分居了,他的手机又基本上不离身,妻子是怎么找到袁翠翠的手机号码的呢?如果她把自己手机上女性名字的手机号码都打过一遍,那他这张老脸真的没地方放了,就不要在这个圈子里混了。

柯力拾千思万想,猜妻子是趁着自己晚上睡熟的时候,偷偷进了自己睡觉的房间,录下了上面所有女性的电话号码,自己的身份证又在她的手里,她一定是拿着身份证去电话公司,查谁是和自己联系比较频繁的女性。想到这里,他不由心中烦闷无比:读书时怎么没有这么聪明?既然有这个智商,咋不去公安局做警察搞侦破呢?跟了自己真是屈才了。

　　从柯力拾提出离婚的第一天起,虽然两个人并没有撕破脸,气氛却明显发生了变化。不仅是气氛发生了变化,柯力拾的饮食待遇也明显发生了变化。本来,在考古研究院大礼堂里,他参加了几天"明代丧葬服饰与社会的关系"的研讨会,因为是东道主和主办方,他需要做主题发言,也需要应付那些国内的考古学界的大佬,那几天一直忙得焦头烂额。好不容易在家里休息了一上午,中午准备吃饭的时候,他像往常一样坐在餐桌前。女儿读大四了,没有回家,家里空空荡荡,餐桌上也空空荡荡。今天仲素娟不需要在图书馆值班,他估计妻子可能去棋牌室打牌了。

　　先前仲素娟不会打牌,也不会打麻将,她只是无聊。女儿没长大时,她不得不和柯力拾合作,完成把女儿抚养成人的任务。在这个合作的过程中,两人虽然没有共同语言,却有一个共同的目标,这配合的过程中自然就会多说一些话。自从女儿长大,如同鸟儿出笼以后,她和柯力拾之间的话语忽然失去了依附的土地,从此就好像草离开土地一样萎靡干枯了。这也是她后来经常去家附近巷子口棋牌室的原因。一开始只是观战,之后她忍不住亲自下场。

　　仲素娟对那个棋牌室的介入程度是和对柯力拾的感情深度成反比的。她和他感情好点儿的时候,介入就浅点儿;感情差点儿的时候,介入就深点儿。在柯力拾和她分居之后,她就正式成了那个棋牌室的常客。反正她在大学图书馆工作,这本来就是一个闲差,可有可无。她晚来一点儿早走一点儿都没有关系,图书馆的其他同事也都这样。

　　本来柯力拾对她在棋牌室玩也没有多大意见,他知道自己没有更多的时间陪妻子。女儿不在家,仲素娟一个人在家也寂寞。

不过,仲素娟打牌竟然上了瘾。柯力拾认为,上瘾也没有问题。他自己也是上瘾的,只不过是对考古研究上瘾罢了。如果不是对学术有瘾的话,他可能也会对玩牌有瘾。人在世上,总得有一个爱好,只要不耽误正事就行。

柯力拾给妻子打电话,没人接,估计仲素娟正在打牌不方便接,或者听到电话,专门怄气,故意不接。没有办法,因为财政大权掌握在妻子手里。他只好赶到巷子口那个棋牌室找仲素娟。柯力拾远远地就看到妻子在和关大头几个打牌。关大头以前因为赌博被判过刑,他最喜欢的打牌方式就是斗地主。这种打牌方式是他在监狱学会的。他常说,我在监狱里那会儿,就比你们一般人具有"革命精神",你们在外面忙着捞金,我在里面忙着"斗地主"。

大城市里都是这样,就算柯力拾的家和棋牌室也就相隔几百米,每个人都忙自己的,大家也不知道他的身份。柯力拾在考古方面确实是权威,在解决几千年前的死人问题时得心应手,但在解决活人问题时却遇到了困难。他不好生气,也不好大声喊,只好一直透过棋牌室窗户看妻子在那里打牌,从她的背部,都可以想象到她的眉飞色舞。

好不容易其中一个牌搭子要回家吃饭,妻子这才回头看到他。两个人就像是陌生人,柯力拾在前,仲素娟在后,他如同押着一个俘虏,两人在一片敌对情绪中回到了家里。

他问:"中午还没有做好饭吗?"

仲素娟说:"你不是要离婚吗? 现在你没有资格吃了,没人伺候你。你看谁好就找谁伺候。"

他说:"这不是还没离掉吗? 再说,家里的钱都是你掌握着,现在我怎么吃饭？"

仲素娟说："你们考古的不是要体验生活吗？到处扒坟揭墓，恨不得和死人抱在一起睡。你现在也应该体验一下离婚生活。我这是让你提前进入角色，适应离婚后的生活。"

说着说着，感觉像是大海中平地起了一阵狂风，风吹浪起，浪助风威，仲素娟好像忽然被这股狂风鼓起，她大声地吼着，把柯力拾从西安开会带来的兵马俑纪念品摔到地上。柯力拾仿佛看到墙上挂的吊篮跳了几跳，鱼缸里一个博士生送的几条孔雀鱼不安地抖动着尾巴。

"我知道你早有人了，不是以前和我结婚时那个穷鬼柯力拾了。算你狠，抛弃我们娘儿俩。我要是知道你的情人是谁，就会要了她的命。反正我过不好，也不能让别人过好。现在女儿马上大学毕业了，我怕啥！"

听到这里，柯力拾反而心里多了一丝安慰，虽然妻子具有侦探的潜质，到底不是神探，她知道有这么一个人，却不知道这个人是谁。

仲素娟越说越气，越气越说。在怒气的加持下，她浑身能量倍增，猛地冲到窗户前，准备从楼上跳下去。柯力拾的家在二楼，下面是参差不齐的灌木，可能最初是专门种植的，由于长时间没有人修剪，和野生的也差不多了。这些灌木丛成片分层，枝叶蓬勃，生命力旺盛，如同天然的气垫，就是从二楼跳下来，估计也不可能伤得多严重。不过，仲素娟冲向窗台准备向下跳时，柯力拾还真的不敢让她跳下去，这种事情的关键是不好试错，传出去也不好听。

柯力拾的家对门是院里研究两汉墓葬文化的岳正义教授的

家。由于隔音不好，岳老师听着对门好像打起来了，连忙放下碗筷，准备去劝架。他的老婆是三华超市的行政主管，那是一个人精，看着老公要出门，就以迅雷不及掩耳之势站了起来，狠狠地用眼睛重击了岳老师十余次，她说："你们院长和老婆打架，一定也不愿意让别人看到，你还主动去现场做证，你就等着被穿小鞋吧。都说你们知识分子傻，还没有见过你这么傻的。"

第二十三章

河边的宾馆

一

　　柯力拾站在浴缸里，看着自己的肚子，没有发福。不过，如同秋天后遗留在桃树上的桃子，就算没有变色，也不是青春的模样了。他每天都洗澡，有时陈美娟也会开玩笑说他有老年味。以前柯力拾只是听说过老年味这个词，没有想到现在的自己也被这个词笼罩了。老年味到底是什么？他问陈美娟，陈美娟说自己也没法准确地表述，还笑着安慰他："反正很多五十岁以上的男人都有，你不吸烟，比别人好多了。你属于优等生，属于'中年后'。"谈到吸烟，她好像忽然来了灵感，补充道："身上有老年味，就像整天吸烟的人，自己闻不到什么味道，别人却能闻到。"

　　由于年轻时候养成的习惯，他不喜欢躺在浴缸里洗澡，怕不干净。宾馆的这个房间不对外开放，是柯力拾向宾馆老板借的。老板姓王，上次去内蒙古的商务车也是他借的。当然，商人都不傻，考古研究院有什么小项目都会优先考虑他。宾馆老板说"这间房间就是几个亲密朋友用"，谁知道这个老板有多少亲密朋友。这不，由于快洗完澡了，浴缸里的水流干了，他看见浴缸角落里有几根其他人的头发，长度明显和他头发的长度不同，如同搁浅的鱼一样。从远处看可以看到，在近处看却看不清楚。这真的应了那句唐诗，草色遥看近却无。他的视力好了几十年，但在这一两年里开始下降，这让他有些无法接受，一段时间里他还有些郁郁寡欢。后来，他只好自己安慰自己："都几十年了，自己的身体还和在东北伐木时差不多，至少感觉上差不多。"

这时浴室外的陈美娟喊道："老柯，你的手机在哪里，给我震动一下。我的手机不知塞到哪里去了，一下子找不到了。"柯力拾衣服也没顾着穿，猴子似的光着身子找自己的手机，奈何一时间也找不到。后来发现它就藏在浴室里一卷餐巾纸旁边，连忙给陈美娟的手机打电话，浴室外边隐约传来电影《传奇》的插曲，这是陈美娟的手机铃声。

穿好浴袍，陈美娟似笑非笑地看着他说："亲爱的柯院长，怎么洗澡还拿着手机办公啊？是不是被你老婆查手机查出心理阴影了？"柯力拾知道她在开玩笑，因为平常她只有在很正式的场合才会用这个称呼。

不过，陈美娟真猜对了，他妻子虽然是个高中毕业生，但毕竟是追过《福尔摩斯探案集》的人，也知道侦察。后来才知道，仲素娟除了偷偷给袁翠翠打过电话外，还给一个律师打过。这是一个女律师，不仅是女律师，还是律所主任。女人做律师就已经很厉害了，做律所主任那更是超级厉害。柯力拾本来和这个女主任并不是很熟悉，只是有法律问题时会向她咨询，麻烦过她几次，这样他们就慢慢成了熟人，没事的时候也一起喝过茶。这位女主任说："有个女的，打电话过来，一副很凶的样子，说是你妻子，问我和你有没有什么特殊关系。"柯力拾尴尬得无地自容，恨不得变成一只穿山甲，钻个洞躲进去。他说："估计是的，家家有本难念的经，还请你多谅解。"女律师说："柯院长，我们关系不错，可我也不是那种人啊。"正是这句话缓解了柯力拾的尴尬，他一边回答说你绝对不是那种人，我们也绝对没有那种关系，一边想起女主任对他透露过的一个小秘密。当然，这是他连猜带蒙得出的，他知道女主任好像也有相好。她没有结婚，案情重要来源之一就是一个相好的老头子，这个老头子年龄比他还大不少。女主任也提过老人味："一身老人味，难闻死了。"不过，由于这位相好能为她介绍案源，有味就有味吧。女主任还说过更有意思的事情。她说："柯院长，你们研究院年轻男老师多，能不能为我闺密介绍一个男朋友？"

柯力拾说："你认识那么多人，还用我介绍？"女主任说："你不知道啊，我这闺密是法国留过学的，喝过洋墨水，就是不一样。她在法国谈过几个老外男朋友，回到中国后，再谈中国人就不适合了。你们考古学院的人经常出去考古，什么刨遗址、挖坟墓，体力一定好，你一定要帮我闺密一次，要不她只能出国定居了。"柯力拾哑然失笑："你以为考古研究院的人都是下工地的啊！我们这里纸上谈兵的多了，很多都是搞理论研究的。"

那个宾馆距离柯力拾所在的考古研究院有十几公里，已经是在城市和农村交界的边缘地带了，很是幽静。如果沿河开车的话，就算在交通高峰期也不堵。

宾馆门口有一条宽阔的河,这条河污染不重,加上这几年环境治理效果显著,河水是难得的绿色。站在河边的亭子里,能看见远处有人在用小船打鱼,一网一网的,感觉特别悠闲,就是围观的人也会感觉到这里的时光特别悠长。特别是周六、周日,在这河里,有用钓竿钓鱼的,有撒网捕鱼的,有用网粘鱼的。一个长得有些傻乎乎的中年男人整天拿着装有长长竹竿的抄网,在岸边捞一些活动能力不强的或者是有些傻的鱼。傻人遇傻鱼,还真的经常被他捞到不少鱼。在夏天,这里的河水是绿色的,宾馆大门的香樟树是绿色的,宾馆的颜色也是偏向绿色的。有一次,柯力拾不知怎的,忽然想到,给别人戴的帽子也是绿色的。他感觉自己不老,要不怎么还会有青年男人才有的这种恶作剧的想法呢?不过,这宾馆附近好像被绿色包庇了,给人以低调掩饰、不想被发现的感觉。

在白天,这条河和其他河流差不多平凡。在夜晚,它则借助夜色获得了灵力。白天把河流的神秘剥夺走,夜又将河流的神秘送回。在河流的近处,能看到鱼鳞一样的波纹道路,风在上面悄悄地走过。河两边的路灯在岸上和水中亮成了对称的整齐两排,岸上的路灯照着岸边的行人,那么,水中的路灯旁边又是谁在行走呢?

冲完澡回到宾馆的卧室,柯力拾赤裸着上身。尽管他没有专门锻炼过,不过,明显的胸肌是年轻时伐木留下的勋章,竟然陪伴了他几十年。到了这个年龄,很多同龄的熟人都已大腹便便,眼睛向下看,都看不着腰带了,而他还有这种身材,这让那些人都很羡慕。中天大学的副校长韩章台曾私下开玩笑说:“老柯,你倒是好身材,就这个年龄,骗小姑娘还是杠杠的。如果不说,谁也不知道你真实的年龄,至少看着比我们这些同龄人年轻了十岁。”

柯力拾说："我倒是想骗小姑娘,有贼心没有贼胆啊,哈哈。我这是当年艰苦生活留下的印记,谁像你们那样一直在享福,这叫作塞翁失马,焉知非福。"

陈美娟说话如同梦呓一般,她抱着柯力拾的身子,幽幽地说:"我感觉朱明晨父亲走了,对他影响不小,他精神好像也出了问题。"

柯力拾问:"怎么了?有什么表现?"

陈美娟说:"我们这两年由于感情不太融洽,加上我睡觉轻,他又喜欢熬夜,早就分床睡了。不过,这些天他专门讨好我,是那种绝望的讨好,让我和他一起睡。就算是以前刚结婚,时间不长,他睡觉时就不抱我了,现在却搂得紧紧的,好像生怕我晚上跑了似的。另外,有时我睡了几个小时后醒了,看到他表面上一动不动,好像睡着了,其实细看眼睛是睁着的,里面好像是看不见底的虚空,都把我吓了一跳。"

柯力拾忽然觉得负罪感涌到喉头,随之而来的是一种呕吐的冲动,他连忙定了定神,趁着陈美娟不注意,将这种冲动用力压了下去。

二

这次柯力拾满身大汗,却没有什么效果,刺眼的灯光照出了陈美娟明显不满足的样子。他自嘲地说:"看来不行了,还是老了。"

陈美娟连忙安慰他,抿嘴笑着说:"可能是考古研究院组织这次大型考古专业会议,你应酬有些过多,累着了,就你这种牛一样的身体,就算地犁坏了,你也依然没事。"

其实，柯力拾自己也知道是什么原因，就是自从听到朱明晨的父亲出事以后，他和陈美娟在床上活动时，总会感觉有一双眼睛在盯着自己。柯力拾内心是相信举头三尺有神明的，这有一定的好处，就是让他做事有一定的底线。当然，在做一些让他内心不安的事情时，他容易疑神疑鬼，心理反噬比较严重。

时间正是初夏，天气似热非热。陈美娟躺在床上，大腿健美，丰满的身材即使盖着毛毯也曲线毕露，能看得出层峦叠嶂，丘陵起伏。柯力拾却不由自主地叹了口气。自己和陈美娟在一起图的是什么呢？自己真爱她吗？还是爱她美丽的青春？有时他叹息着看着镜子里自己眼角越来越深的皱纹。牙齿表面上看起来还行，其实，吃东西的时候它们已经在抗议了，总是用不上力气，感觉咬东西的部位酸酸的。特别是做考古研究院院长以来，感觉自己比以前老得更快。柯力拾在这段时间里抽空想过，自己之所以选择和陈美娟在一起可能和那种清澈的爱情无关，更多的是留恋她青春的肉体。可能这是一种心理补偿，找这么一个生机勃勃的女人，可以吸取一点儿青春的气息，延缓自己的衰老。

柯力拾许多次都想问陈美娟到底是怎么抽出时间来和他约会的，特别在一整夜不回去的那种情况下。不过，感觉问也不太好，这次忽然冲动，就问了她。陈美娟抿嘴一笑说："想听吗？还是想取经找经验？"

柯力拾说："我不是唐僧，不需要取经，你想说就说，不说也没有关系，就是闲聊。"

陈美娟有些小得意地说："别以为只有你们男人在这方面聪明。我们女人要是聪明起来，就没你们男人什么事了。当然，这招不是我自己发明的，这是前几年本市一所大学的一个知名教授的专利。他和本单位的一位年轻女老师有私情，约会就是用了这一招。他都是利用开会的机会，要么提前一天出发，要么就是早一天回来和女的私会。反正开会的日期老婆也不关注。我也是向他学习，不过，私会的对象换成男的了。"

柯力拾说："哎，看来爱情出奇迹，你竟然融会贯通了。"

陈美娟这时忽然叹了口气说："我知道自己做得有些不对，可是我和朱明晨越来越过不到一起去了。不过，孩子的事情他操心比我多，孩子也和他更亲，这点应该感谢他。他是一个好爸爸，却不是一个好丈夫。"

柯力拾一时不知怎么安慰她，想了半天说："人都是命运的奴隶，这也是没有办法的事情。"

第二十四章

失意人

一

在寄出这封信之前，吴有期还没有认识到，这封信就是一支快速射出的箭，射出后很难回头，将把他的职业生涯射向一个未知的地方。他不是一个喜欢惹事的人，但事却总来惹他。他有时很羡慕那些一路平坦的人，为什么同样的事情，对别人来说不是事情，在他这里，往往就成为不小的沟坎，他不用力或者不冒险就很难跨越。就是用力和冒险了，也可能过不去。

这封信的导火索并不长，就是刚刚结束的年终考核。考古研究院每年的考核结果分为三类：优秀、合格和基本合格。

他知道自己就算是真的优秀，也难以评上"优秀"。在柯力拾当院长的时候就是如此，柯力拾为了避嫌，也为了搞平衡，故意不让吴有期在年终考核中得到"优秀"。当然，这里有他的深意，倒没有什么。

评不评得上"优秀"倒是没有多大关系,关键是考古研究院以他课时量不足为由,在教师年终考核中给了他一个"基本合格"。在其他所有人都是"合格"或者"优秀"的情况下,就是傻子也知道,他的这种"基本合格"就是不合格。这是他怒火中烧的原因。这腔怒火怂恿着他,让他不得安宁,让他的手如闪电,让他的脑如迅雷,从而向考古研究院人事部门写了这封申诉信。这封信的内容主要是:

　　尊敬的考古研究院诸位领导:

　　鄙人惊闻人事处通知办公室,转告我课时量不够,并被评为"基本合格"。但鄙人不知"基本合格"到底为何物,究竟会有何后果。屡次遭遇不公正待遇,已经形成心理阴影,于是更加惊疑不定。看到历年考古研究院的评价结果,99％以上都是"合格","基本合格"者两三位而已。没有想到我获得如此殊荣。鄙人粗略一想,估计不是好事或评优秀,这两者不会光临到鄙人的门前。可能规则都是为我单独制定的,那就是,这不是你的蛋糕,你没资格分,一边玩儿去。我不在乎这些虚名,不过,无耻可以,不能太无耻。无论如何,感谢考古研究院领导给我一个申诉的机会。我现在对自己未完成教学工作量的原因和诉求进行逐一说明:

　　一、考古研究院安排的教学课时量本身就不够,这是一个固有的制度性缺陷,非本人所能解决

　　我从最初进入考古研究院正式从事教学工作起,一直备受教学工作量的困扰。考古研究院对我的必修课的安排就没有一年够过。这是因为,在考古研究院内部,没有一个良好的教学课程分配

制度。目前主要采取两种制度：

第一，谁入职早课就是谁的，谁先上课课就是谁的，谁后来入职谁就没课。没有课上就是我自己的错，就算我呼天抢地也没有办法。

第二，采取继承制。某某和某某关系好，某某如果退休或者不愿意上课了，就把课让给关系好的继承。在这里，我应该检讨，看来保持好关系是非常重要的。私人关系远胜于制度。

如果先占不能，我也不能凭借力气大，抢别的教师的课吧。哲人说得好，触动别人的利益的难度远远胜过触动别人的灵魂。这等于直接要别人的命，甚至还不如要别人的命。如果再继承不到，那就得靠考古研究院的公选课度日。因为没有必修课，所以必须在考古研究院开公选课。但是，考古研究院的公选课并不是每门都有学生选的。如果没有学生选公选课，我作为教师是无能为力的，总不能强拉着学生上课。

二、本人不仅是考古研究院，而且可能是全国唯一一个没有课上，却因此要被惩治的研究员

本人在国内考古界也有些知名度，但是，却是乞丐版的研究员。我也曾向诸位领导大人反映院里课时安排不足的问题，回应曰：自己找课去。再问：如何找课？复答曰：不知道，别人课都够，为什么你的课不够？本人到处寻寻觅觅，不知找课之法，因而沦落至此。可以说，我都为自己没有研究明白找课大法而羞惭。

主管者不给你安排课，却说你的课时不够，这就如同招工人到工厂上班一样，不安排工作，却说人家工作量不够，不发工资，还要惩治，真是滑天下之大稽。如果没有课，请不要招那么多教师。如果不安排课，就不要以课时量不够为由进行惩罚。这是谁之错？

这是谁之羞耻？

本人到处打听国内其他研究机构是否如此，皆回复曰：其他高校都是希望研究员多上课，不上不行。我是想上课却没有课上。没有课上不要紧，还扣我的钱，说我"基本合格"。这到哪里说理去？

我认为自己在教学工作中是合格的，不仅是合格的，而且是优秀的。这可以参考学生的评价。因为课不是由我自己安排的。我也不能去抢别人的课。这种评价方法本身就存在不合理之处。一个有名的研究机构至少应当讲理。恶法非法，不合理的规定不叫规定。天理昭昭，报应不爽，最高的法在天上看着诸位。

三、请求考古研究院给我安排相关课程，或者认定我今年的考核合格

虽然我的课时不够，但是，不是因为我不想上课，因此，请求考古研究院给我安排课。如果安排了课我却不上，那是我的责任。无论怎么考核，什么结果，都没有问题。如果本来没有安排课，或者安排的课远远不够，却让我去上课，我没有课上还受到惩罚，这个和逼良为娼没有什么区别，还不如逼良为娼。

因此，请考古研究院的诸位领导，应当根据良知，而不是根据死的教条。应当根据合理的规定，而不是根据不合理的规定，认定鄙人考评合格，并保证我上课的时间。这是一名研究员的工作权。这是宪法赋予权利，应当予以保证。否则，这件事传到社会上就是笑谈。

×××× 年 ×× 月 ×× 日

签名：吴有期

二

这封信的内容是吴有期一夜没睡想出来的,天刚蒙蒙亮,他就猛地跳下床,一口气写下了这封申诉书,然后投入考古研究院的人事处信箱里。

一整夜,吴有期都感觉自己被困在一个狭窄而闷热的风箱里。他忽然像是被抛到多年前一个多雨且烦躁的夏天傍晚,在简陋的锅屋里,湿柴草勉强被点燃了,生成的浓烟弥漫不散,如同梦魇一样。

吴有期想:"别说是一个全国闻名的考古研究机构,就是一般老百姓,都会认为这不合理,不安排课上,却说我的课时不够。这一定是人事处处长岳不婷搞的鬼。"他在内心已经把岳不婷痛打了无数次。他是如此愤怒,内心的怒骂已经不能消除那种无边的愤懑了。

"说我课不够就罢了,关键是在整个院里公开宣布我今年考核'基本合格'。这他娘的是什么规矩!"他想。在考古研究院里,对于一个研究人员而言,考核"基本合格"意味着他可能丧失不少东西,包括评先进的机会、申报课题的机会等。最关键的是职称难以评上,因为考古研究院还规定,考核"基本合格",两年内不准评职称。

等他把申诉书送了出去,这股气才消了一些。不过,吴有期又有些后悔。这也是他的老毛病,属火药桶的,一点就着,着完后会留下一地鸡毛,又愁怎么收拾。他决定给朱明晨打个电话,毕竟他在这方面要比自己强得多。

年龄越大，吴有期越感觉到有一个能够聊得来的朋友的可贵。生活的狂潮如同大浪淘沙，把各种各样的朋友都淘掉了。人性是经不住考验的，每次小的事故都可能淘掉一个或者几个朋友。因此，像朱明晨这种清醒并且能够交心的朋友特别难得。

不过，朱明晨是那种很善于分析别人的问题的人。他经常能一针见血，扎在吴有期的问题的病根上，会对症下药，这种药有时还真解决了他的大问题。但朱明晨却很难分析出自己的问题。难道真的是当局者迷吗？

朱明晨家里最近出了大事情。吴有期本来不打算打他的电话的，不过，他还真没有几个能够掏心窝子说话，同时能够给出切实可行的建议的朋友。他不相信同事，别看同事当面说得很好听，心里却巴不得他出事。他这几年职称上升得有些快了。他本来没有错，但是，这就是他的错。

电话那边的朱明晨声音有些沙哑，好像被荆棘划过那样遍布伤痕，吴有期心里有些不忍，却还是把自己最近遇到的问题说了。果然，朱明晨听他说已经把申诉书交到考古研究院后，就说："老吴，你这么做错了。"

吴有期说："我实在气不过，这帮人太欺负人了，怎么说也是高级知识分子，做事却连普通的小贩都不如。"

朱明晨说："你不要侮辱小贩，现在很多知识分子都是精致利己主义者，他们只做对自己有利的事情，对自己不利的事情，哪怕再正义，很多人都不会做的。"

吴有期说："我也知道这么做等于把自己摆在一个靶子一样的

不利位置，等于一个人公开和一个单位对抗。"

朱明晨说："你摊牌摊早了。这么做，你不仅把考古研究院领导层面的路走绝了，而且一般的职工也不会再对你有什么敬意。因为他们已经知道你没有什么牌可以打了，成了领导的对立面，对他们而言，你已经失去了价值。他们一定会疏远你，帮你就更谈不上了。"

吴有期说："不行我就调去中天大学考古系，他们的系主任对我印象不错，以前还专门挖过我。当时有柯老师在，我感觉自己是他培养出来的，不好意思拆台，就没有答应。"

朱明晨有些苦笑地说："老吴，你看问题不至于这么简单吧。中天大学的系主任以前看得上你，现在却不一定能看得上你。你这么把矛盾公开化，如果那个系主任知道了，他就会认为你这个人很难搞，就不敢再引进你。特别是岳不婷和马贵都这两个人，都是在圈内长袖善舞的，这两个人能不说你坏话？柯老师现在不行了，没人再看他的面子了。"

吴有期说："事情已经发生了，我不相信岳不婷这么坏。再说，虽然她当年进考古研究院走的是庸普一的门路，但柯老师说过他帮了她不少忙。后来她的一个学生留到考古研究院，也是柯老师签的字。她不至于一点儿面子都不给柯老师吧。"

朱明晨有些冷冷地说："别太天真了，如果不是我们这种交情，我下面这句话都不该说。你现在这样，说明柯老师没有看错人，他没有继续培养你，有他的道理。现在都是人走茶凉，岳不婷恨柯老师都说不定。她会说这么多年柯老师在上面一直压着她，让她没有多少发展空间。"

朱明晨接着说："现在说什么都晚了。你最好别再想着跳槽到中天大学的事情。你和那边联系好了，在这边办离职手续时，万一岳不婷那几个人再搞些小动作，那边你就可能进不去。这样你就会进退失据，可能两个地方都去不了。考古研究院虽然没有国内一流大学的背景，在专业领域还是一块硬牌子。"

吴有期说："我百分努力获得一分成果，有些人一分努力获得百分成果。这就是现实，不服都不行。看来我们这种出身一般的人，真的是经不起折腾，一点点抵御风险的能力都没有。我曾以为就算柯老师退休了，我凭借自己的本事至少吃饭不成问题，看来以前你说对了，我还是有些幼稚。当时我心里还有些不服气。现在想想，柯老师真的给了我不少。就凭这一点也得感恩他。"

朱明晨说："条条大路通罗马，但是，有些人就生在罗马。有的人出生在距离罗马一公里的地方，有的人出生在距离罗马一千公里的地方，有的人出生的地方距离罗马过于遥远，又没有合适的交通工具，路上还迷路，以至于一生都无法到达罗马。你还算是好的，虽然出生地距离罗马远一些，但是，毕竟你有柯老师这个交通工具。"

他顿了一下，接着说："我这么说不太好，却是实话，实话不好听啊。确实，你有搞学术的天赋，不过，就是天真了点儿。别人都拼命地去争，以前给你你还不要。"

"可能你也知道，柯老师能混到今天，也不知吃了多少苦头。这就是一个现实问题。你看他到现在这种地步，就认为他是安全的？这还真不好说。对于他这种没有多少根基的人，靠的是岳父的那点儿余荫，早消耗得差不多了。底层跨越，爬山很慢，坠崖很快,一着不慎,满盘皆输。逆袭太不容易了,即使侥幸成功,也是,步步有坎,步步惊心,如履薄冰。一步走错,就可能坠入深渊,进入万劫不复的境地。普通人出人头地太过艰难,如同唐僧去西天取经,会经历九九八十一难,遇到各种各样的妖魔鬼怪。这些妖魔鬼怪会出各种损招使坏。因为它们知道,如果你上升得道,就会让它们现出原形,不能再去蛊惑、威吓、欺骗他人。"

吴有期说:"那我目前应该怎么应对岳不婷和马贵都,对了,还有这两个人的后台庸普一?"

朱明晨说:"讨厌一个人,有这么两种处理方式。一种处理方式是,狗咬人一口,人不能再咬狗一口。另外一种方式是,人再咬回去。如果人不再咬狗一口,那么,狗就会认为自己很厉害,会更加忘乎所以,到处咬人,从而造成更大的危害。哪种更正确呢?这不好说,你自己决定吧。"

吴有期说:"难道岳不婷和马贵都就不怕我反击吗?伤害别人的力度有多大,反击的力度就可能有多大。聪明的人应当知道,伤害他人其实就是伤害自己。从这点就知道这帮人什么水平,毫无智慧。"

朱明晨说:"我还真不是单纯贬低岳不婷,就是这种人都能混到这种地位。这不需要多少智慧,够厚黑就行。"

最后,吴有期好像终于下定了决心,说:"是的,举报岳不婷,我可能会后悔,在考古研究院里以后的日子里会更加孤立。不过,我宁愿选择举报岳不婷,宁愿因举报而后悔一时,也不愿因不举报而后悔一生。她打我几拳了,我回她一拳还不行?我知道有庸普一在位子上,举报她不会有什么结果。但就算没有结果,我也要举报。"

<h2 style="text-align:center">三</h2>

吴有期想过，自己为什么能够和朱明晨聊在一起。毕竟同学那么多，朋友也不少，但为什么其他人不行？后来仔细想一想，可能是因为他们都是失意人。

只有同类才最能理解同类，果然没错。即使是世界上最好的翻译家，也听不懂一只麻雀的叫声。当然，麻雀也听不懂翻译家在说什么，而最笨的两只麻雀交流却会畅通无阻。

两个失意人从生活谈到工作，从工作谈到情绪。朱明晨经常感叹，活着越来越不快乐了。吴有期也说："人有一定年岁后，如同开了很多年的汽车，越来越接近报废，不知哪天就得维修，哪有什么快乐可言！"

应当承认，由于柯力拾的原因，在考古研究院，吴有期并不是一开始工作就失意的。别人是被动失意，他则颇有些主动失意的意思。这让后来在考古研究院上班的马贵都非常不理解。

一开始，马贵都只是以辅导员的身份进的考古研究院。尽管有一定级别，但也只是辅导员。在考古研究院，特别在柯力拾和前任院长当政时期，都是做学问的具有优势，不论在精神还是物质方面，都是如此。马贵都这种行政管理人员并不十分吃香。

柯力拾曾经认真考虑过吴有期以后在考古研究院的发展。在一次看似不经意的场合，柯力拾对吴有期说："你看看能不能先担任系副主任。系主任秦万里这两年就退休了。你先干着，等慢慢熟悉工作了，再给你加担子。"

他们这次谈话并不正式,可能是考古研究院历史上最随意的任命谈话之一。这次谈话确实很随意,随意到发生的场合就在柯力拾办公楼的卫生间里。两个男人都站在小便池旁边方便。吴有期第一次有和柯老师在一起小便的机会,看着洁白的大理石便池上的反光,竟然感觉有些害羞。不过,柯力拾倒没有什么,早年在东北伐木的经历,让他并不太注重小节。

吴有期当时评上副研究员已经有几年了,正在拼命发论文和申报课题,准备冲刺正高职称。他认为其他都是次要的,只要学术做得好,比什么官职都强。这是学者真正的门面。只有职称是学者真正的荣誉,其他都可以先放一放。因此,他就委婉地对柯力拾说:"柯老师,我现在还年轻,管理系里的一些老教师,好像不是很合适,等我评上正高以后,再按照您的要求来。"

小便池贴的大理石像镜子一样,上面两个人模糊的面容沉默了一会儿,只听见嘶嘶的水声。不过,柯力拾放得更加迅猛,好像在表达不满。吴有期放的水一阵一阵的,他好像有些不安。吴有期那天也感到有些奇怪:"这是怎么搞的,还没有到七老八十呢,怎么小便就这个样子?以前没有这种情况啊。"

那天正好遇到马贵都。他刚风风火火地安排完学生的排球赛,头上戴着棒球帽,上面沾了一些白色油漆,如同油漆工人一样,手上还拿着一个教练的战术板。看到吴有期后,就停下来和他聊了几句。吴有期是一个没有多少城府的人,就把刚才小便时柯力拾对他的安排,以及他的拒绝都给马贵都说了。马贵都差点儿给气乐了:"你这小子,现在成大牌了,领导主动向你靠拢,你都不接招,我们这些人哪有这种机会啊!"

吴有期说:"我也不是搞管理的料,这方面比你差远了。我不想多管闲事,怕操心,就是想处理一些比较完整的事情,像是你这样整天处理一些零零碎碎的事情,我可受不了。"

马贵都说:"等你混到柯老师这个位子,什么闲事都不要你自己亲自干。你真是身在福中不知福啊。"

可以说,马贵都一开始和柯力拾的关系远不如和吴有期的。那些吴有期扔掉的,都被马贵都捡了起来,并且利用好了。应当承认马贵都待人接物比吴有期成熟得多。柯力拾到马贵都的老家那个市做讲座,马贵都就提前向吴有期咨询柯老师喜欢吃什么,觉得住在什么样的地方更舒服。得到第一手消息后,马贵都在老家动用了一切能动用的关系,安排了最好的酒店、最有特色的餐饮,还找到当地政府级别不低的官员作陪接待。柯力拾那次去做讲座,被马贵都伺候得舒舒服服的,自此就对马贵都刮目相看。

第二十五章

谁是告发者

一

　　如果不是顾着仅存的颜面，柯力拾恨不得抽自己几个大嘴巴子，越疼越好，一定要能让脑袋嗡嗡回声的那种。就算这样，他也感觉不解恨。为了一个女人，就忽然从高楼急速坠下，掉落到尘埃里，溅起了万丈的尘土，震得整个考古界的人士都有些眩晕。这不是惊世的考古发现，而是一桩丑闻。考古界特别是考古研究院可能在很多年里都不会缺少他的笑料和谈资。

　　如果说什么时候是柯力拾一生中的至暗时刻，当警察亮出身份的那一刻就是。相比之下，他在东北风雪交加中伐木的时刻不是，得知姐姐不幸离世的时刻也不是，甚至送王秀菊险些丢掉性命的时刻都不是。那些时候他还年轻，年轻就是本钱，有本钱就可以东山再起。人生就是一场赌博，年轻就是赌资，关键是现在年龄的余额不足。在这一刻，他清楚地意识到，以他现在的年龄，赌资不足就意味着没有翻盘的机会了。

敲门声大概在午夜十二点时响起。这个点竟然还有人敲门，何况他们住的还是这种比较隐蔽的宾馆房间，这让柯力拾有些意外，就像两个人在进行拳击比赛，对手选择了一个很刁钻的角度进攻。当时柯力拾还没有完全睡着。不知为什么，他忽然想起朱明晨，再由朱明晨想到了他未见过面的朱明晨父亲。其实，他在十点多就熄灯了，闭着眼睛。不知是梦还是心事，如同泡好的茶叶般翻腾着，在他的脑海里浮起落下。当门被敲响的时候，他以为时间还早，想着是不是前台的服务员来送洗漱用品了，不过，他也没有要啊。

门口两个穿着警服的人解答了他的疑惑。前面的一个年龄大点儿长得有些彪悍的警察拿着一把手电，威严地喝道："警察查房，配合一下！"

后面一个面相嫩点儿的警察喊着："开灯，把灯都打开，谁也不准乱动！"这个警察明显比较年轻，就柯力拾带过那么多学生的经验而言，他可能毕业后没有上多长时间的班，脸上校园的气息还没有完全被社会上的风吹散。他和年龄大点儿的警察不一样，他的威严是装出来的，而年龄大点儿的那个警察的威严是累积的经验塑成的。

年轻的警察对柯力拾说："靠墙站着！你叫什么名字？拿出身份证来，身份证在哪里？"

柯力拾有些恍惚，好似多年来身份支撑的高塔一下子塌了，砖瓦石块掉落一地，尘土飞扬，把他一下子遮盖住了。他支支吾吾地说："身份证没有带啊，我是住的朋友的宾馆，不要身份证的。"

　　年龄大的警察明显更加老练,他有些不耐烦地说:"别给我们兜圈子。我们能找到你们,就是有线索,有人举报这里卖淫嫖娼。你也不要装糊涂。你拿不出身份证来,那位呢? 不可能那么巧,也没有带吧?"他指了指这时缩在床最里面的陈美娟。陈美娟蒙着被子,只有一缕头发露在外面,可能因为昨晚洗澡后没有吹,头发有些乱。当然,也可能是柯力拾给弄乱的。

　　看到柯力拾还在那里不配合,年轻的警察说:"王队,要不把这两个人带到队里审吧,这里审也不太方便。"不知他这是随口一说,还是敲边鼓威慑柯力拾。

　　王队缓和了一下口气说:"这样吧,我看你也是有文化的人,也有一定年龄了,感觉不像是嫖娼的。如果你不拿出身份证,我就找前台,前台不说,这个宾馆的老板就有责任,罚款少不了,弄不好还来个拘留。你认为有必要吗?"

　　柯力拾忽然想起曾经和这个区的公安局的一个领导吃过饭,他也没有想到会遇到这种事情,当时在手机中随便记了电话号码。不过,不知是紧张,还是记性下降,或者记忆选择性罢工,反正当时他把那个领导的名字忘了。他这时手抖动着拿出手机。

　　年轻的警察忽然警觉起来,大喝一声:"你想干什么! 不要动!"

　　柯力拾说:"我认识你们一个领导,关系不错,就是他的名字一时想不起来了。我找一下通讯录。"

　　王队在那里笑了:"关系好,你还能记不住名字? 这件事情已经有人打 110 了,这个有记录的,找谁也没用,谁还敢给你销案!"

　　没有办法,柯力拾只得告诉两个警察自己的名字。接着想想,名字都告诉了,身份还能瞒得了吗,就把自己的身份也告诉了警察。同时,他还保有一丝冷静,说:"别看我年龄不小了,但现在离婚了,是单身,我是正常谈恋爱。"

年龄大些的警察说:"正常谈恋爱?你倒是挺时髦啊,我到现在都没有找到女朋友呢,你黄昏恋都开始了,佩服佩服。那么,你告诉我一下你女朋友的名字、年龄、哪个单位的。"

柯力拾这时候也管不了那么多了,老老实实地把陈美娟的基本情况告诉了警察。王队对年轻的警察说:"小周,你先看着点儿,我分别问一下,然后通过局里的系统查一下情况。"

王队让陈美娟穿上衣服,又核实了一遍。这个时候,陈美娟感觉都麻木了,脸上看不出是恐慌,是羞惭,还是无奈。脸上的妆昨晚洗掉了,现在皮肤苍白,毛孔粗大,头发如同雨中家禽的羽毛一样凌乱不堪。

出去了一段时间,王队回来后,态度好了不少,他说:"我知道你是个考古专家,为我们市甚至省里做了不少贡献,现在你也离婚了。本来谈恋爱没什么,法律也没有规定禁止谈恋爱的年龄。"柯力拾感觉心里轻松了一些,他没有想到,到了他这个年龄,遇到这种事情,还像小学生一样窘迫,而对面这个年龄大些的警察就像是他的老师。他是多么希望老师能鼓励他一次,给他一次机会啊!

柯力拾在那里尽量恭敬地说:"王大队,我的确没有在前台登记,这是我的错,我下次一定注意。我这么大岁数了,更应该遵守法律规定,配合咱们公安局的工作。"为了拍这位年龄大点儿的警察的马屁,柯力拾直接给他升了一级,称呼从王队变成王大队了。

王队说:"老同志,登记不登记不是重点。关键是你的女朋友还没有离婚,这就不行了。当然,我们不是道德警察,不管你们这种事情。不过,我刚才问了,已经有人把这件事情举报到你们上级单位。在我这里,就是想包庇你,也没有这个权力。"柯力拾的脸"唰"一下从秋天进入了冬天,严霜在他的脸上凝结、变硬、变多,最后,他的脸成为东北伐木时节那广袤的雪中田野。王队安慰他说:"估计这件事没有多大,结果也就是内部处理。你也不要过于担心。"

二

考古研究院的门前,有一个小公园,除了一早一晚过来锻炼身体的大爷大妈,平时人倒是不多。在靠近考古研究院的一侧,有人发现了商机,在公园的一角弄了一个小餐厅。当然,里面也可以喝茶、喝咖啡,它主要以考古研究院的学生为生意对象。下课时,吴有期意外地遇到了朱明晨。他理了个短发,尽管还是有些瘦削,不过好像气色好了不少,至少眼里有神了。看到吴有期,朱明晨说:"今天没有课了吧,等会儿我们去门前那个小餐厅喝点儿东西。"

进入餐厅后,发现老板倒是很有情趣,把门前的树木进行合理利用,搭了几个秋千。坐在餐厅里面,透过窗户能看到公园里的池塘,里面有两只黑色天鹅在游。它们似乎想朝他们这边游来,看见有人,并不惊慌,但看着好像有些讨厌人类,改变了方向,向着树林多的那边岸上游去了。

吴有期坐在朱明晨的对面,他们面前是一张长而窄的桌子,靠近朱明晨那边的墙上搭建了简易的书架,摆了几本封面亮眼的杂志和几本封面朴素的图书。吴有期看着朱明晨的脸就淹没在这些杂志和图书封面的颜色中,迷幻而遥远,辨不清他是书中的人还是现实中的人,一时竟不知如何开口。

朱明晨说:"这两只天鹅我很早以前就见过,后来它们飞走了,没有想到又回来了。天鹅是忠贞的动物,人就是披上了衣服的动物而已,衣服给人提供了掩护色,有时人还不如动物。"

吴有期说:"这里的池塘和外边的大河相通,可能它们在前段时间嫌这里吵,就游走了。现在春天来了,就又游回来了。"不知为什么,吴有期不想那么快切入主题,他的内心或许在有意回避那个话题。这不仅是因为朱明晨,也是因为柯力拾。他看着远处一个小男孩正在吹肥皂泡,肥皂泡越飞越高,在太阳下闪耀着奇异的色彩,不过,终于有一刻,肥皂泡破了。从吹肥皂泡的那一刻起,就知道它们会破,为什么还要吹呢?

朱明晨盯着吴有期的眼睛说:"你不提老柯和陈美娟的事情,是不是怀疑是我举报的他们?"吴有期突然发觉朱明晨对柯力拾的称呼变了,以前有时称呼柯院长,大多数时候称呼柯老师,现在却称呼"老柯"或者"这个人"。

这一问,让吴有期有些措手不及,他本来不敢提,怕朱明晨多心,没有想到朱明晨自己提了。

朱明晨说:"其实,就算真的是我举报的他们,也没有什么,一般的男人,谁能够忍受这种事情? 不过,如果你真的了解我,就该知道我恰恰不是一般的男人。"

吴有期说:"那到底是谁举报的呢?"

朱明晨说:"谁获利最大,就是谁做的。举报老柯能获得利益的,表面上看是我,实际上,我能有什么利益呢? 自己被戴了绿帽子让全世界都知道,是什么荣誉吗?"朱明晨说着有些激动起来。

好似一个新手护士给病人换药,唯恐碰到对方还没有愈合的伤口,吴有期小心翼翼地说:"这个事情,我也不知道是谁做的。谁都不是诸葛亮,会未卜先知。"

朱明晨说:"我以前看过一本侦探小说,侦破一起案件,需要看谁的犯罪动机最大。譬如说,一件恶性杀人案件,杀人动机无非是情杀、仇杀、财杀。否则,这种要掉脑袋的事情,谁会冒着这么大的风险去做呢? 当然,也有变态杀人的。这是杀人案件中最难侦破的。不过,这种是小概率事件,变态杀人的到底少。我这么说的意思是想表明,谁举报这件事获益最大,谁就是举报者,因为这个人最有动机。"

一时间吴有期不知说什么合适。他不知道朱明晨恢复到什么程度,万一刺激到他,罪过就大了。

朱明晨接着说:"我说那么多,不是为了显摆自己,我现在也没有必要这么做了。我只是把这个和老柯的事情做个对比。尽管可能有人知道他和陈美娟的关系,但现在的人都这么忙,如果没有利益纠葛,谁也不会无聊到举报别人。说到底,老柯和陈美娟偷情和我关系大,和其他人的关系真的不大。不过有利益纠葛就不好说了。现在,据我考虑,和这件事情有利益关系的主要有三个人,就是庸普一、岳不婷和马贵都。这么说你认可吗?"

吴有期认为他说得有道理,忽然他想起一件事情,说:"那柯老师的爱人仲老师也有动机啊,为什么不能是她举报的呢?"

朱明晨如同一个侦探,抽丝剥茧地说:"她有举报老柯的动机,因为夺夫之恨是女人最大的仇恨之一,甚至都不是之一,就是最大的仇恨。不过,你忘记了,她举报老柯没有利益可得。她和老柯已经离婚了,她女儿还在读大学,在她女儿毕业的时候,老柯在位子上给女儿安排工作,绝对比不在位子上方便得多。仲老师不举报老柯,是因为女儿,不是因为和老柯的感情而下不了手。"看着朱明晨娓娓道来的样子,吴有期认为他已经恢复了。不仅恢复了,而且比以前更为冷静。

吴有期说:"既然你已经说到这里了,我们都是这场纷争的局外人,就以局外人的眼光分析一下,这三个人谁举报的可能性最大。"

朱明晨说:"这三个人都有动机。庸普一被老柯压了几十年,关键是老柯只比他大两岁。老柯不犯错误的话,以目前的样子,做到正常退休没有问题。这样庸普一这辈子压根就没有希望做考古研究院的院长。从这点上,他是利益相关者,有举报的动机。不过,虽然庸普一有这个心,但未必是他亲自举报,毕竟这个身份的人,亲自举报未免有些掉价。当然,这并不代表他不知情。他可能会顺水推舟,乐见其成。"

吴有期说:"以岳不婷这种睚眦必报的性格,有没有可能是她?这个女人面目丑陋还自以为是,自大得要命。有没有可能因为我迁怒柯老师?"

朱明晨说:"岳不婷的嫌疑是大,不过,她不是最大的嫌疑人,因为这个女人胆小,估计她不敢。"

吴有期说:"难道你认为是马贵都举报的?这好像有些扯远了吧?"

朱明晨淡定地说:"扯得一点儿都不远,难道你不认为马贵都举报的可能性最大？你想想，当年他能在读硕士的时候请导师洗脚，这种事情一般学生能做？马贵都也有动机和利益啊。他是庸普一的硕士，后来还读了他的博士，属于嫡传弟子。老柯倒了，庸普一是下任院长的最大候选人。考古界就是这么小的圈子，外行也很难进来做领导。数来数去，也就是庸普一还能做一任。确实，以马贵都的资历直接接庸普一的班可能还不够格，关键是还有岳不婷啊。岳不婷当年是走庸普一的路子进的考古研究院，老柯在位子上时，别看她马屁拍得震天响，她归根到底还是庸普一的人。如果老柯倒台了，庸普一接上，干几年后，可能下一任院长就是岳不婷。岳不婷是个官迷，你忘记了她做人事处处长公开述职时说的话了吗？她当时说她孩子不用自己带，家务事也不用自己做，她就是要安心做好管理工作，也就是当官。不过，毕竟年龄上有限制，她进考古研究院时年龄也不小了，她过渡一段时间，最终最大可能还是把位子传给马贵都。这样说，你明白了吧？这种举报者就是打手的角色，也是马贵都最擅长扮演的。再说，马贵都和我关系很差，他也可能借着这件事情，让别人怀疑我，也可以恶心我，这一箭不知几雕呢！"

吴有期长叹一口气说："他们有这么复杂吗？做人应当善良，有一颗善良的心，如果不能安慰别人，至少可以安慰自己。这是一条起码的底线，这些人连这点儿底线也不要了吗？"他接着说："这个考古研究院属于挺边缘的一个单位，没有多少油水，岳不婷、马贵都他们号称是学者，根本毫无学术成果，还整天搞这些东西，退休的时候不怕留下遗憾吗？"

朱明晨说："谁对谁错，孰是孰非，因为价值观不同，也不好说。

你认为他们这么做没有价值,他们却恰恰乐在其中。时间不语,刀刀入石,就让时间来检验吧。"

吴有期说:"这么多年来,不知你感觉到了没有,反正我是感觉到了:我们都是在套索之中,我们一生都在解套。很多人不知道,他们想得到的越多,被套索套得就越牢。这其实有些作茧自缚的意味了。"

朱明晨说:"是的,欲望越多,套索就越紧。这点上老柯就是一个典型的例子。当然,我们可能也不例外。"

第二十六章

孤　立

一

　　考古研究院每周一都有例会,这和行政机关几乎没有差别。对于学院的领导而言,这是展示自己领导身份的一个重要机会。考古研究院的研究人员相对具有独立性,如果不开会的话,做领导的感受就不太明显。做领导的好处大多都是精神方面的,开会无疑就是其中重要的一种表现形式。不过,今天这个例会显然与以前不同——吴有期的发言,让这个例会不再是形式。本来院里的领导只是客气地问一下哪位老师还有意见,没有想到吴有期还真的在一片复杂眼光中走上了主席台。这些眼光里有惊讶,有疑惑,有冷漠,还有兴奋。会议大厅里的人本来昏昏沉沉的,吴有期这么一发言,这些人忽然觉得开会有了一些乐趣,都在那里端着脸和眼睛,静静地等着"吃瓜"。

　　本来吴有期是带着稿子的,后来,他觉得不能让稿子这条绳子把自己绑架了。他的愤怒跑得太快，力量过猛，已经不是稿子这条绳子能束缚得了的。他在那里想尽量冷静地把整个事情和自己的诉求说明白，但是，他想说的内容却像夏天最热时候的蜜蜂一样，在那里骚动不安，让他根本无法冷静。他说：

"考古研究院的各位领导，感谢你们让老师发表一下自己的意见，我本来不想说，但是不得不说。我不仅仅是在维护我自己的尊严，更是维护我们作为知识分子的尊严。这几年来，你们吃肉，我喝汤都不行。你们便宜占尽，好处捞尽，我想干些活儿都不行。一些人坏到骨子里了。这真是几千年未见之怪现状。

"我今天主要和大家说两件事情，第一件事情是不给我安排课，却说我上课课时量不够，最终还被认定为'基本合格'。我认为这个制度本身就有严重的缺陷，是强人所难，逼良为娼。我一直向有关领导和部门反映，你们却到处踢皮球。你们这么会踢的话，去参加国家足球队啊。这里显不出你们的真才实学。第二件事情是岳不婷违规成为省级学术标兵的问题。

"这么多年来，我在考古研究院科研贡献量一直是第一，去年在全国考古学核心期刊发文量全国第二，做出了那么大的贡献，但头衔、好处都是一些既得利益者的，我连上课的权利都不能保证。还是知识分子呢，心黑到什么程度了？难道知识分子都是扮演给别人看的吗？

"以前考古研究院的个别领导说要打击岳不婷的这种歪风邪气，请问怎么打击的？把她打击成省级学术标兵吗？还不是被她拿捏住了，都不敢得罪她。都知道孰轻孰重，你们怎么都这么高明呢？

"在这里,我对岳不婷没有什么学术成果,没有经过学院的公示程序,却成为考古研究院推出的省级学术标兵的事情,再次正式向考古研究院领导反映,希望学院领导带头抵制这种歪风邪气。"

考古研究院空旷的会议大厅里回荡着吴有期的声音,连他自己都被震得像处在铜钟里一样,耳朵里嗡嗡作响。吴有期自己都感觉到上述这些话的力量了,它们像铁锤一样,一点点在对方心里锤出了裂缝。随着这个裂缝越来越大,他相信不光领导,就连同事,也愿意站在他这一边说句公道话。

在前段时间,当吴有期把上述问题向考古研究院领导层反映时,那个老好人领导确实说可以通过组织程序来处理这个问题,不过结果令他失望。老好人有个惊人的本领,那就是无论你怎么指责他,即使当面指着骂,只要不影响他的位子,他都会不紧不慢、耐心地跟你真诚地绕圈子。有时候,吴有期都对他的这种真诚产生了怀疑:这到底是假装的真诚还是真的真诚呢? 如果是假装的话,为什么让人感觉比真的真诚还要真? 或者,他说假话说到把自己都骗了,连自己都相信了?

那天在考古研究院会议大厅里的这番发言,是他的宣言书。吴有期清楚地知道,说完这番话后,他已无后路可退。这不是他在说话,而是他的内心在自动流淌话语。他感觉自己不是在用嘴说话,而是在用愤怒说话。

接着吴有期又在会议大厅里说了一个故事:

"我一个朋友给我分享了一个故事:他初中时学习成绩是班里最好的,班里老师选优秀学生做学习委员,本来以为找一个成绩最好的,结果老师找了一个成绩最差的当学习委员。我朋友不服,就去问老师怎么选的学习委员。

"老师意味深长地看着他说:'你这个同学,只知道学习,不知道什么是关系。你仔细看一下评选规则,当学习委员需要满足以下两个条件:第一,学习最差。第二,嫉妒心最强,武大郎开店,不准别人比他高。你看自己符合哪一条?'

"'那怎么证明呢?'我朋友问。

"老师回答:'有次我们班里聚餐,这个差生不仅把肉全吃了,骨头也没给别人留。一个同学想喝口汤,却被他吐了一口痰。'我朋友终于明白了,原来这就是规则啊。不过这个班级不进也罢,后来他就退学了。"

会议大厅里一片死寂,如同吴有期多年前经过的一片荒无人烟的废弃采石场,那里留下的大大小小的碎石头,参差不齐,冷漠而尖利。会议大厅里也到处都是嶙峋的人心。这些人大多数都是计算大师,在可能造成的损失压过获得的利益之前,不会多说一句话,他们绝对不会出现计算失误。

站在人群密集的考古研究院会议大厅里,吴有期感觉自己像是站在旷野中。周围都是山,但是,这些山都鸦雀无声。周围也有树,不过,这些树都沉默生长。周围也有庄稼,不过,只要不去收割它们,它们总是闭嘴不言。

不过,在座的可都是知识分子啊。他们从小接受良好的教育,公平、正义都写在他们的书本之中。他们不仅自己学过,也对学生讲过。但是,在涉及自己利益的时候,这些正义就都哑口无言了。

吴有期想到自己曾经去过的一个菜市场,一个大菜贩是市场管理人员的亲戚,明明操纵磅秤,缺斤少两,却在他指出的时候,堂而皇之不听他那一套,和他在那里激烈地争吵起来。吴有期本来以为市场上买菜的人会帮助他,因为这个市场上缺斤少两损害的是买菜人共同的利益。不过,这些人显然没有站在他这一边,而是站在大菜贩那一边,当然,也是站在市场管理人员那一边。这些人如同鹅鸭一样嘈杂,七嘴八舌地指责他,就是求他们沉默地围观也不能。一个买菜的老头说他搞坏了秩序,厉声指责他:"你是哪个单位的?信不信我去你们单位举报你。"差点儿把吴有期气得吐血。

吴有期感觉愤怒在血管里流淌着,血管如同牛皮筋一样,就那么一根根地互相纠缠着,即使作为牛皮筋宿主的牛死了,这些牛皮筋也还留有一部分牛的力量。它们越缠越紧,越编越密,力道也感觉越来越大,慢慢地成为一条牛皮鞭子,在身体内跃跃欲出。他这时没有看岳不婷,却真实地感受到这条鞭子抽了她好多次。他不仅感受到了鞭子抽打岳不婷的力度,甚至听到了鞭子抽打时发出的啪啪的声音。

吴有期继续说:"有人每天满口正义,那是表演给别人看的,实际上比谁都不正义。"

学院里那个高大的老资格教师在那里呵呵地笑起来。他在前排坐着,歪着脖子向吴有期这边说:"小吴,你这是在说谁啊?"

吴有期知道他是什么意思,他这是给庸普一和岳不婷救场呢。他在关键的时候示好,是为以后的利益做投资。另外,这也可以显示出他在考古研究院里与众不同的地位。

吴有期说:"胡老师,我说谁谁自己明白。"

吴有期愤怒了,但是,这种愤怒却如同石头打在棉花上,一点儿回音也没有。这个会议大厅里的智力含量绝对不低,孰轻孰重大家分得很清,只要麻烦没有落在自己头上,谁犯得着得罪岳不婷呢?吴有期就是一个同事,还是对自己没有用处的同事,而岳不婷却掌握一定权力,背后还有庸普一支持,旁边还有马贵都协助。

吴有期知道自己在考古研究院的分量还是不够,就面带悲愤地说:"都是知识分子,都做过领导,大家看柯力拾老院长是怎么做的,现在的人又是怎么做的!"

吴有期认为最后这句话还是比较关键的,既捧了柯力拾,表达了他即使退休了,在考古研究院仍有一定分量,同时,也让大家通过比较知道岳不婷及她那帮人的恶劣之处。不过,无论吴有期怎么说,整个会议大厅里的人都如石化了一般,在那里默不作声。

通过这次例会中,吴有期明确了很多人他都看不惯,估计他的这种看不惯是一面镜子,照出了很多人同样也看不惯他的一面。他被周围孤立了,这种孤立不是他愿意选择的,不过,他还有什么其他选择吗?

吴有期这时忽然想到,如果朱明晨在现场该多好。有朱明晨在,至少他不会这么孤立无援。

二

一个人老了的征兆之一,就是失去了羡慕和嫉妒的能力。虽然庸普一正是春风得意的时候,柯力拾对他却生不起半分羡慕和嫉妒。柯力拾想:"难道真的就老了吗?"

在柯力拾出事之后,庸普一和他的关系倒是没有完全损坏。他自己也认为柯力拾的能力并不比自己逊色多少。作为竞争对手,他对这个考古界的高手还是有一定敬意的,就是从纯粹专业的角度而言也是如此。

柯力拾刚出事时,庸普一很高兴:本来正想睡觉呢,不知谁那么懂事,马上给自己送上了枕头。但在他当上考古研究院院长后,没几年就面临退休,他忽然有了兔死狐悲之感,于是就在一个靠近水边的农家乐饭店里,专门请柯力拾过去吃饭。

经过这段时间,柯力拾明显感觉自己有些老了,以前东北伐木锻炼出来的引以为傲的身材好像也臃肿了,脸如同秋天霜打过的植物叶子,变得有些萎靡。不过,见柯力拾并未垮掉,还是挺直着腰杆,给人以虎倒不倒架的感觉,庸普一从同情,又变得有些生气。庸普一想:"你以前在考古研究院获得了那么多,那些东西本来就是我的,我不过是拿回来罢了。"

柯力拾在做考古研究院院长的时候,也经常在这个河边大船上的农家乐饭店里邀请庸普一吃饭。这么做一是为了联络考古研究院领导层的感情,二是幽静的环境可以让两个人之间弓弦一样的关系缓和一些。当然,两个人的关系总体上还是内紧外松的,至少在日常工作中,他们在表面上还过得去。不过,这次吃饭的主次位置发生了颠倒。以前是柯力拾为主,庸普一为辅。现在庸普一为主,柯力拾为辅。

这里是一条大河旁边的一个河汊,作为饭店的船很大,不过已经废弃了,失去了以往蓬勃的活力。能够想象它曾经威武地迎风破浪的时候,在多少大江大河上如履平地,见过了多少风景,历过了多少悲欢。不过,它现在老了,不能航行了,就在这里被人改造为饭店,发挥余热。河流在这里安静地流淌,芦苇在水边安静地生长。不过,席间一起吃饭的庸普一和柯力拾只有表面上的平静,内里其实都不如河水安静,也都不如芦苇安静。

庸普一的声音明显比以前大了不少,他说道:"柯老师,这段时间我比较忙,没有找你喝酒。当然,你酒量不行。今天请你过来就是聊聊天。感觉你最近精神很好啊。"

柯力拾说:"不在其位,不谋其政,压力小了,担子一下子没了,轻松不少。你倒是辛苦,考古研究院这么大的一个摊子,够你操心的了。"

庸普一说:"不说其他的了,何以解忧,唯有杜康,你不能喝酒,今天也得破例,少喝一点儿。年龄大了,喝酒可以活血,只要是适度,就当是养生了。"

两个人没有邀请其他人,只把唐宋考古史方向的退休研究员老周叫来了。老周本本分分,一辈子谁都没有得罪,和这两位领导的关系都处理得不错。毕竟他的资历比两个人的都要老,进研究院比他们都要早上好几年。

庸普一喝了一会儿酒,忽然有了心事,皱起眉头说:"柯老师,你知道最近吴有期的事情吧,你这个学生越来越不像话了。如果不是看在你的面子上,我早找人查他了。他现在竟然到处举报我们考古研究院。"

柯力拾夹菜的手悬空停了一下,说:"庸院长,这个吴有期是我的学生,不过,儿大都不由爷,就别说不是儿子,只是我的学生了。我退休了,管不了那么多了。"

以前庸普一上班见到柯力拾,都会声音洪亮地说:"柯院长好!"而柯力拾当时只称他为庸老师。自从柯力拾从院长位子上下来后，二人之间的称呼不知不觉间发生了转变。有时，失落、郁闷、恼怒……各种情绪在柯力拾的心这口大锅里翻腾，后来他又自我安慰，出了那件事情后，至少表面上没有看出来庸普一落井下石，也算不错了。

庸普一接着说："这个吴有期是有点儿才能，不过也是我们考古研究院培养出来的，更是你柯老师一手培养出来的。现在长了本领就开始炸毛，忘记了他当时进考古研究院时，我也是看了你的面子，才给他签了字。"

柯力拾连连点头，心中竟有股莫名的感伤。他感觉吴有期就是当年竞争失败的庸普一，那么，谁是现在竞争胜利的当年的自己呢？是马贵都吗？这个他当年的半个学生，自己曾经真的想把他培养成接班人。不过，自从那个叫赵四的人到他的办公室闹过，加上学校的一些老教授纷纷反映这个人人品不好，学术成就也确实拿不上台面，他就慢慢放弃了。现在看来，庸普一准备用他，毕竟他是庸普一的嫡系亲传。马贵都又会做人，把庸普一哄得团团转。不过，到了最后，无论谁输谁赢，都和自己没有关系了。

第二十七章

回归家园

一

已是初春，朱明晨感觉家所在的小区还是有些陌生和冷冽，于是决定带李槿到一个温暖的海滨城市。他要先在一个热的地方温暖一下身子，以抵抗将要到来的冷清。

朱明晨和李槿躺在床上，这是一间紧挨着海边的宾馆。夜里，远远向海上看去，天和海连在一起，成为混沌模糊的一片，分不清哪里是天，哪里是海。一座岛屿突兀地挺立在远方的大海里，闪着微弱而神秘的灯火。海里起雾了，在雾气中，黑色的岛屿、天上的星光、地下的灯火，互相交织，如同梦境，也如同仙境。

浪花一开始只如同玫瑰花落在海水面上那般，声音轻柔无比。宾馆下面海岸的石头和海水互相抚摸，如同久别的恋人。不远处，小提琴的声音柔滑地响起，如九曲十八弯的道路一般婉转，让人心里也曲折不已。这样的夜色，配得上这样的小提琴曲。

　　月光落在水里，岛屿伸出长长的臂膀怀抱住月光，让它感觉安全无比。如同一个人的人生：一开始有父母用臂膀遮挡着风浪，人如同在静水中的睡莲一样安稳地睡着，轻轻地摇动；等到长大了，人就被生活抛入了无边的激流中。海边的风浪渐渐变大，如同发怒一样。为什么要发怒呢？海浪也有悲欢离合、人情冷暖、各种倾轧吗？海浪的牙齿开始摩擦着坚硬的岩壁，它们之间互相挑衅、碰撞、争斗，两个人能够听到海水愤怒的激情。海水的愤怒是如此之大，海浪的飞沫高高地跃起，水花爆炸似的四溅，如同一个人喷了另外一个人一脸口水。忽然，外面的声音变得大起来，山崩地裂一样，远方的岛屿不见了，灯火不见了，雾气不见了，天上的星星不见了，不远处的小提琴声也不见了。朱明晨感觉自己和身下的岩石一起在颤抖，这座在夜色中变得渺小的宾馆在颤抖，身下的床在颤抖，身边的李槿在颤抖。

　　朱明晨伏在李槿的怀里，嘴里喃喃地说："妈妈，妈妈。"他小时候太渴望妈妈的爱了。

　　李槿也紧紧地抱着他说："欸，你就是我的孩子，无论如何，我都不会抛弃你的。"

二

　　朱明晨开始感受到和多兄弟姐妹的女生谈恋爱的好处。现在都是独生子女居多，像陈美娟，就算三十多岁了，在家庭中，哪怕只是一点儿小事，对朱明晨也是寸步不让。朱明晨感觉两个人不是夫妻，简直就是竞争对手，他根本感觉不到陈美娟作为妻子的善解人意。李槿从小就开始照顾弟妹，这让她自身带有母性的光环。

这多少弥补了朱明晨小时候缺失母爱的遗憾。

由于李槿回朱明晨住的小区不太方便,他们到了大门旁边的一片树林里就停下了。在这里,树上的叶子已经从去年的枯黄,变成了现在的绿色。树可以如此,人呢?

马路对面的那个快递收发站还是忙忙碌碌的。朱明晨以前下班回小区时,经常会看到父亲抱着一大摞快递,父亲的身子都快被快递箱子淹没了。他向前走动时,远处的人可能会认为这不是人在动,而是一堆纸箱子在动。不过,不论多远,朱明晨都知道这是父亲,他就会喊:"爸,你一次少拿一点儿,拿两次不行吗?"父亲说:"没事儿,这些纸箱子看着多,其实不重。你快回家吧,饭我给你做好了,凉了等我回去给你热一下。"现在,朱明晨回家了,却再也看不到那些纸箱子笨拙地移动了。

朱明晨说:"感觉这一切真像梦。不过,梦醒了还会回到现实,我爸不在了,我也很难回去了。"

李槿说:"生命就是坠落,坠落就是永恒。永恒的会留在记忆中。只要你忘不了你爸,他就一直还活着。"

回到家中,听说母亲最近恢复得还不错。肠癌属于懒癌,在癌症中是不活跃的类型。特别是老年人身体活跃程度低,母亲活的预期时间会更长。十几年前,朱明晨到姑父在农村的老家,看到一个中年妇女正从姑姑家中笑呵呵地走出来,一边走还一边说,儿子一家在外地打工,今年庄稼秋收全靠他们老两口。她说:"养儿有什么用啊,结婚好几年还得为他们操劳。不过,我有那么好的小孙子,也值了。"朱明晨还没来得及说话,姑姑就告诉他:"你看我这个邻居,我得管叫她堂嫂,去年查出了肠癌,家里人没有敢告诉她,也没有做手术。她自己确实感觉不舒服，不过，好在好几年了癌细胞一直没扩散。她也像是没事人似的，能吃能睡能干活儿。"十几年后，听说那位妇女还是那么忙忙碌碌，除了面容干枯一些、黑了一些，疾病好像和她形成了默契，就在她的身体内安定了下来，谁也不打扰谁。

可能母亲出去散步了，也可能出去买菜了。陈美娟带着儿子搬离了家，家里空荡荡的，儿子的那只小乌龟变大了一些，不过并不明显。

爷爷从小一直陪着儿子睡觉，儿子熟悉爷爷的气息。在爷爷出事后，儿子一闻到爷爷在床上留下的气息就哭得停不下来。由于怕儿子看到爷爷的东西难过，家里和爷爷有关的东西都被处理掉了。为了纪念，只把爷爷的日记本留下来了。爷爷有记日记的习惯，几十年了都是如此。日记本里面有他的笑和哭。这是他一个人的空间，里面留下了他渺小却真实的痕迹。

这本日记是朱明晨父亲去世那年新买的一本日记，第一页上写着一行字："今年是我最艰难的一年，我一定能过去的。"父亲的字本来还是有些遒劲有力的，不过，这行字却如同生病的大雁奋力起飞一样，如果不是被格子控制住了，感觉它们歪歪斜斜地就要飞出日记本了。现在，这本日记不知被谁放在靠近窗台的桌子上。可能被翻过，日记本半开半合，随着从窗户外吹进来的风，如同一扇门一样开开合合，不过，这个门里面的人已经不在了。

送走了李槿，朱明晨在回小区的路上，看见自家楼道门前有一个六十岁左右的工人，在那里用镢头把楼前花坛里的小矮松挖掉。朱明晨停下来，不知为什么，他和老工人聊了起来，他说："这种小矮松种在小区里不好，长不大，没有绿化作用，又难看，还会在夏天滋生蛇啊虫子啊之类的东西，当初种这个不知是谁想出来的。"老工人很是赞同，当朱明晨准备离开时说："是啊，说句不好听的话，这种矮松树在我们老家是种在坟墓旁的。"不知为什么，听到这句话，看到那些被挖掉的矮松树，朱明晨肺里好像通气了，心里竟然有种说不出的舒服。

朱明晨不想回家，经过他家的楼洞，转向了这层楼房前那片坑洼不平的小草坪。那里有一座紫藤架，紫藤架下面是一条墨绿色的藤，藤条打着扣，如同套索一样。这个紫藤套索猛然间撞到了朱明晨的目光，他感觉受到了很重的一击。那一刻，他仿佛忽然看见了自己的父亲，他六十八岁的父亲，深沉如夜色的父亲，如同一片叶子浸透在那夜的冷冷露水里，从那个紫藤套索上生长而出。

一片孤独、巨大、单薄的叶子。